KB211497

호랑이를 덫에 가두면

WHEN YOU TRAP A TIGER

Text copyright ⓒ 2020 by Tae Keller
Cover art copyright ⓒ 2020 by Jedit
All rights reserved.
Published by arrangement with Rights People, London.

Korean language edition ⓒ 2021 by Dolbegae Publishers
Korean translation rights arranged with The Greenhouse Literary Agency Limited
c/o Rights People through EntersKorea Co., Ltd., Seoul, Korea.

꿈꾸는돌
28 호랑이를 덫에 가두면

태 켈러 장편소설
강나은 옮김

2021년 4월 26일 초판 1쇄 발행
2024년 10월 31일 초판 16쇄 발행

펴낸이 한철희 | 펴낸곳 돌베개 | 등록 1979년 8월 25일 제406-2003-000018호
주소 (10881) 경기도 파주시 회동길 77-20 (문발동)
전화 (031) 955-5020 | 팩스 (031) 955-5050
홈페이지 www.dolbegae.co.kr | 전자우편 book@dolbegae.co.kr
블로그 blog.naver.com/imdol79 | 트위터 @Dolbegae79 | 페이스북 /dolbegae

편집 권영민 | 디자인 민진기·이은정·이연경
마케팅 심찬식·고운성·한광재 | 제작·관리 윤국중·이수민·한누리
인쇄·제본 상지사 P&B

ISBN 979-11-91438-02-4 (44840)
ISBN 978-89-7199-432-0 (세트)

책값은 뒤표지에 있습니다.

호랑이를 덫에 가두면

태 켈러 장편소설

강나은 옮김

돌베개

나의 할머니(Halmoni)를 위하여

— 당신께 멋진 목걸이를

차례

—

호랑이를 덫에 가두면 · 9

—

옮긴이의 일러두기

- 이 책 원서는 영어로 쓰였지만 '할머니'(Halmoni)를 비롯한 한국어 낱말이 종종 나옵니다. 이 번역서에서는 처음 나올 때나 꼭 필요할 때 원서 그대로의 로마자를 나란히 표기했습니다.

- 이 소설의 모든 인물은 몇몇 한국어 단어를 빼고는 영어로만 대화합니다. 할머니의 언어 구사가 다른 인물들과 조금 다르게 표현된 것은 영어가 모국어가 아니라 미국으로의 이민 후에 습득해 낸 언어이기 때문입니다.

- 35쪽 15행은 저자의 승인을 받아 번역서에만 추가한 구절입니다. 69쪽 14행의 '김해' 역시 번역서에만 있는 낱말입니다.

1

나는 투명 인간이 될 수 있다.

그건 초능력이거나, 적어도 비밀 능력쯤은 된다. 하지만 넘겨짚진 말기를. 영화에 나오는 것과는 달라서 나는 초능력 영웅이 아니니까. 그런 영웅들은 위기를 해결하는 스타지만 나는 그냥, 사라진다.

그게, 처음엔 나도 나한테 이런 마법이 있는 줄 몰랐다. 그저 선생님들이 내 이름을 자주 잊어버리네, 아이들이 같이 놀자고 하지 않네, 정도로 받아들이고 넘어갔지. 그러다 초등학교 4학년 말이었다, 우리 반 남자애가 날 보고 갑자기 인상을 쓰더니 이렇게 말한 것은.

"너 어디서 나타났냐? 처음 보는 것 같은데."

내가 남들 눈에 안 보인다는 게 싫을 때도 있었다. 하지만 이젠 안다, 그게 내 마법이라는 걸.

나의 언니 샘은 그런 건 비밀 초능력이 아니라 수줍은 성격이라고 한단다. 하지만 언니는 원래 말을 좀 함부로 하는 편이고.

그리고 실제로 이 능력이 가끔 쓸모가 있다. 이를테면 엄마와 언니가 서로 싸울 때라든지. 바로 지금처럼 말이다.

나는 투명 인간이 된 채 뒷좌석 창문에 이마를 대고, 오래된 우리의 스테이션왜건* 옆면을 흘러내리는 빗방울들을 보고 있다.

"차 세워야겠다."

언니가 엄마에게 말한다. 다만 고개를 들지 않아 전화기한테 말하는 셈이다. 언니는 조수석에서 무릎을 가슴에 붙이고 두 발은 차 앞에 올려, 은은히 빛나는 휴대전화를 중심으로 몸을 둥그렇게 웅크리고 있다.

엄마가 한숨을 쉬고 답한다.

"뭘 또 그렇게까지. 비 조금 온다고 차 세울 필요 없어."

그러면서도 엄마는 와이퍼 속도를 높이고 브레이크를 밟고 차는 달팽이처럼 느리게 나아가기 시작한다.

워싱턴주에 들어서자마자 오기 시작한 비는 이제 더 심해지고, 우리는 수작업으로 페인트칠 된 '선빔(Sunbeam)에 오신 것을 환영합니다!' 표지판 앞을 느릿느릿 지나간다.

선빔, 우리 할머니(Halmoni)가 사는 동네다. 비가 그칠 날 없다는 이곳의 이름이 햇살이라니, 마치 끼리끼리만 아는 농담 같다.

언니가 검게 칠한 입술을 연다.

"응."

이 한 마디로 끝이다. 언니는 이제 전화기 화면을 톡톡톡 두

---

* 차 안의 뒤쪽에 화물을 실을 수 있는 승용차의 한 종류.

드려 우리가 떠나온 동네에 남아 있는 수많은 친구들에게 말풍선과 이모티콘을 보낸다.

언니는 도대체 무슨 말들을 보낼까? 때로 마음이 허락할 때, 난 언니가 나에게 메시지를 보내고 있다고 상상한다.

"샘, 적어도 긍정적으로 받아들이려는 '노력'은 할 수 있지 않아?"

엄마는 코에 걸쳐진 안경을 괜히 세게 밀어 올린다, 마치 안경이 무례해서 기분이 상하기라도 한 것처럼.

"어떻게 그런 걸 나한테 바랄 수가 있어?"

언니는 되묻는다. 그리고 마침내 전화기에서 눈을 든다. 엄마를 노려보기 위해서.

항상 이렇게 시작된다. 둘의 싸움은 요란하고 폭발적이다. 서로를 활활 불태운다.

조용히 있는 것이 더 안전하다. 나는 창문에 손가락 끝을 대고 점점이 맺힌 빗방울들 사이에 점선 잇기 하듯 선을 그어 본다. 눈꺼풀이 무거워진다. 두 사람 싸우는 소리가 너무 익숙해서 자장가나 다름이 없다.

"아니 엄마는 자기가 정말 해도 너무하다는 거 알고는 있어? 이래선 안 된다는 거……."

"샘."

엄마가 잔뜩 곤두섰다. 어깨는 딱딱하고 근육은 긴장되었다.

나는 숨을 죽이고 속으로 되뇐다. '투명인간투명인간투명인간.'

"아니, 진짜로. 엄마가 뜬금없이 할머니를 더 많이 보고 싶어

11

졌다고 해서 우리도 갑자기 인생을 뿌리째 뽑아 옮기고 싶어지는 건 아냐. 난 여름 계획이 있었어, 계획이, 엄마야 상관도 안 하겠지만. 우리한테 제대로 된 경고도 안 해 줬잖아.”

언니 말이 틀린 건 아니다. 엄마는 겨우 2주 전에 말해 주었다. 우리가 캘리포니아를 영영 떠난다는 걸. 나도 캘리포니아가 그리울 것이다. 내 학교가, 햇볕이, 선빔의 바위투성이 해변과는 아주 다른 캘리포니아의 모래 해변이 그리울 것이다.

난 그저 그 생각을 하지 않으려 애쓰고 있을 뿐이다.

“너희가 할머니랑 좀 더 같이 있길 바랐어. 너희도 그러길 좋아하는 줄 알았는데.”

엄마가 날카롭게 말한다. 더욱 굵어진 빗줄기에 운전 시야는 더 나빠진다. 엄마가 손가락 마디가 희어지도록 운전대를 꽉 붙든다. 이런 날씨 속 운전은 우리 셋 다 좋아하지 않는다. 아빠가 세상을 떠난 후부터는 말이다.

나는 가늘게 뜬 눈으로 운전대를 보면서 마음속으로 안전한 기운을 실어 보낸다. 할머니가 가르쳐 준 대로.

“초점 돌리지 마.”

언니가 말한다. 언니의 까만 머리카락에는 흰 머리카락이 가느다랗게 한 다발 자리 잡고 있다. 이제 그 머리카락을 잡아당기는 언니는 조금 누그러져 보인다. 아직도 화나 있긴 하지만.

“할머니랑 같이 지내는 건 좋아. 여기서인 게 싫은 거야. ‘여기’ 살기 싫은 거라고.”

늘 할머니가 캘리포니아로 우릴 보러 왔다. 나 여덟 살 때 이후로 우리가 선빔으로 온 적은 없었다.

나는 와이퍼 너머를 응시한다. 지나가는 풍경이 평화롭다. 회색 돌로 된 집들, 초록색 잔디, 회색 레스토랑들, 초록 숲. 선빔의 색깔들이 서로 섞인다. 회색, 초록색, 회색, 초록색…… 그러다 황토색과 검정색.

새로운 색깔들의 정체를 확인하려고 나는 윗몸을 세운다.

우리 앞 길 위에 어떤 동물이 누워 있다.

두 앞발 위에 머리를 얹은 아주 커다란 고양이다.

아니, 고양이가 아니다. 호랑이다.

우리 차는 점점 다가가고 호랑이가 고개를 든다. 서커스나 동물원 같은 데서 탈출한 것이 분명하다. 다쳤을 것이다. 그렇지 않고서야 왜 비를 맞으며 여기 누워 있겠는가?

본능적인 두려움이 속에서 휘돌아 멀미가 난다. 하지만 그게 중요한 게 아니다. 동물이 다쳤다면 우린 무언가를 해야 한다.

"엄마."

내가 앞으로 붙어 앉으며 두 사람의 말다툼을 끊는다.

"있잖아…… 그…… 저기……."

더 가까워져 보니 다친 것 같지 않다. 날카롭고 지나치게 하얀 이를 드러내며 하품을 한다. 그러고는 한 번에 한 발톱, 한 발, 한 다리씩 움직여 일어선다.

"너희……."

긴장되고 피곤한 엄마 목소리. 엄마가 언니 때문에 난 짜증을 나한테까지 내는 일은 드문데, 여덟 시간이나 운전을 하다 보니 엄마도 한계를 넘긴 모양이다.

"둘 다. 제발 좀. 엄마 잠깐이라도 운전에 집중 좀 하자."

나는 볼 안쪽을 깨문다. 말이 안 된다, 저 거대한 고양잇과 동물을 엄마가 아직도 못 보았다는 게. 하지만 언니와의 언쟁에 온 신경이 가 있어서 그런지도 모른다.

"엄마."

나는 웅얼거리고, 엄마가 브레이크 밟기를 기다린다. 하지만 엄마는 반응이 없다.

투명 인간이 되다 보면 가끔 불편한 점이 있는데, 투명 인간 상태에서 벗어나는 데 좀 오래 걸리는 것이다. 즉, 사람들이 다시 나를 보고 듣고 내 말에 '귀 기울이는' 데 시간이 걸린다.

그런데 말이다, 이 호랑이는 내가 동물원에서 본 것 같은 호랑이가 아니다. 몸집이 우리 차만큼이나 거대하다. 황토색 털은 은은히 빛나고 검정색 줄무늬는 달이 없는 밤처럼 까맣다.

우리 할머니가 들려주는 이야기에 나올 법한 호랑이다.

나는 안전벨트가 살을 파고들 정도로 몸을 내민다. 어떻게 된 것인지 언니와 엄마는 아직 싸우고만 있지만 그 소리가 내 귀에는 작은 웅웅거림일 뿐이다. 내 신경은 오로지…….

호랑이가 거대한 머리를 들어 올리더니 나를 쳐다본다. 호랑이 눈에 내가 '보인다'.

호랑이가 한쪽 눈썹을 올린다. 마치 무슨 짓을 하라고 나를 자극하는 것처럼.

나는 목소리가 안 나와 버벅거리다, 숨 막힌 사람처럼 말한다.

"엄마…… 차 세워."

엄마가 언니와 말하느라 듣지 않자 나는 더 크게 외친다.

"차 세우라니까."

14

마침내 엄마가 듣는다. 눈썹을 찌푸린 채 백미러로 나를 흘 긋 본다.

"릴리? 왜 그래?"

엄마는 차를 세우지 않는다. 우리는 계속 나아간다.

더 가까이…….

더 가까이…….

너무 가까워져 나는 숨을 쉴 수가 없다.

쿵 하는 소리에 눈을 질끈 감고 만다. 머릿속이 쿵쿵거린다. 귀가 울린다. 우리 차가 호랑이를 친 게 분명하다.

그런데도 우린 계속 나아간다.

눈을 뜨자 팔짱을 낀 언니와, 언니 발치의 전화기가 보인다. 언니가 말한다.

"죽었네."

내 심장 박동이 들짐승처럼 날뛰고, 나는 보고 싶지 않은 끔 찍한 광경을 찾아 길 위를 둘러본다.

아무것도 없다.

"샘, 비싼 전화기 그렇게 아무렇게나 던져두지 마."

엄마는 힘주어 말하고, 혼란에 빠진 나는 두 사람을 빤히 본 다. 그 쿵 소리가 그저 언니 휴대전화가 차에 떨어지는 소리였다 면…….

나는 몸을 돌려 찾아보지만, 보이는 것은 오로지 비와 길뿐 이다. 그 호랑이는 사라졌다.

"릴리."

엄마가 나를 부르며 속력을 더욱 늦춘다.

"너 멀미하니? 엄마 차 세울까?"

나는 한 번 더 휙휙 눈을 돌려 길을 살펴보지만, 아무것도 없다.

"아니야, 괜찮아."

엄마가 안심하여 미소를 짓는다. 나는 다루기 어려운 법이 없는 아이다. 나는 일을 쉽게 만드는 아이다.

"조금만 참아. 할머니 댁에 곧 도착하니까."

나는 아무렇지 않은 것처럼, 별일 없는 것처럼 보이려 애쓰며 고개를 끄덕인다. 심장은 펄쩍펄쩍 뛰고 춤을 추는데도 말이다. 엄마에겐 말할 수 없다. 말하면 엄마는 탈수 증세가 있는 거 아니냐고, 열이 있는 거 아니냐고 물을 것이다.

어쩌면 정말 그런지도 모른다. 스스로 이마에 손바닥을 대어 보아도 잘 모르겠다. 어쩌면 나는 정말 멀미를 하는지도 모른다. 아니면 잠시 잠이 들었던 것인지도 모른다.

길 한가운데에 거대한 호랑이가 나타났다가 사라진 것이 정말일 리는 아무래도 없으니까.

나는 고개를 젓는다. 내가 실제로 호랑이를 보았건 꿈이었건 아니면 정신이 이상하건, 할머니에게 말해야겠다. 할머니는 귀를 기울일 것이다. 나를 도와줄 것이다.

어떻게 해야 하는지를 할머니는 알 것이다.

2

우리 할머니가 들려주는 이야기들도 첫 구절은 똑같이 '옛날 옛날에……'로 시작한다. 단, 한국식으로.

옛날 옛날 호랑이가 사람처럼 걷던 시절에…….

할머니가 캘리포니아 우리 집에 오기로 하면, 언니와 몇 주 전부터 서로에게 이 말을 속삭였다. 나는 들을 때마다 떨렸다.

하루하루 손꼽아 기다리다 마침내 할머니를 맞이한 첫째 날 밤이면 우리는 할머니가 묵는 손님방으로 달려가 침대에 함께 누웠다. 둘이 각각 할머니의 양쪽에 북엔드처럼 붙었다.

"할머니, 이야기 하나 해 주세요, 네?"

할머니는 부드러운 웃음을 띠며 우리를 품으로, 그리고 상상 속으로 끌어당겼다.

"어떤 이야기?"

우리 대답은, 우리가 가장 좋아하는 이야기는 항상 같았다.

"언니야(Unya) 나오는 거요."

언니가 이렇게 말하면 나도 말했다.

"애기(Eggi)도 나오는 거. 그 호랑이 이야기요."

그 이야기는 항상 특별하게 느껴졌다. 할머니가 영어 속에 섞어 쓰는, 언니와 동생이라는 뜻의 그 한국어 낱말들 너머에 반짝이는 비밀이 숨어 있는 것 같았다.

"그러면 그 이야기 잡아 줘."

할머니의 말에 언니와 나는 공중으로 손을 뻗었다가 주먹을 꽉 쥐어 별을 움켜쥐는 시늉을 했다.

할머니는 이야기를 시작할 때면 늘 이렇게 이야기가 별에 숨어 있다는 듯 말했다.

그런 다음 할머니는 잠깐 뜸을 들이고는 했고, 그 잠깐이 부푸는 사이에 우리들 심장은 이야기를 어서 달라 조르며 귓가에서 두근두근거렸다. 그제서야 할머니는 큰 숨을 한 번 들이쉰 다음 이야기를 시작했다.

그런데 할머니 이야기 속 호랑이는 무시무시하고 교활한 포식자다. 하지만 내가 길에서 본 그 호랑이는 그렇게 보이지 않았다. 나를 '잡아먹고' 싶어 했던 것 같지 않다. 원하는…… '무언가'가 있는 것처럼 보이기는 했지만.

우리 차는 기어가듯 선빔을 나아가고, 호랑이가 보이는 일은 다시 일어나지 않는다. 그리고 마침내 우리는 할머니 집에 도착한다. 마을 변두리의 작은 오두막집이다. 언덕 꼭대기에 자리 잡아 숲에 둘러싸여 있고, 집 앞 길 건너편에는 도서관이 있다.

우리는 할머니 집으로 이어지는 기다란 진입로를 오르고, 타닥타닥 타이어에 자갈 깔리는 소리를 들으며 언덕 꼭대기에 다다른다.

엄마가 차를 댄 후 운전대에 머리를 대고는 한숨을 쉰다. 그대로 잠들어 버리는 건 아닌가 싶지만, 엄마는 이내 큰 숨을 한 번 쉬고는 허리를 세운다.

"다 왔다."

엄마는 몸을 돌려 운전석 머리 받침대를 한 팔로 감고는 우리 둘을 쳐다본다. 명랑해 보이려고, 오는 동안의 말다툼과 스트레스를 지우려고 미소를 덮어씌운 얼굴로.

"나쁜 소식이 있어, 얘들아. 캘리포니아에 우산을 다 두고 왔다는 소식."

엄마는 '하하, 이런, 우습기도 해라.' 하듯 싱글거리면서 덧붙인다.

"그래서 우리 아무래도 대문까지 냅다 뛰어야겠다."

나는 할머니 집을 올려다본다. 한눈에 봐도 마법에 둘러싸인 집 같다. 집이 자리한 높다란 터, 색 바랜 벽돌 벽을 타고 올라가는 거의 검어 보이는 담쟁이덩굴, 햇빛을 받아 윙크하는 창문들. 대문에 다다르려면 올라야 하는, 대략 백만 칸쯤 되는 계단은 말할 것도 없고.

캘리포니아에서 우리가 살던 크림색 아파트와는 너무나 다르다. 거긴 새 건물이었다. 엘리베이터가 있는.

"저 많은 계단을 비 맞고 뛰어 올라가라고?"

언니가 아주 끔찍하다는 듯, 마치 달팽이 점액에 목욕하라는 소리라도 들은 듯 되묻는다. 그러자 엄마는 또 한 번 억지 미소를 지으며 말한다.

"비 조금 맞는 게 뭐 어때서."

그리고 엄마는 나한테 묻는다.

"안 그래, 릴리?"

내 답은 단순하다. 응, 맞아. 나는 어서 집에 들어가 할머니에게 호랑이 본 이야기를 털어놓고 싶을 뿐이다. 하지만 우리 가족에게 단순한 질문이란 없다. 이 질문은 함정이다. 엄마는 지금 내게 누구 편이냐고 물은 것이다.

나는 어깨만 으쓱한다.

그러나 엄마는 쉽게 나를 놓아주지 않고, 다시 묻는다.

"맞지, 릴리?"

웃는 표정이 불안정해지면서, 엄마가 마치 조각조각 부서져 내릴 것 같다. 엄마 두 눈 밑은 불룩하고 두 눈썹 사이에는 깊은 주름이 한 줄 패었다.

엄마가 평소 같지 않다. 평소에는 잘 가다듬어진, 흐트러짐 없는 사람인데.

나는 대답한다.

"맞아."

언니가 움찔한다, 마치 내가 발로 차기라도 한 것처럼. 엄마는 안도한 듯 말한다.

"그래, 그렇잖아."

이제 엄마는 차 문손잡이를 잡고 말한다.

"준비, 시……."

엄마가 차 문을 열고 튀어 나가더니 문을 쾅 닫고 내달리기 시작한다. 어차피 금방 비에 흠뻑 젖어 버린 데다 빠르지도 않지만 엄마는 힘껏 달린다. 움츠린 어깨, 허공을 주먹질하는 양손, 푹 숙인 고개. 엄마는 꼭 어미 집으로 달려드는 황소 같다.

"엄마 웃기다."

언니가 말한다. 괜히 못되게 하는 말이 아니라 사실이 그렇다.

딱히 이유도 없이 두 팔을 풍차처럼 돌리는 엄마를 보며 나는 웃음을 내뱉는다. 그리고 언니도 웃는다. 우린 서로를 쳐다본다. 잠시 우리는 자매 사이로 돌아간다. 창피한 엄마를 함께 놀리는 자매.

이 순간을 집어 영원으로 늘이고 싶다.

하지만 언니가 고개를 돌린다. 그리고 자기 전화기와 충전기를 집어 들어 브래지어에 넣는다. 보호한다.

"따라가야겠다."

나는 '그냥 있어.' 하고 싶어도 고개만 끄덕이고, 우리는 차 밖으로 뛰쳐나간다.

이런 비는 정말이지 처음이다. 집요하고도 차갑다. 7월의 비가 이렇게 찰 수가. 우린 아직 차에서 별로 나아가지도 못했는데, 이미 나는 신발에 물이 차서 철벅거리고 청바지가 무겁다.

달리면서 언니가 비명을 지른다. 나도 지른다. 좀 웃기기도 하고 좀 끔찍하기도 하기 때문이다. 비 때문에 눈이 따갑고 앞도 잘 보이지 않지만 얼음처럼 시린 빗물에 놀란 몸속은 반짝 깨어난다.

숨을 헐떡거리고 빗물을 뚝뚝 떨어뜨리면서 언니와 함께 계단 꼭대기에 다다르니, 나는 허파에서 숨이 다 쥐어짜진 것 같고 심장이 터질 것 같다.

엄마가 대문 계단에서 우릴 기다리고 있다. 다정한 행동이기도 하지만, 진작 문을 열고 집에 들어가지 않은 게 이상하기도 하다. 엄마가 고개를 젓고 인상을 찌푸리며 말한다.

"벨 눌러도 대답이 없네. 할머니가 집에 안 계셔."

3

"집에 안 계시다니?"

나는 속삭여 묻는다. 한순간 그 호랑이가 할머니를 잡아먹었다는 생각으로 겁에 질리지만, 그럴 리 없다며 스스로를 진정시킨다.

엄마가 한숨을 쉬고 대답한다.

"몰라. 모르겠어."

엄마가 걱정하는 건지 짜증이 난 건지 잘 모르겠다. 엄마 눈과 입술에 흘러내리는 빗물 때문에 엄마 기분이 잘 보이지 않는다. 알아야 내가 어떤 기분을 느껴야 하는지도 알 수 있는데.

언니가 놋쇠 문손잡이를 잡고 문을 열려 해 본다. 하지만 고집스러운 문은 꿈쩍하지 않는다.

"그러면……."

언니가 엄마를 빤히 보면서 말하다가 나를 본다. 머리카락은 납작하게 붙고 볼에는 두꺼운 아이라인이 검은 줄무늬로 흘러내리니 언니는 꼭 젖은 호랑이 같다.

"……여기서 그냥 기다려야 한다는 거네. 비 맞으면서. 얼마나 기다려야 하는지도 모른 채로, 응?"

엄마는 흠뻑 젖은 티셔츠로 안경을 닦아 보지만 그다지 닦이지 않는다.

"아냐. 아닐 거야. 잠시만."

엄마가 손가락 하나를 들어 보이고는 집 옆쪽으로 달려간다.

"엄마 어디 가는 거지?"

나는 말한다. 오므린 손을 머리 위에 대어 지붕을 만들어 보지만 소용이 없다.

"할머닌 어디 계시고?"

언니는 내 물음에 대답하지 않는다. 우리는 엄마를 쳐다보고, 엄마는 거실 창 밑에서 멈춘다. 엄마는 유리창 옆쪽을 두드려 보고 창틀을 더듬어 보다가 유리 바로 밑을 주먹으로 친다.

"우아, 평범한 행동이다."

언니가 반어법으로 말한다.

세게 미는 엄마 손에 그 창문이 정말로 열린다. 엄마는 우리를 흘깃 보고는 창틀을 짚고 올라가 집 안으로 머리부터 몸을 고꾸라뜨린다.

"우아."

내게서 감탄의 속삭임이 새어 나온다. 이런 행동을 하는 엄마, 지금까지 한 번도 본 적 없다.

언니가 고개를 절레절레 젓고는 말한다.

"진짜 '우아' 소리 나올 만하네. 어릴 때 많이 한 솜씬데."

언니는 나를 보며 찌푸릴지 웃을지 결정을 못 하는 표정이고, 나도 언니 기분이 뭔지 정확히 안다. 십대 청소년이던 엄마를 상상하면 우습기도 하지만 무섭기도 하니까. 우리가 존재하기 전의 엄마를 생각하는 건 기분 이상한 일이다.

하지만 언니는 끝내 미소 짓는 쪽으로 마음을 정하고, 그러자 내 심장에서 긴장이 풀린다.

"몰래 빠져나가서 친구들하고 파티 하고 그랬나 봐."

언니 말에 나는 고개를 끄덕인다. 언니는 기분이 좋을 때면 달처럼 둥근 얼굴에 빛이 나고, 다시금 나의 언니 같다. 나는 지금 언니에게로 조금 다가선다, 눈치채지는 못할 정도로 아주 조금.

언니가 코를 찡그리더니 묻는다.

"엄마도 몰래 나가 남자애들 만나고 그랬을까?"

"난 엄마가 아빠 전에 누구 만났다고 생각 안 해."

엄마가 아빠 아닌 사람과 커플인 게 상상이 안 된다. 아니, 사실 엄마는 어떤 사람과도 상상이 안 되는 셈이다. 엄마가 아빠와 함께이던 시절을 나는 기억하지 못하기 때문이다.

그리고 나는 뱉은 말을 곧바로 후회한다. 언니가 발하던 빛이 빠르게 닫혀 버린 탓이다. 입을 앙다물고 내게서 고개를 돌린 언니가 내뱉는다.

"순진한 소리."

아빠를 떠올리는 일이 언니에게는 다르다. 나보다 나이가 많아서 언니는 아빠를 기억한다. 아빠가 차 사고로 세상을 떠났을 때 나는 고작 다섯 살이었지만 언니는 여덟 살이었다.

"언니……."

나는 말을 꺼내 보지만 끝맺는 방법을 찾지 못한다.

한때 나는 언니와 대화를 할 수 있었다. 한때 나는 언니에게 무엇이건 말했다. 몇 년 전만 되었어도 '나 방금 길 한가운데 있는 호랑이를 봤어!' 하고 언니에게 이야기했을 것이다. 속에 도저히 그 이야기를 담아 둘 수가 없어서 언니의 귀에다 소리쳤을 것이다.

"나 아까······."

나는 다시 말을 꺼내 보려다 문 반대편에서 나는 도어락 소리에 멈춘다. 엄마가 누르고 밀자, 도어락이 노래를 부르며 문을 열어 준다.

"어서어서 들어와."

엄마는 말한다. 이미 쫄딱 젖어서 어서어서 들어가나 마나 한데 말이다.

언니와 내가 집 안으로 들어가니 현관 통로에는 물 발자국이 찍히고 마룻바닥엔 호수만 하게 물이 고인다.

할머니 집은 어떤 기억 같은 모습이다. 보라색 식탁과 못 쓰는 벽난로를 둘러싸고 거실과 부엌이 서로 끌어안고 있다. 거실 저편 구석에서는 오래된 괘종시계가 돌아간다.

벽난로 선반 위에선 돌로 된 호랑이 두 마리가 엄마 사진을 안고 있다. 그 호랑이가 엄마 삶에 풍요를 끌어당긴다. 다른 편에서는 개구리 한 마리가 언니와 내 사진을 보호하고 있다. 그 개구리가 우리 둘 행복을 지켜 준다. 그리고 모든 곳에, 그러니까 천장에 달린 여러 바구니 속, 탁자들 위, 그릇들 속에 말린 약초 묶음과 스머지 스틱®이 있다. 나쁜 기운을 물리쳐 준다.

나는 들숨으로 이 집을 들이켠다. 메밀면과 세이지와 세탁 세제 향기를 맡으니 보금자리에 돌아온 기분이 든다.

언니는 나만큼 행복하지 않다. 가슴에 팔짱을 끼고 인상을 쓴다.

"어…… 저거 뭐야?"

나는 언니가 보는 곳으로 눈길을 옮겨 본다. 거실 다른 쪽 끝이다. 할머니 침실, 화장실, 그리고 다락방으로 올라가는 계단과 지하실로 내려가는 계단이 있는 곳이다. 그 지하실 계단의 문 앞에 마치 바리케이드처럼 뭔가 잔뜩 쌓여 있다. 무늬가 조각된 전통 한국식 수납장과 판지 상자들이다.

엄마가 고개를 젓고 말한다.

"저거 좀 이상한데. 안 그래? 저길 왜 저렇게 해 뒀지?"

엄마가 엄지손톱을 잘근거리면서 집 안을 둘러본다. 한순간 엄마 눈에 스치는 걱정이 보인다.

신나는 기분이 빗물처럼 뚝뚝 내게서 떨어져 나가 버린다. 엄마 말처럼 이상한 일이다. 제자리 아닌 곳에 저런 것들이 놓여 있고 할머니는 없다.

뭔가 차갑고 어두운 것이 내 뱃속에 똬리를 튼다.

"할머니 어디 계셔?"

엄마는 부드러워진 표정으로 나를 본다.

"걱정 마. 아마 뭐 사러 나가셨거나 친구 만나고 계실 거니까. 너도 할머니 어떠신지 알잖아."

• 공간, 사람 등을 정화하거나 축복하기 위해서 태우는 약초 막대.

엄마가 내게 슬프기도 하고 희망적이기도 한 미소를 보인다.

"여기 와서 좋아, 릴리?"

분명 무슨 일인가가 일어나고 있다. 하지만 엄마는 말하지 않는다. 나는 무슨 일이냐고 묻고 싶으면서도 엄마의 미소가 사라지는 게 싫어서 그냥 고개를 끄덕인다.

엄마가 또 무슨 말을 하려는데, 내 어깨가 추위의 손아귀에 붙들려 덜덜 떨린다. 엄마는 우리가 비에 흠뻑 젖었다는 걸 이제서야 기억한 것처럼 눈을 끔벅이며 우리를 본다.

"맞다. 잠깐 있어 봐. 너희 갈아입을 옷 찾아볼게."

우리 짐 가방은 차에 있고 감히 다시 빗속으로 돌진하고 싶은 사람은 없기에, 엄마는 할머니 방으로 간다.

다시 우리 앞에 나타난 엄마 품에는 수건과 할머니의 실크 잠옷이 잔뜩 안겨 있고, 언니와 난 맨 위에 있는 것을 하나씩 집는다. 옅은 주황색 실크 잠옷이 내 두 손에서 마치 해 질 녘처럼 빛나고 흔들린다. 할머니 것은 잠옷마저 아름답다.

"난방 켤 테니까 여기서 좀 기다려."

엄마는 말하지만 언니는 물론 기다리지 않는다. 엄마가 할머니 방으로 들어가자마자 언니는 계단 입구를 막은 상자와 수납장을 옆으로 밀어 두고 우리 방으로 올라가 버린다, 빗물 호수들만 바닥에 남긴 채.

나도 올라가려다, 어디든 '언니야'만 졸졸 따라다니는 '애기'가 되고 싶지 않아서 망설인다. 하지만 끝내는, 물론 언니를 따라간다.

위층 다락방은 끽끽 소리가 나는 아늑한 공간이다. 지붕 따

28

라 경사진 천장, 나무 테두리가 둘린 전신 거울, 빛바랜 퀼트 이불을 편 트윈 침대 두 개. 여기 살 때, 언니와 나는 이 침대를 붙여 하나로 만들었다. 어둠 속에서 둘이 붙어 누워, 서로 번갈아 가며 이야기를 들려주곤 했다.

지금 그 두 침대는 커다란 창문을 가운데 두고 떨어져 있다. 서로의 반대편에 있다.

젖은 옷을 벗어 던진 언니는 어두운 색 화장을 깨끗한 수건으로 닦아 내고 스팽글로 장식된 까만 잠옷을 걸친다. 그러고는 침대에 눕는다. 매트리스가 앓는 소리를 내며 언니를 반기고, 언니는 침대 프레임 뒤로 손을 뻗어 전화기를 충전기에 연결한 다음 고갤 돌려 날 본다.

"너 여기서 뭐 해? 넌 밑에서 기다려야지."

언니는 늘 나만 엄마 말을 들어야 하는 것처럼 군다. 짜증 나지만 익숙해진 일이다.

한숨을 내쉰 나는 빗물을 닦고 잠옷으로 갈아입는다. 잠옷의 부드러운 온기가 닿으니 마치 뼛속 차가움이 빠져나가듯이 몸이 부르르 떨린다. 할머니의 우유 향기를 바라면서 숨을 들이쉬어 보니 희미한 비누 냄새만 난다.

언니는 아직도 내가 나가기를 기다리며 인상을 쓰지만 나는 그냥 내 침대에 앉는다. 애써 언니를 안 보고 이불만 만지작거리며 말한다.

"집 분위기가 좀 이상한가? 할머니도 없고, 지하실 입구를 막은 물건들도 그렇고, 그냥 분위기가 좀…… 뭔가 잘못된 것 같은 느낌?"

"첫째, 할머니가 없는 게 아니야. 밖에 나가 계신 거지. 괜히 큰일로 만들지 마. 둘째, 그래, 분위기는 이상해. 그런데 할머니 집 분위기는 원래 이상해."

옆에서 불이 들어온 전화기가 마치 낮잠에서 깨어 기지개를 켜듯 로딩을 시작하고, 언니는 이제 깜박거리는 그 전화기를 쥐고 보느라 내게는 반쯤만 주의를 기울인 채 묻는다.

"우리 전에 여기 이사 왔을 때 기억나?"

"응, 좀."

우리는 아빠가 세상을 떠난 직후 여기서 3년을 살았다. 그래서 나는 캘리포니아에서 태어났어도 생애 첫 기억들이 이 집의 모양을 하고 있다.

나는 손끝으로 화면을 죽죽 내려가며 전화기를 들여다보는 언니에게서 다음 말을 기대하지 않지만, 언니가 전화기를 내려놓더니 눈을 들고 말한다.

"처음엔 여기서 지내는 게 좋았어. 할머니가 우리 슬플 때 챙겨 주시고 엄마도 도와주셨으니까. 그런데 할머니는 늘 뭔가 이상한 일들을 하셨어. 아무런 설명도 없이. 할머니는 정말 비밀투성이야. 이 집은 비밀투성이야."

나는 입술을 깨문다.

"무슨 뜻이야?"

언니가 답답하단 표정을 짓곤 대답했다.

"아, 몰라. 요점은 그게 아니야. 캘리포니아에 살아야 할 우리가 여기 살게 됐고, 난 그게 싫단 거지. 난 여기서 사는 거 싫어."

언니의 말이 너무 독해서 나는 움찔한다.

"그렇게 말하지 마."

내가 기억하기론, 언니와 난 여기 사는 걸 무척이나 좋아했다. 물론 아빠 때문에 슬퍼도, 나쁘기만 한 나날들이 아니었다. 언니와 나는 다락방에서 서로에게 이야기를 들려주었고 부엌에서 떡을 먹었고 지하실에서 우리만의 상상의 세계를 만들어 냈다. 우린 '함께'였다.

기억해? 하고 묻고 싶다.

하지만 언니는 물러서지 않는다.

"부당하잖아. 엄마가 할머니 곁으로 오고 싶었던 건 뭐, 좋다이거야. 그런데 우리는 아무 힘 없이 그 결정 따를 수밖에 없었잖아. 심지어 작별 인사도 못 하고 캘리포니아 떠났어. 넌 화 안나? 조금도?"

솔직히 말하면 나도, 아무래도 조금은, 화가 난다. 하지만 여기 온 것이 좋기도 하단 말이다.

나는 목을 가다듬는다. 큰 숨을 들이쉰다. 마른침을 삼킨다.

"내 생각엔…… 언니가 엄마한테 조금 심하게 대하는 것 같아."

두 손바닥에 땀이 난다. 위험한 영역을 밟았다. 나는 여간해선 언니에게 맞서지 않는다. 우리는 자매고, 자매는 항상 같은 편에 있어야 한다.

이해가 안 된다는 표정을 하는 언니.

"너 진심이야? 어떻게 이 상황에서 엄마를 감쌀 수가 있어?"

"난 그냥……."

엄마가 지은 표정이 잊히지 않는다. 아래층에서 할머니를 찾던 엄마는 너무 위태로워 보였다. 엄마들이 짓지 않는 표정을 하고 있었다. 어째서 언니 눈엔 그게 안 보였을까?

"넌 그냥, 뭐……?"

빤히 보던 언니는 내가 대답을 않자 한숨을 쉰다.

"그냥 말해. 늘 그렇게 으스스하고 조용할 필요 없어. 너 지금 딱 '조아여'야."

'조아여.' 언니가 '조용한 아시아 여자애'를 줄여서 부르는 말이다. 우리 같은 아시아계 여자애들에 대해 사람들이 갖는 고정관념을 뜻하는 말. 언니는 그 고정관념에 들어맞지 않으려고 얼마나 노력하는지 모른다, 까만 립스틱을 바르고 머리카락 한 뭉치를 탈색하고 머릿속에 떠오르는 말을 가감 없이 내뱉음으로써.

나는 언니에게 말한다. 그냥 도우려는 것뿐이야. 엄마가 얼마나 노력하는지 안 보여? 언니가 나한테 왜 이렇게 화가 났는지 모르겠어.

하지만 실제로는, 그 어떤 말도 내뱉지 않는다. 목구멍에 걸려 나오지를 않는다. 언니는 늘 너무 화가 나 있고 내가 무슨 말을 하건 발끈한다.

언니가 또 답답하단 표정을 짓고 말한다.

"됐어. 너랑 있으면 늘 내가 나쁜 사람 같아, 솔직하게 말한다는 이유만으로. 너, 배 흔들까 봐 그렇게 겁먹지 않아도 돼."

언니가 모르는 것은, 자신이 이미 우리가 탄 배를 흔들고 있다는 것이다. 나까지 이 배를 흔들면 이 배는 뒤집어질 것이다. 우리는 물에 빠져 죽을 것이다.

나는 지붕에 떨어지는 빗방울 소리에 귀 기울이며 이불을 쓸어 만진다.

"언니는 여기 온 걸 좋아해야지. 언닌 할머니 좋아하잖아."

적어도 내가 알기론 그런데, 언니는 이제 아무것도 좋아하지 않는 사람 같다. 아마도 휴대전화를 빼고는.

언니가 어깨를 으쓱하고 말한다.

"내 생각이 그렇단 거야. 너무 심하잖아. 친구 하나 없이 엄마하고 할머니하고만 살아야 하는 거."

"동생하고도 살지. 나도 있잖아."

나는 나 스스로에게도 잘 들리지 않을 정도로 작게 말한다. '조아여'처럼.

언니는 분명 날카로운 대꾸를 할 준비가 되어 있었는데, 내 말에 멈춘다. 언니 어깨가 누그러진다.

"응."

언니가 대답한다. 조그만 단어 하나인데 언니가 부드럽게 내뱉으니 내 심장이 열리고, 열린 심장에서 온기가 쏟아져 나와 내 온몸에, 발가락 손가락 끝에까지 퍼진다.

"응."

나도 내뱉는다. 그 호랑이 꿈인지 신기루인지 영혼인지를 언니에게 다 이야기할 수 있을 것 같은 기분이다.

그때 아래층에서 쾅 하고 문이 열린다. 할머니가 집에 왔다.

4

큰 소리로 문을 열어젖힌 할머니는 비명을 지르듯 말한다.

"안녕, 애들아! 우리 아가들 나 보러 왔네!"

다락방까지 타고 올라오는 목소리에 나는 삐걱거리는 낡은 계단을 세게 디디며 달려 내려간다.

할머니가 지난번 만났을 때보다 야윈 모습이다. 색이 다채로운 실크 튜닉 블라우스와 흰 바지가 늘 보던 것보다 헐렁해 보이고, 보석 목걸이가 얹힌 U자 모양 쇄골도 전보다 더 패어 보인다.

하지만 언제나 그랬듯, 지금도 할머니는 멋이 넘친다. 선명한 빨간 입술, 파마를 하고 까맣디 까맣게 염색한 머리카락. 그리고 할머니가 양팔에 든 커다란 장바구니 네 개에는 음식 재료가 넘칠 듯이 들었다.

이미 문 앞에 나와서 연이은 질문들로 할머니를 맞이하는 것은 할머니 잠옷을 입은 엄마다.

"왜 집에 없었어? 전화는 왜 안 받고? 우리 6시에 온다고 했는데 잊었어? 우리 밖에 서서 기다려야 했잖아! 장은 왜 이렇게 많이 봐 왔어? 이걸 누가 다 먹어!"

할머니는 그냥 웃어 버리고 이렇게 말한다.

"아이구 내 딸, 간섭쟁이!"

할머니가 마치 집사에게 건네듯 엄마에게 장바구니들과 루이 비통 핸드백을 건네고, 엄마가 뭐라고 반발하기도 전에 나를 발견하고는 두 팔을 벌리고 다가온다.

"우리 릴리!"

날 부르며 할머니 얼굴이 온통 밝아진다. 사람이 어떤 일 하나에 이렇게까지 행복해질 수 있었나? 나는 복도를 달려 할머니 품에 미끄러져 안긴다. 할머니의 사랑을 빨아들인다.

"조심해, 그러다 할머니 쓰러지시겠다."

엄마가 할머니의 장바구니들을 식탁에 놓고 혼자 팔짱을 낀다. 할머니는 나를 꽉 끌어안고 내 머리 위로 엄마를 꾸짖는다. 언제나 그렇듯 서툴면서도 능숙한 영어로.

"조용히 해. 적어도 릴리는 나 사랑해."

엄마가 한숨을 쉬고 말한다.

"나도 엄마 사랑해. 그래서 우리가 온 거예요."

엄마 말을 무시한 할머니는 두 손을 내 두 어깨에 얹고 몸을 젖혀 나를 본다. 내가 할머니 잠옷 입은 것을 보고는 얼굴에 미소가 가득 찬다.

"우아, 세상에. 너 내 '미니미'네! 정말 예쁘다. 반짝반짝해."

나는 웃음을 내뱉는다.

"제가 반짝반짝해요?"

스팽글 달린 잠옷을 입은 것은 내가 아니라 언니인데.

"응, 꼭 해님처럼."

할머니가 윙크를 한다. 투명 인간으로 변하는 내 능력이 할머니 앞에서만은 아무런 소용 없어진다. 할머니는 곧장 내 심장을 꿰뚫어 본다.

"할머니, 저 할 얘기가 있어요."

그 호랑이를 다시 생각하자 맥박이 딸꾹질을 한다.

그런데 언니가 나타난다. 삐걱거리는 계단을 조용히 밟고 내려온 언니가 부엌 입구에서 서성거린다.

"우리 달님도 왔네."

할머니가 다가가 언니를 안는다. 언니는 할머니 품에서 뻣뻣해지지만 이내 긴장이 풀려 기대고 숨을 들이쉰다. 아무도 할머니를 밀어낼 수 없다. 할머니는 중력 같다.

할머니가 뒤로 물러나 언니의 흰 머리카락 다발을 쓰다듬는다.

"정말 예뻐, 너 머리."

"그런 거 예쁘다고 하지 마, 엄마. 자연스러운 머리가 아니잖아."

언니는 엄마를 노려보고, 할머니는 그 하얀 머리카락을 손가락에 감아 보며 말한다.

"우리 집안 머리카락이야. 나도 어릴 때 있었어."

할머니는 언니와 나에게 윙크한다. 엄마는 딱딱해진 말투로 말한다.

"제 스스로 탈색한 머리카락이 어떻게 유전이야."

할머니는 엄마를 쳐다보지도 않고 언니에게 말한다.

"그리고 참 멋져. 우리 샘 록 스타 같아."

언니는 싱긋 웃는다. 엄마는 큰 숨을 들이쉬고 내쉰다.

엄마는 언니의 흰 머리카락을 싫어한다. 하지만 언니는 손쓸 뜻이 전혀 없다. 제 잘못 아니라며, 머리카락이 저절로 그런 색으로 나온 거라며.

두 사람의 오랜 갈등이다.

"애들 머리카락 왜 젖었어?"

할머니가 엄마를 보며 찌푸린다. 엄마는 할머니가 사 온 것들을 부엌에 정리해 넣으며 헛기침을 한다.

"아까 말했잖아. 비 오는데 밖에 서서 기다렸으니까 젖었지. 약속대로 엄마가 집에 있어 주었더라면 젖을 일도 없었어. 내가 그 예전 기술로 창문 열고 넘어 들어와야 했다고, 내 딸들 보는 앞에서!"

"항상 창문으로 다녔어."

할머니가 언니와 나를 보며 말한다. 그리고 혀를 찬다.

"그때 네 엄마 창문으로 나가고, 창문으로 들어왔어. 다락방 창문도 타고 나가. 아주 몰래몰래 다녀. 아이구, 골칫덩어리."

엄마가 당황해서 바람 빠지는 소릴 내고 언니와 나는 눈빛을 교환한다. 엄마가 다락방 창문을 타고 나갔다고? 어떻게? 도저히 가능하지 않게 높은데. 하지만 할머니는 과장해 말하는 습관이 있다. 또, 상상하면 재미있는 광경이기도 하다.

언니가 미소를 누르고, 나는 웃음을 뱉지 않으려 애쓴다.

엄마는 할머니에게 말한다.

"그리고 말이 나왔으니 말인데, 엄마 이제 운전 안 하는 게 좋아요. 특히 빗속에서는. 장을 보러 가야 하면 내가 올 때까지 기다리지 그랬어. 조심하셔야지. 엄마, 앞으론……."

"스읏."

할머니가 한 손가락을 들어 올리며 이 사이로 바람을 분다. 한때 언니와 내가 보던 티브이 프로그램에서 개 훈련사가 개를 길들일 때 화난 바람 소릴 냈다. 그 소리와 똑같다.

엄마가 이를 악물었다가 다른 질문들을 던진다.

"그리고 이건 다 뭐야? 왜 이렇게 하고 지내는 거야?"

엄마가 가리키는 건 지하실 입구의 상자와 가구들이다. 할머니는 한쪽 어깨를 으쓱하곤 대답한다.

"지하실에 물 들어왔어. 그래서 물건 위로 올렸어."

언니가 한쪽 눈썹을 올리며 묻는다.

"할머니가 혼자 저걸 다 옮기셨다고요?"

할머니가 언니에게 윙크를 한다. 할머니다운 행동이다. 할머니는 남의 질문에 일일이 대답할 필요를 느끼지 않는 사람이고, 난 그 점이 싫지 않다.

반면, 엄마는 그 점을 아주 싫어한다.

"아니, 그냥 넘어가지 말고. 이걸 엄마가 계단 위로 다 날랐다고? 그러다 다칠 수도 있는 거 알잖아. 엄마는……."

엄마가 잠시 말을 멈추었다가 이렇게 묻는다.

"나는 어디서 자라고?"

우리가 여기 살던 시절 엄마는 지하실에서 잤다. 할머니의 온갖 물건들 사이에서.

"넌 거실에서 자, 소파에서."

아무 일도 아니라는 듯 할머니는 대답한다. 맞서 따지리란 나의 예상과 달리, 엄마는 상자 쪽으로 가면서 말한다.

"뭐, 알았어. 그래도 이건 좀 옮겨 놓을게. 지하실 입구 막지 않게 우리가 밀어 둘게. 그리고 내가 내려가서 침수 피해도 좀 확인해 보고. 도와줄래, 샘?"

언니는 엄마를 빤히 본다.

엄마가 한숨을 쉬고 말한다.

"릴리?"

내가 가려는데, 할머니가 손목을 잡아 나를 제자리로 당긴다.

"아니, 아니. 옮기지 마."

그러자 엄마가 눈을 깜빡깜빡하다가 말한다.

"입구를 막고 있잖아."

이제 할머니는 마치 엄마가 내는 짜증을 물리치는 것처럼 양팔을 앞으로 휘젓고 말한다.

"아니, 아니. 오늘 '길일' 아니야. 나는 저거 운 좋은 날 날랐어. 오늘은 영혼들한테 위험한 날이야. 다른 날 옮겨."

영혼들에게 위험한 날……. 나는 입술을 잘근거린다. 어서 할머니와 단둘이 있을 기회를 만들어, 있을지도 모르는 호랑이 영혼들에 관해 물어보아야 한다.

"운 나쁜 날 물건 나르면…… '아주' 위험해. 그리고 물건 부수면……."

할머니가 상상할 수조차 없다는 듯 눈을 감고 몸을 떨더니 말을 잇는다.

"부수면, 아이구, 정말 나빠."

이제 엄마는 자기 머리카락을 쥐어뜯기라도 할 듯한 표정이 된다.

언니는 '또 시작이네.' 하듯 두 눈썹을 으쓱하며 날 보더니 복도를 되돌아간다.

이런 언쟁은 처음이 아니다. 할머니가 '전통'을 중요시하는 것을 엄마는 늘 못 견뎌 한다.

엄마가 이를 악물었다가 입을 연다.

"무슨 말도 안 되는 소리야. 도대체……."

할머니가 엄마에게 손가락질하며 엄마 말을 자른다.

"'너' 엄마 아니야. '내가' 엄마야. 질문 이제 그만. 가서 옷 갈아입어. 그런데 왜 잠옷 입었어?"

엄마가 변명하려 입을 열지만 할머니는 아랑곳 않고 손뼉을 치고는 말한다.

"나 지금 저녁 차려. 릴리는 나 도와줄 거야."

내가 돕겠다고 한 것도 아니지만 할머니는 현실을 자기 뜻대로 만들어 내는 기술이 있다. 나도 할머니를 돕는 게 싫지 않고.

나는 할머니를 따라 부엌 조리대로 가고 엄마는 상자 운반을 단념한다. 엄마는 할머니의 비옷을 집어 들고, 차에 있는 짐 가방들을 가지러 현관문을 나선다.

그때 복도에서 목을 큼큼 다듬는 소리가 나 쳐다보니 언니가 마치 무언가를 기다리는 것처럼 주저하고 있다. 나는 입 모양으로 "괜찮아, 올라가." 하고 말한다.

언니를 보내는 게 좀 미안하지만 언니는 요리나 상 차리기를, 아니, 일하기 전반을 전혀 좋아하지 않는다. 그리고 나는 할머니와 단둘이 있을 시간이 필요하다.

언니는 인상을 쓰며 돌아서더니 자기 친구들이 어쩌고 하는 말을 중얼거리며 다락방으로 향한다. 마침내 할머니와 단둘이 된 나는 속삭인다.

"할머니, 나 무슨 일이 있었어요."

할머니가 귀 뒤로 머리카락을 넘겨 주고 이마에 입을 맞춘다.

"그래, 아가. 할머니 듣고 싶어. 그런데 먼저, 고사(kosa) 지낼 시간."

"네, 그런데······."

"아, 아, 고사 먼저."

할머니가 부엌 이곳저곳의 찬장에서 그릇과 소쿠리를 꺼내 와 내 앞에 놓는다.

할머니가 내게 고사 지내는 법을 처음 가르쳐 준 것이 언제였는지도 기억나지 않는다. 고사는 우리가 늘 함께 해 온 일이다. 우리는 영혼들과 조상들을 위해 음식을 차리고, 그들이 배부르게 먹게 한 다음에 그 음식을 우리도 먹는다. "먼저 간 사람들 위한 거"라고 할머니는 늘 설명했다.

아주 어릴 때 나는 고사를 지내면 하늘에서 아빠가 찾아온다고 상상하곤 했다. 아빠가 우리와 같이 그 음식들을 먹으러 온다고 말이다. 그런데 그걸 언니에게 말하는 실수를 하고 말았다. 내가 고사 음식을 아빠가 먹을 거라고 말하자, 언니는 얼굴이 일그러져서 쏘아붙였다.

"아빠는 죽었어. 이건 놀이 아냐."

그다음부터 언니는 늘 고사를 좋아하지 않았다.

41

할머니가 팥으로 만든 떡을 건네고, 나는 그걸 받아 대나무 소쿠리에 할머니가 가르쳐 준 대로 담는다. 조심스럽게, 정성을 담아. 그 떡들에 내 손가락이 따뜻해진다.

"큰 변화 있는 날 이거 아주 중요해."

할머니가 작은 도자기 잔들에 술을 따르면서 말한다.

"사람 들어오는 날, 사람 나가는 날. 영혼들 기분 안 나빠지게 해."

숨결이 내 귀를 간질일 만큼 가까이 몸을 기울인 할머니가 말한다.

"영혼 배고프면…… 무서워져. 네 엄마 배고플 때처럼."

나는 미소를 짓는다.

"우리 언니 배고플 때도 무섭지 않아요?"

주름진 할머니 두 눈이 커진다.

"아, 제일 무섭지."

나는 언니를 희생시켜 웃으며 죄책감을 조금 느낀다. 그리고 할머니가 계속 음식 준비를 하는 사이에 말린 오징어와 멸치를 작은 접시에 놓으며 고사의 음률을 듣는다.

할머니가 나는 모르는 노래, 아마도 한국 자장가인 것 같은 노래를 콧노래로 부르니, 온 집이 할머니와 함께 노래하는 것 같다. 할머니가 여닫는 수납장이 속삭거리고 할머니가 채소를 씻는 물이 휘파람을 분다.

지금까지 나는 고사를, 그리고 할머니의 다른 믿음과 의례들을 늘 당연하게 받아들였다. 할머니가 믿는다면 다른 이유는 필요 없었다. 할머니의 마법에 설명이 필요하지 않았다. 하지만 그 호랑이를 보고 난 지금, 난 이 모든 걸 제대로 이해해야 할 것 같다.

"제가 길에서 뭘 봤어요."

"뭘 봤는데?"

할머니는 오이를 썰며 묻고 나는 마른침을 삼킨 다음 대답한다.

"그게…… 어쩌면…… 배고픈 영혼들 중 하나 같기도 해요."

칼을 내려놓고 내게로 고개를 돌린 할머니가 강렬한 눈빛으로 묻는다.

"무슨 말이야? 뭘 봤어, 릴리?"

갑자기 나는 초조해진다.

"그게…… 꿈이었던 것 같기도 한데. 꿈일까요?"

할머니가 몸을 내게로 더 기울인다.

"꿈 아주 중요해, 릴리. 뭐가 보였어?"

엄마가 이 자리에 있었다면 아마 내게 할머니 장단에 맞춰주지 말라고 했을 것이다. 언니는 나를 이상하다고 했을 것이다. 하지만 할머니와 둘이 있을 땐 그런 비판을 걱정하지 않아도 된다. 안전하다.

"호랑이요."

할머니는 날카롭게 속삭여 묻는다.

"호랑이가 뭘 했어?"

할머니가 화나 보인다. 나에게 화내는 것이 아닌데도, 그걸 아는데도 내가 말을 잘못했다는 기분이 든다.

"음, 그냥…… 서 있었어요. 그러다 사라졌어요."

갑자기 감당하기 어려운 두려움이 밀려와, 나는 속삭여 묻는다.

"혹시 제가 미치고 있는 걸까요, 할머니?"

할머니가 자신의 목걸이 펜던트를 감싸 쥔 채 내게로 몸을 기울인다. 숨결의 우유 냄새가 느껴질 만큼 가까이에서 나와 얼굴을 마주 본다.

"릴리, 미치다니 좋은 말 아니야. '생각하는 말' 아니야. 너 특별해서 진실 보이는 거야. 그건 미친 거 아니야. 알았지?"

고개를 끄덕이지만 나는 마음의 갈피를 잡지 못한다. 그 호랑이는 '진짜'처럼 느껴졌다. 그러면서도 진짜일 리가 없다. 진짜라고 느껴지는데 진짜가 아닌 것들은 어떻게 해야 하나?

"네 엄마는 이런 거 한 개도 안 믿어. 네 엄마 세상은 좁아. 하지만 '너는' 알아, 세상이 보이는 것보다 크다는 거."

할머니가 한쪽 손바닥을 내 뺨에 대고 살며시 누른다.

"이제 조심해. 그리고 호랑이 가까이 가지 마. 호랑이 아주 나빠."

"알아요. 가까이 안 가요. 호랑이는 사람을 잡아먹고 그러잖아요. 전 그냥……."

할머니가 고개를 젓는다.

"호랑이 믿지 마, 알았지? 호랑이는 사람 속여. 호랑이 거짓말 듣지 마, 절대."

"네. 할머니가 해 준 이야기들에서 그랬잖아요."

"그래, 그래, 나 이야기해 줬지. 그런데……."

할머니가 뒤로 물러나 고개를 한쪽으로 기울인다, 마치 무슨 결정을 하려고 곰곰이 생각하듯이. 할머니 목소리 어딘가가 좀 이상하다. 내가 아는 할머니가 아닌 것 같다.

"아마…… 내가 아직 안 해 준 이야기도 있을걸."

나는 앞에 있던 접시와 도마를 밀어 놓고 조리대로 올라가 할머니 앞에 앉는다. 이야기 들을 준비를 한다. 할머니가 우리에게 새 이야기를 해 준 것이 마지막으로 언제였지?

"어떤 이야기인데요?"

"호랑이들이 나를 찾고 있어."

할머니가 내 팔을 아래위로 쓰다듬으며 생각에 잠긴다.

"내가 호랑이들 것을 훔쳤어, 옛날 옛날에, 너만큼 작을 때 그랬어. 그런데 이제 호랑이들이 그거 되찾고 싶어 해."

"잠시만요. 네? 이거 할머니 이야기예요?"

"이 이야기는 진짜야."

나는 몸을 뒤로 뺀다. 할머니가 경험담을 들려준 건 처음인데, 사실 같지가 않다. 어제만 되었어도 나는 안 믿었을 것이다. 할머니가 지어낸 이야기일 뿐이라고 여겼을 것이다. 도무지 진짜일 리 없으니까.

길에서 갑자기 사라진 호랑이가 진짜일 리 없듯이.

그런데도…….

나는 내 땋은 머리 한 가닥을 당기며 묻는다.

"뭘 훔치신 거예요?"

만일 이 이야기가 진짜라면, 내가 본 그 호랑이도 진짜일지 모른다. 할머니가 훔쳤다는 무언가를 찾으러 나타났는지도 모른다. 그런데 훔친 것이 과연 무엇이기에, 얼마나 중요하기에 호랑이가 이토록 먼 곳까지 쫓아올까? 그리고 호랑이들에게서 무언가를 훔치는 건 어떤 기분일까? 그토록 강력하고 위험한 일을 하는 건 도대체 어떤 기분일까?

할머니가 인상을 쓴다.

"안 중요해, 아가. 질문 너무 많으면 위험해."

"그래도……."

쾅 하고 문이 열리고, 숨을 거칠게 쉬면서 들어온 엄마가 짐 가방 두 개를 툭 내려놓는다.

"'그래도' 소용없어."

할머니가 혀를 차고 덧붙인다.

"이제 우리 그 이야기 안 해."

"무슨 이야기?"

콧등의 안경을 추어올리고 숨을 고르며 묻는 엄마다.

할머니가 내게 '쉿.' 하는 눈빛을 보내고, 나는 아무 말 하지 않는다.

"아무도 말 안 해 줄 거야?"

눈을 깜빡깜빡하는 엄마에게 할머니는 너무 상냥하게, 아무것도 모른다는 듯 대답한다.

"음, 난 건너뛴다."

엄마가 고개를 기울인다.

"건너뛴다고……? 뭘 건너뛰어? 나한테 말하기를?"

할머니가 씩 웃고 고개를 끄덕이더니 또 한 번 말한다.

"난 건너뛴다."

엄마는 계속 할머니와 나를 번갈아 보지만 나는 아무것도 모른다는 듯이 어깨를 으쓱한다. 더 묻고 싶은 게 있는 것처럼 보이는 엄마는 이내 한숨을 쉬고 포기한다.

"그래, 뭐. 나는 짐 마저 가지러 가요. 조리대에 올라앉지 마,

릴리.”

엄마는 다시 계단을 내려간다. 나는 조리대에서 내려오긴 하나, 엄마가 집을 나가자마자 다시 할머니에게 묻는다.

“뭘 빼앗으셨는데요? 왜 그러셨는데요? 그래서 어떻게 됐는데요?”

할머니가 내게 겹겹이 쌓인 접시들을 건넨다.

“질문 그만. 이제 상 차리자. 고사 지내면 우리 안전해. 고사 지내면 호랑이 못 와.”

할머니가 내게서 돌아서서 채소를 썰기 시작한다.

고사상을 차리면 할머니는 고사를 지내기 전에 내게 음식을 조금 주곤 한다. 윙크하고 이렇게 속삭이면서.

“어서 먹어. 영혼들 안 볼 때 빨리.”

하지만 오늘 저녁은 분위기가 다르다. 할머니는 내게 음식을 주지 않고 나는 묻지 않는다. 할머니가 시키는 대로 고사상을 차리면서, 나는 호랑이와 호랑이에게서 훔친 것과 할머니의 이야기 들을 생각한다.

할머니는 언제나 불가능한 일들이 일어나는 이야기를 해 주었고, 나는 이제 그 일들이 정말로 일어날 수도 있을까, 하는 생각이 들기 때문이다.

5

이야기 하나 해 줄까? 바로 그 호랑이 이야기 말이다. 혹시나 궁금해할까 봐서. 혹시나 듣고 싶어 하며, 기다리며, 앉아 있을까 봐서.

***

옛날 옛날, 호랑이가 사람처럼 걷던 시절⋯⋯ 마을 가장자리 언덕 꼭대기, 담쟁이덩굴로 뒤덮인 작은 집에서 두 어린 여자아이가 할머니와 함께 살았다. 검은 머리카락을 길게 땋아 내린 그 자매는 모든 걸 함께 했다. 떡을 아주 좋아하는 것도 똑같았다.

어느 날, 할머니가 마을에서 두 손녀에게 줄 떡을 사고 집에 오다가 호랑이를 만나 멈추어 섰다. 하늘에서 뚝 떨어진 것처럼 난데없이 나타난 그 호랑이가 할머니 바로 앞에 서서 길을 막았다.

호랑이는 말했다. "네가 가진 것 중에 내가 원하는 게 있다."

호랑이가 무언가를 원할 때는 벗어나기 힘든 법. 그럴 땐 어떻게 하는 것이 가장 좋으냐고? 도망가야 한다. 호랑이와 대화하면 안 된다. 절대로 호랑이 말을 '들어' 보지도 말고.

그래서 할머니는 호랑이에게 떡을 던져 주의를 돌렸고, 호랑이가 그 떡을 모두 삼키는 사이, 도망갔다.

"맛 좋다!" 호랑이는 외쳤다. 하지만 호랑이에게 떡을 주면 호랑이는 떡과 잘 어울리는 것을 원한다. "더 줘!"

할머니는 멀리 못 갔다. 따라잡은 호랑이가 할머니 앞으로 달려들었다. 이제 할머니는 호랑이에게 줄 음식이 없었고, 그러자 호랑이는 할머니를 먹어 치워 버렸다. 할머니를 떡처럼 통째로 삼켰다.

남은 할머니의 흔적이라고는 땅으로 사뿐히 내려앉은 머리 스카프뿐이었다.

호랑이는 여전히 더 원했다. 아직 만족스럽지 않았다. 호랑이들은 만족을 모른다. 하지만 그 호랑이는 똑똑했다.

호랑이는 할머니의 머리 스카프를 챙겼고, 며칠 후 그것으로 할머니인 척 위장하여 할머니와 손녀들의 작은 집으로 갔다.

호랑이는 문을 두들기고는 말했다. "얘들아, 할머니 왔다. 비 오고 추운데 집에 못 들어가고 있어. 문 좀 열어 다오." 호랑이는 발톱으로 그 집의 벽을 긁었다.

쓰르륵 쓰르륵 쓰르륵.

두 자매는 무언가가 이상하다는 것을 느꼈다. 할머니 손톱이 이렇게 길고 이렇게 더러울 리가 없었다. 할머니는 늘 손톱을 잘 손질해 두길 좋아했다.

하지만 할머니가 너무나 보고 싶은 자매에게 호랑이는 말했다. "얘들아, 할머니가 떡 사 왔어. 언니야하고 애기하고 서로 나눠 먹으렴."

동생은 할머니가 집에 들어오길 간절히 바랐다. 호랑이는 동생에게 외쳤다. "날 믿으렴, 애기야. 믿어."

그래서 동생은 달려가 대문을 밀어젖혔다.

동생은 숨을 죽이고 기다렸다. 호랑이가 으르렁 포효했다.

이 대목이 주는 교훈: 호랑이를 믿지 말자.

동생은 호랑이가 할머니가 아니라는 것을 곧바로 알아챘다.(할머니는 평소 포효하지 않았다.)

그래서 두 여자아이는 달렸고, 호랑이는 뒤쫓았다. 사막과 바다를 건너고 눈 덮인 산과 굵은 비가 내리는 숲을 지나 쫓고 쫓기었고, 그러다 보니 땅의 끝에 이르렀다. 아무것도 없는 심연이 앞에 펼쳐져 있었다. 세상의 끝, 이야기의 끝이었다.

"여기까지인가 봐." 하고 언니는 울었다.

호랑이는 자매에게 점점 다가왔다. 아주 배고픈 호랑이였다.

"도와주세요!" 동생이 두 눈을 꼭 감고 하늘 신에게 간절히 빌었다. "저희를 구해 주세요! 제발, 제발, 제발."

놀랍게도, 하늘 신의 응답이 돌아왔다. "흠. 좋다. 대신에 이야기 하나를 들려 다오."

하늘 신조차도 이야기를 그리 좋아했다.

그래서 동생과 언니는 빠르게 이야기를 생각해 하늘 신에게 들려주었다.

하늘 신이 이 자매들을 구해 주었다는 것이 아마 놀랍진 않을 것이다. 이런 이야기들은 행복하게 끝나는 법이니 말이다. 호랑이가 자매들을 잡아먹으려고 뛰어올랐을 때 하늘 한쪽 끝에서는 마법의 동아줄이, 반대쪽 끝에서는 마법의 계단이 내려왔다.

언니는 동아줄을 잡고 동생은 계단을 디뎌 올랐다. 오르고 올라 둘은 하늘 왕국에 안전하게 도착했다.

하늘 신은 자매에게 하늘 왕국에서 영원히 지내도 좋다고 했지만, 일을 해야 한다는 조건을 걸었다. 하늘 왕국에서 사는 일? 비용이 비싸다.

그래서 언니는 해가 되고 동생은 달이 되었다.

언니는 행복했지만 동생은 울었다. 세상 모두가 달을 올려다보는 것이 좋지 않았다. 동생은 숨고만 싶었다.

그래서 언니가 역할을 바꾸자고 했다. "걱정하지 마. 그러면 네가 해를 해. 해는 아무도 못 쳐다보거든."

문제는 해결되었다! 둘은 다시 행복해졌고, 하늘 위 서로의 반대편 끝에 자리한 채 영원히 안전했다.

그 호랑이는? 저 아래 땅 위에서 자기도 올라가고 싶다고 청했다. 하지만 하늘 신은 호랑이 말을 들을 마음이 없었다. 호랑이 이야기를 듣고 싶지 않았다. 그래서 그 호랑이는 추방되었다.

***

내가 어렸을 때 할머니는 해마다 우리에게 이 이야기를 들려주었고, 나는 결말이 늘 만족스러웠다. 나는 그 호랑이가 어떻게 되었는지는 한 번도 궁금해하지 않았다.

그 호랑이의 이야기는 무엇일까, 하고 한 번도 멈추어 묻지 않았다.

그 호랑이가 돌아온다면 어떻게 될까, 하고 한 번도 멈추어 생각해 보지 않았다.

6

나는 땀을 흘리며 잠에서 깨어난다. 이불은 엉켜 있고 베개는 젖어 있고 침대는 끼익거린다. 요란한 꼬르륵 소리에, 나는 배고프다는 것을 깨닫는다. 한밤중의 김치(kimchi) 몇 점이 너무나 당긴다. 담요를 헤치고 침대에서 내려온 나는 언니를 지나 발끝으로 방을 가로지르면서, 삐걱거리기 좋아하는 바닥에게 조용히 해주길 빈다. 하지만 바닥은 내 말을 듣지 않는다. 걸음걸음마다 낑낑거린다.

그래도, 언니가 뒤척이지 않는다.

나는 방에서 나와 난간을 꼭 잡고 계단을 내려가며 어두운 밤 그늘들 속에서도 앞을 보려 애쓴다.

그늘들이 어딘가 좀 이상하다.

내 앞에서 춤을 추고 휘는 것 같다, 내게 안 보이는 무언가가 주문을 걸기라도 한 것처럼.

눈을 비비고 고개를 흔들어 내 머리에서 잠을 몰아내자 그 이상한 그늘들이 보통의 그늘로 돌아간다. 나는 그대로 살살 계단을 내려가 할머니 방 앞을, 그리고 소파에서 자는 엄마 근처를 지나친다.

조심스럽게 부엌으로 발을 디디다가……

멈춘다.

지하실 문을 가로막았던 상자들이 옆으로 옮겨져 있다. 그래서 지하실로 내려가는 길이 생겼다.

엄마가 그 상자들을 치우고 싶어 하긴 했어도 할머니 기분 건드리는 것을 불사할 정도로는 아니었는데. 게다가 엄마가 원한 것은 그 상자들을 아예 벽까지 옮기는 것이었지 이렇게 조금 옆으로 밀어 놓는 것은 아니었는데.

더 이상한 점. 문이 열려 있다는 것.

보이지 않는 어떤 무게가 가슴에 얹혀, 나는 숨을 쉬기가 어렵다.

바깥에서는 바람에 흔들리는 나뭇가지들이 쓰르륵 쓰르륵 쓰르륵 창문을 긁고, 지하실 문은 미세하게 앞뒤로 흔들거리는 것 같다.

나는 그 문 가까이로 슬금슬금 다가선다.

여기서 오해하지 않았으면 하는데, 나도 공포 영화를 좀 본 사람이다. 언니와 둘이서 보곤 했고, 보는 내내 언니 어깨에 머리를 묻기는 했어도 공포 영화의 법칙들은 안다.

1. 지하실로 내려가면 안 된다.
2. '혼자' 가는 건 더욱 안 된다.

하지만 여긴 다르다. 여긴 그런 영화 속 무서운 지하실이 아니다.

엄마가 집에 없을 때면 언니와 이 지하실에서 많이 놀았다. 할머니에게서 들은 이야기를 연기하기도 하고 직접 동화를 짓기도 했다. 오래된 할머니 물건들 가득한 그곳에서 우린 언제나 새로운 무언가를 찾을 수 있었다.

내가 무척이나 좋아하는 장소였다.

그리고 지금, 그 지하실이 나를 부른다. 나를 끌어당긴다. 배 속 깊숙이, 위 바로 뒤에서 느껴진다.

지하실 나무 문에 손바닥을 대니 미지근하고, 밀어서 더 여니 끼익 소리가 난다.

나는 숨을 죽이고, 두려운 건지 신나는 건지 알 수 없는 기분으로 기다린다.

아무 일도 일어나지 않는다.

벽을 더듬어 조명 스위치를 찾았지만 작동이 되지 않아, 나는 천장 가까운 좁은 창으로 쏟아지는 달빛만으로 앞을 보며 내려간다. 갈라진 나무에 닿을 때면 따끔거리는 맨발로 한 칸 한 칸 디디다 보니, 어느새 바닥에 다다라 있다.

우선 마음이 놓인다. 지하실에 아무것도 없어서.

그러고는 마음이 상한다. 지하실에 아무것도 없어서.

와 보니 실제로는 작다. 어릴 적 기억에서는 더 컸는데. 그때 이곳은 내게, 한쪽 끝에서 다른 쪽 끝까지 어떻게 갈까? 어떤 상자를 넘어서 갈까? 어떤 길로 갈까? 하고 계획해야 하는 퍼즐이었는데.

지금은 아무것도 없다.

정말이지 아무것도, 물기조차 없다. 할머니는 지하실에 물이 찼었다고 했는데 말이다. 나는 바닥에 무릎을 꿇고 앉아 카펫을 쓸어 본다. 바싹 말라 있다.

젖어 있어야 하는 것 아닌가? 그리고 냄새가 나야 하는 것 아닌가, 나도 잘 모르지만 '젖은' 냄새나 흰 곰팡이 냄새 따위가?

하지만 지금 나는 냄새는 늘 나던 지하실 냄새다. 먼지와 빼곡한 기억의 냄새. 오래된 책의 책장을 넘길 때 나는 것 같은 냄새.

나는 볼 안쪽을 깨문다. 어쩌면 과대망상인지 몰라도, 말이 안 되는 것투성이다. 지하실이 침수되지 않았다면, 할머니는 왜 이곳에 있던 자신의 물건들을 다 치운 걸까?

그리고 왜 거짓말을 했을까?

어떤 소리에 놀라, 나는 벌떡 일어난다. 동물이 으르렁거리는 것 같은, 아주 낮은 소리다. 나는 스스로의 발에 걸려 넘어지면서 급히 계단으로 돌아간다. 두려움이 발가락을 무는 것을 느끼며 계단을 뛰어오른다. 한 번에 두 칸씩 거의 숨도 쉬지 않고 뛰어올라 지하실에서 빠져나온 후, 등 뒤로 문을 단단히 닫는다.

닫힌 문에 기댄 채, 나는 숨을 고르고 떨리는 다리를 진정시킨다.

나는 이제 자러 가야 한다. 하룻밤에 이미 넘치게 많은 일들을 겪었고, 김치 먹고 싶은 생각도 달아났다.

그런데 그 소리가 또 들린다. 이제 보니 화장실에서 나고 있다. 화장실 문은 조금 열려 있고, 나는 어둠에 가만히 머무르며 안을 살며시 엿본다.

화장실 안에 그림자로 된 짐승이 있다. 까만 비늘로 뒤덮인 그것이 몸을 숙인 채 들썩거린다. 마치 뼈가 모조리 부서진 것처럼 울고 움직인다.

내 심장이 완전히 얼어붙는다. 하지만 그때 그 짐승의 그림자가 빠져나가고…….

짐승이 아니었다. 우리 할머니다. 그리고 무언가가 잘못되어 있다.

7

눈앞의 상황을 이해하려 애써 보지만 잘 안 된다. 괴물이 아니었다. 나의 할머니였다.

할머니가, 탈이 났다.

할머니가, 토한다.

애들은 만날 배탈이 난다. 언니는 "너희 애들은 세균 덩어리야." 하고 늘 내게 말한다. (자신은 마치 어른인 것처럼.) 하지만 언니 말이 맞는다. 어른은 배탈 나 토하지 않으니까. 그리고 특히 우리 할머니는 토하는 게 어울리지 않는다. 할머니는 너무 멋스러운데 구토는 너무…… 더러우니까.

할머니는 잠의 여왕이다. 늘 그랬다. 머리카락을 헤어롤에 말고 머리 스카프를 두르고, 얼굴에는 미용 팩을 붙인 채 저녁 8시 반이면 잠자리에 들어 열두 시간을 자는 사람.

그 '미용 수면'을 방해할 수 있는 건 아무것도 없는 줄 알았는데, 아마도 이것이 예외인 모양이다.

착한 손녀딸이라면 이럴 때 할머니를 도울 것이다. 착한 여자애라면 할머니에게 크래커와 물을 가져다주고 머리카락을 잡아 줄 것이다.

하지만 어떤 이유에서인지 나는 움직이지 않는다. 발이 말을 안 들어 그냥 서 있고, 손이 말을 안 들어 문을 열지 못한다.

나는 착한 손녀딸이 아니다.

보지 말았어야 하는 것을 본 기분이다. 조금 열린 문틈으로 할머니가 나를 본다. 너무 늦게 투명 인간 스위치를 켜 보지만 소용없다. 할머니에겐 내가 보인다. 늘 그렇다.

"릴리."

쉰 목소리로 할머니가 나를 부른다. 할머니 머리카락에 돌돌 만 까만 헤어롤들이 비늘처럼 보인다.

"네 목소리 들린 것 같은데."

할머니 얼굴이 어둠에 가려져 있어, 나는 그 마음을 짐작할 수 없다. 할머니는 내게 언짢을까? 내가 몰래 집 안을 돌아다녀서 화가 났을까? 내가 가 버리기를 원할까? 말을 하자 속삭임으로 나온다.

"괜찮으세요?"

할머니는 변기 물을 내리고는 일어서서, 달빛이 내리는 곳으로 걸어간다. 눈과 입 가까이의 주름이 평소보다 더 깊어 보여도, 할머니는 충분히 건강해 보인다. 소리를 듣지 못했다면, 나는 할머니가 구토했다는 걸 눈치채지 못했을 것이다.

"당연히 괜찮아. 온 가족 여기 왔는데. 괜찮은 것보다 더 좋아."

"그래도⋯⋯."

나는 목소리가 갈라져 목을 가다듬는다.

"할머니⋯⋯ 속 안 좋으세요?"

"응, 맞아. 아주 조금. 그거 뭐라고 하지? 배꼽만큼?"

가끔 나는 할머니가 일부러 틀린 영어를 쓴다고 생각한다, 우리를 웃기려고. 우리 주의를 딴 데로 돌리려고.

"눈곱만큼요?"

할머니가 고개를 끄덕인다.

"그래, 눈곱만큼 안 좋아. 그래도 할머니 괜찮아."

나는 마음을 진정시키려고 큰 숨을 들이쉰다. 위장병은 누구나 앓을 수 있다. 할머니들도 앓을 수 있다.

눈곱만큼은.

"너 왜 안 자?"

"잠이 안 와서요. 저 계속⋯⋯ 그 호랑이 생각이 나요."

내 심장이 세 번 느리게 뛰는 동안 할머니가 나를 쳐다본다. 그리고 내게 손을 내민다.

"가서 나랑 눕자. 이제 이야기해 줄게. 내가 훔친 거 뭔지."

8

따라 들어간 할머니 침실에서, 나는 이불을 덮고 할머니 옆에 눕는다. 어둠 속에서 방을 훑어본다.

침대 옆 탁자 위 늘 있었던 것들: 나와 엄마, 언니의 사진들.

침대 옆 탁자 위 새로운 것들: 한 줄로 늘어놓은 조그만 주황색 약병들. 약병 대가족.

그 약병들에 관해 내가 물을 틈 없이, 할머니가 말한다.

"나, 이야기들을 훔쳤어."

나는 숨을 들이마시며 이해하려 애쓰지만 좀 어렵다. 우리 할머니가. 이야기를 훔쳤다. 마법의 호랑이들에게서.

말이 되는 부분이 많지 않다.

"이야기를 어떻게 훔쳐요?"

할머니가 너무 오래 대답이 없어, 어쩌면 그 이야기를 해 주겠다는 할머니 마음이 바뀌었을지도 모른다는 생각이 든다. 하지만 할머니는 그저 긴장감을 점점 높이면서 기다리고 있는 것이다. 할머니가 내 손을 잡고는 손가락 끝으로 내 손금 생명선을 어루만진다. 내가 꼬마일 때, 할머니는 이야기를 해 주다 무서운 부분이 되면 이렇게 해 나를 안심시켰다.

"옛날이야기들이야. 옛날 옛날, 호랑이가 사람처럼 걷던 때 이야기."

이 마법의 말에 내 심장이 콧노래를 하고, 나는 할머니에게 좀 더 붙는다.

"그 시절 밤이 새까맸어. 밤 되면 어둠뿐이었어. 어둠뿐인데, 공주가 하늘 성에 살았어. 그 공주 아주 외로워서, 밤에게 이야기를 속삭였어. 그 이야기들 별이 됐어."

할머니가 우리에게 손을 뻗어 하늘에서 이야기를 따 달라고 할 때면 나는 그냥 재미있는 놀이라고만 생각했다. 말 그대로라고 생각해 본 적이 없었다.

"별들이 이야기로 만들어졌다고요?"

"그래, 그래. 자, 들어 봐."

할머니가 나를 조용히 시키고는 이야기를 잇는다.

"그 하늘 공주가 이야기 아주 많이 해서, 하늘에 빛 가득해. 어둠 없어! 그래서 땅 마을 사람들이 아주 행복했어. 이젠 밤이 없어서."

나는 칠흑처럼 까만 창밖을 보며 몸을 떤다. '밤이 없어서……'

"이야기는 마법이 있어. 아주 밝고 아주 강력해. 그러니까 당연히 호랑이들이 갖고 싶어 해. 호랑이들은 높이 산꼭대기에 별 가득 모으고 하늘 지켰어."

할머니는 이야기를 잇는다.

"사람들도 이야기 아주 좋아했어. 하지만 나는 어떤 이야기들이 좋지 않았어. 어떤 이야기들은…… 위험해. 너무 위험해서 이야기하면 안 돼."

나는 잠시 그대로 있다가 묻는다.

"이야기가 어떻게 위험할 수 있어요?"

할머니가 두 팔로 나를 꼭 안는다.

"어떤 이야기 들으면 사람들 기분 나빠지고 행동 나빠져. 어떤 이야기 들으면 나 슬퍼지고, 작아져."

나는 입술을 깨문다. 할머니가 우리에게 해 준 이야기들은 결말이 늘 행복했다. 똑똑한 여자아이들과 사랑 가득한 가족들이 나오고, 전투사 공주들이 누군가를 구해 냈다.

"우리 할머니가 나한테 슬픈 이야기, 우리 한국 역사 이야기하면서 울었어. 그러면 이웃들은 무서워하고 친구들은 화냈어. 그래서 내가 생각했어. 왜 우리는 나쁜 이야기 꼭 들어야 해? 나쁜 이야기는 그냥 없어지는 게 좋지 않아?"

나는 마른침을 삼킨다. 맞아, 하고 생각한다.

"그래서 조용한 밤에, 내가 우리 집에서 유리 단지 챙겨서 그 산에 갔어. 호랑이 동굴 있는 산꼭대기에."

나는 귀를 기울인다.

"나는 조그만 마을 사는 조그만 여자애여도 꾀 많았어. 호랑이 동굴 밖에 몰래 숨어서 호랑이 잠들 때까지 기다렸어. 호랑이들 코 고는 소리에 땅 흔들릴 때까지. 그리고 내가 그 별들, 그 나쁜 이야기들을 주먹으로 쥐어서 유리 단지 안에 넣었어."

이것 역시 일어날 수 없을 것 같은 일이다. 하지만 어쩌면 이 세상은 내 생각보다 넓을지 모른다. 어쩌면 호랑이가 감쪽같이 사라지고 별이 유리 단지에 갇히는 일이 세상 어딘가에서는 일어날 수 있을지도 모른다.

"할머니 그 별들을 훔치신 거네요."

"전부 훔친 건 아닌데…… 그래, 맞아."

별을 손에 쥐는 건 어떤 기분일까? 그 별들은 먼지처럼 부서질까, 유리처럼 산산조각 날까? 손을 델 정도로 엄청나게 뜨거울까, 날카롭고 차가울까?

"내가 그 유리 단지들 꽉 잠갔어. 그리고 살금살금, 가만가만, 조용조용 동굴 떠났어. 그런데 이런 생각 들었어. '더 조심해야 돼. 호랑이들이 절대 못 쫓아오게 해야 돼.' 그래서 숲속에서 바위를 하나씩 가지고 와서 동굴 입구에 쌓았어. 벽 만들었어, 크고 무거운 벽. 호랑이들이 그 벽 안에 갇혔어."

나는 그 벽 반대편을 발톱으로 긁는 호랑이들을 상상하며 몸이 떨린다.

"나는 '나쁜 이야기 이제 싫어. 더는 싫어. 다시는 안 들어.' 하고 생각했어. 그래서 달아났어. 나 살던 작은 마을 떠났어. 바다 건너고 온 세상 건너서, 새로운 곳에 갔어. 슬픔이 못 쫓아오는 곳에 갔어."

할머니가 점점 잠이 와 목소리가 작아지기 시작한다.

"내가 별을 훔쳐서, 숨겼어."

"어떻게 아셨어요?"

나는 내 따뜻한 발가락을 할머니의 차가운 발가락에 꼭 붙이며 묻는다.

"할머니가 괜찮으리라는 걸 어떻게 아셨어요?"

"몰랐어. 그래도 나는 나를 믿었어. 그리고 믿으면 용감해. 가끔은 믿는 게 세상에서 가장 용감해."

"그래서 다 잘되었어요?"

할머니는 자신이 어떻게 한국을 떠나 미국으로 왔는지 그다지 말해 준 적 없고, 나도 물어봐야겠다는 생각이 든 적 없다.

너무 오랫동안 대답이 없어 할머니가 잠들었을지도 모른다는 생각이 들었을 때, 대답이 들려온다.

"영원한 건 없어, 릴리. 호랑이들이 거기서 빠져나왔어, 아주 화났어. 호랑이들이 이제 나 쫓아와."

거실에서 들리는 끼익 소리에 나는 순간 긴장하지만, 아마도 잠결에 뒤척이는 엄마일 것이다.

할머니가 내 이마에 뽀뽀를 하고, 말이 흐릿해지며 꿈속으로 빠져든다.

"호랑이가 나 잡으러 와. 끝까지 잡으러 와."

9

그 밤 나는 호랑이로 가득한 꿈을 꾼다. 그러고는 깨어난 아침, 나는 잠든 할머니 곁에 누운 채 할머니의 이야기를 곱씹는다. 질문들이 내 머릿속에서 천둥처럼 우르릉거린다.

할머니는 무슨 이야기를 훔쳤을까? 궁금하다. 마음 한편으로는, 설사 위험하더라도 그 이야기들을 듣고 싶다.

하지만 더 중요한 질문들이 있다. 이를테면 내가 실제로 호랑이를 본 것일까? 만약 그렇다면 내가 본 건 할머니를 쫓는다는 그 호랑이가 분명하다.

우린 무슨 수를 써야 한다. 손 놓고 기다릴 순 없다. 우리 스스로를 보호할 계획이 필요하다.

다시 잠들 일은 없을 것 같아 침대에서 내려온 나는 할머니 방에서 거실로 나간다.

창밖에선 해가 구름에 가려져 있고 이 집은 회색으로 물들어 있다. 거실이 너무나 조용해서 나는 소파에 앉은 엄마를 발견하고 깜짝 놀란다.

엄마는 반쯤 찬 머그잔을 들고 내 쪽이 아닌 방향으로 웅크리고 앉아 있다. 머그잔에서 춤추며 피어오르는 김이 얼굴에 입맞추지만 엄마는 알아채지 못한다.

그러고 보면 엄마가 이렇게나 '가만히 있는' 모습은 정말 오랜만이다. 엄마는 언제나 움직이니까. 지금, 나는 모처럼 소중한 순간을 포착한 것 같다. 이 순간을 잡아서 내 심장 가까이에 두고 싶다.

엄마는 거실 창밖을 내다보고 있다. 보이는 거라곤 나무들의 흐릿한 윤곽선과 먼 집 몇 채뿐인데도.

내가 엄마에게 다가가자 마룻바닥이 꽥 소리를 지른다. 그러자 엄마가 움찔하며 놀라 머그잔 속 커피가 쏟아질 듯 출렁거린다.

"릴리! 깜짝이야. 넌 하여간 조용해. 늘 이렇게 몰래몰래 다가오고."

"아, 미안."

몰래 다가가려 한 것은 아니었다. 엄마는 그냥 미소를 짓고 묻는다.

"기분은 어때? 잘 잤어?"

그 질문의 답이 너무 복잡해, 나는 고개만 끄덕인다.

더 캐묻지 않는 것을 보면 엄마에겐 그게 대답으로 충분한 모양이다. 엄마가 머그잔을 커피 탁자에 탁 내려놓으며 자리에서 일어섰을 때, 나는 엄마가 셔츠와 출근용 바지를 차려입었단 걸 깨닫는다.

"배고파?"

"아니. 그거 무슨 옷이야?"

부엌에서 그릇 소리를 내며 엄마가 답한다.

"오늘 아침에 면접 보러 가거든."

우린 여기에 이사 와 고작 하룻밤을 잤다. 다른 엄마들이었다면 대개 집에 적응하거나 짐을 풀고 있었을 이때, 우리 엄마는 벌써 일자리를 알아보고 면접 기회를 얻었다. 캘리포니아에서 엄마는 회계사로 일했고 아주 많이 일했다.

"그래도 뭐 좀 차려 줄 시간은 있어. 너 뭘 좀 먹어야지. 남은 떡은 좀 어때?"

"괜찮아. 나 사실 생각을 좀……."

"진짜 괜찮다고? 데우면 맛있어. 할머니가 옛날 처음 여기 이사 왔을 때 떡 만들어 파신 거 내가 얘기했나? 그 떡을 안 좋아하는 사람이 없었어."

나는 한 발 다가선다.

"정말?"

엄마는 원래 어린 시절 이야기를 거의 하지 않는다.

"차 한 잔은 어때? 줄까? 엄마가 타 줄 수 있지."

엄마가 수납장을 열고 잠시 그대로 있다가 한 손으로 허공을 젓는다.

"아, 맞다. 할머니가 머그잔 자리 옮겼지. 이전이랑 달라졌어."

엄마가 새 자리에서 머그잔 하나를 꺼내어 차를 탄다. 나는 차를 마시고 싶지 않은데도 말이다. 나는 차를 좋아하지 않는다.

"엄마……."

나는 망설이며 말을 꺼낸다. 되도록 아무것도 아닌 듯 말하려고 애쓰면서.

"엄마 어렸을 때도 할머니가 이야기 들려주셨어? 일어날 수 없는 일들이 일어나는 이야기들?"

엄마는 인상을 쓴다.

"글쎄……. 그런 것 같기도. 그런데 나는 너처럼 책 좋아하는 애가 아니었어. 나가 노는 걸 좋아해서, 이야기 듣고 앉아 있을 만큼 참을성이 없었어."

"으응."

가끔씩 들곤 하는, 나에게 어딘가 문제가 있다는 기분이 들지만 그냥 옆으로 밀어 둔다.

"그래도 할머니 어린 시절 이야기 같은 건 해 주셨어?"

엄마의 눈빛이 멀어진다. 아까 창밖을 보고 있던 때처럼.

"할머니는 한국 살던 시절 이야기는 안 하셔. 내가 아는 건 서울에서 아주 먼 김해라는 지역에서 가난하게 자라시고 할머니의 할머니랑 단둘이 사셨다는 거, 그리고 아주 어릴 때 할머니의 엄마가 미국으로 오셨다는 것뿐이야. 할머니는 미국 처음 이민 왔을 때, 그러니까 나 아기였을 때, 엄마를 찾아보려고 하셨어. 그런데 아마 못 찾으셨을 거야."

"내가 궁금한 건 그것보단……"

어떻게 물어야 할지를 모르겠다. 별이 들어 있는 유리병들을 본 적 있어? 호랑이가 쫓아온 적 있어?

"……아냐, 아무것도."

엄마는 큰 숨을 쉰 다음 얼굴에 미소를 덮어씌우고 말한다.

"그건 그렇고, 너 이 동네 애들 좀 만나 보고 그래야지. 엄마

동창들 중 몇몇이 네 또래 애들 키우거든. 우리가 만나서 애들끼리 놀게 해 줄 수도 있어."

엄마는 주제를 바꾸고 싶을 때 이렇게 한다. 불쑥 말을 돌려 버리고는 마치 우리가 내내 그 이야기를 한 것처럼 말한다.

나는 '부모가 만나 애들끼리 놀게 하는' 걸 나에게 할 수 있던 시절은 한 6년 전쯤에 끝났다는 말을 굳이 하지 않는다. 그리고 친구 사귀기가 얼마나 어려운지도 설명하지 않는다.

친구가 그냥 착 붙는 사람들도 있다. 우리 언니 같은 사람. 못되게 굴 때가 있어도 언니는 주변에 늘 사람이 많다. 언니 전화기에는 대답해야 할 문자가 끝없이 쌓인다. 하지만 나는 한 번도 언니 같았던 적이 없다.

나도 친구가 몇 있긴 했고, 여자아이들 한 무리와 함께 어울리기도 했다. (언니 말론 그 여자애들 역시 나처럼 '조아여'들이었다.) 하지만 그 애들 역시 멀어져 버렸다. 나쁜 애들이거나 그랬던 것은 전혀 아니고, 그저 무언가를 함께 하자고 나를 부르기를 잊었다, 내가 있다는 걸 잊은 것처럼.

그 아이들도 내게 착 붙지 않고 떨어져 나간 것이다.

그리고 난 괜찮다고 생각한다. 그저 투명 인간이 되는 능력 때문이라고.

"면접 보려면 이제 나서야겠다. 그런데 너 집 밖으로 좀 나가야 해. 나가서 바깥 공기 좀 마셔. 도서관은 어때? 책 좋아하는 애들 만날지도 모르잖아. 그리고 너 도서관 사랑하잖아."

내가 도서관을 좋아하긴 한다. 하지만 '사랑한다'는 엄마 생각은 어디서 왔는지 모르겠다. 특히 이 집 앞 길 건너에 있는 도서관을 나는 한때 정말 싫어했는데 말이다.

꼬마였을 때 그 도서관에 들어가지 않겠다고 고집했다. 엄마와 언니가 들어가 내가 읽을 그림책을 빌려 오는 동안 나는 도서관 앞 계단에 앉아 기다렸다.

엄마는 숲 앞에 자리한 그 도서관이 마치 귀여운 오두막집 같은데 왜 두려워하는지 이해가 안 된다고 했다. 도서관 문과 창틀이 알록달록한 무늬들로 칠해져 있었다.

하지만 나는 말했다. "꼭 「헨젤과 그레텔」에 나오는 과자의 집 같단 말이야." 하고.

엄마는 잊은 모양이다.

갑자기 짜증이 조금 솟아오르지만 나는 눌러 버린다.

"응, 알았어."

내 대답에 엄마는 마음이 놓인 것 같다.

"그래, 그래야지, 릴리. 네가 최고야. 엄마가 말했던가, 네가 최고라고?"

엄마는 내 앞에 차를 놓고 내 머리카락을 가볍게 헝클어뜨린다.

"도서관에서 재미있는 시간 보내, 알았지?"

집을 나선 엄마 등 뒤로 대문이 세게 닫힌다. 나는 마시고 싶지 않은 차를 조금 마신다. 혀가 델 듯이 뜨겁고 흙 맛이 나지만, 목구멍으로 내려오는 뜨거움에 잠이 완전히 달아난다.

하지만 나는 화가 난다. 가끔 엄마가 생각하는 나는 완전히 다른 아이이기 때문이다. 진짜 내가 아닌, 나와 비슷한 아이를 나라고 생각하는 것 같기 때문이다.

나는 차를 '좋아하지' 않는다. 도서관을 '사랑하지' 않는다.

71

그리고 내가 최고가 아니면 어쩌려고? 내가 최고인지 엄마가 어떻게 알아? 나를 제대로 보지도 않으면서.

일어나서 싱크대에 차를 부어 버리니, 빙빙 도는 그 갈색 물이 짜릿하다. 아무것도 개의치 않는 것 같고 낭비하는 것 같은데, 기분이 좋다.

그리고 나는 머그잔을 떨어뜨린다. 다만 너무 세게 떨어진다. 그래서 머그잔이 갈라진다.

잠시 그 금을 바라보는데 마음속에서 무언가가 열린다. 입을 쩍 벌리는 커다란 무언가가, 안을 들여다보기가 두려운 블랙홀이 열린다.

내 분노는 빠르게 밀려들었듯 빠르게 새어 나가 버린다. 갑자기 나는 무엇에 씌었다 깨어난 기분이다. 그 머그잔을 집어서 쓰레기통 깊숙이, 아무도 찾지 못할 바닥에 묻어 버린다.

그러고는 청바지와 줄무늬 티셔츠로 갈아입고, 머리카락은 굳이 빗지도 않고 땋아 내린다. 비옷을 입고, 나는 길 건너 도서관으로 향한다.

나는 이제 꼬마 여자애가 아니다. 「헨젤과 그레텔」이 무섭지 않다. 동화가 무섭지 않다.

그리고 도서관에서 '책 좋아하는 아이들'을 만나게 되리라곤 생각하지 않지만, 아마 자료는 좀 찾아볼 수 있을 것이다.

호랑이가 우리 할머니를 잡으러 오고 있다면, 나는 우릴 지킬 방법을 찾아낼 것이다.

10

도서관으로 올라가는 계단은 금이 많이 가 있다. 도서관 유리창은 빛가림이 되어 있고 도서관 지붕은 마치 피곤한 듯 아주 조금 처져 있다. 내가 꼬마일 때 두려워했던 그 과자집 도서관이라는 걸 상상하긴 어렵다. 그 모든 마법이 이젠 사라졌다.

문손잡이를 한 번, 두 번 잡아당기고는 잠겼나? 하는 순간 그 건물이 나를 들여보내 준다. 안은 흰곰팡이 냄새가 나지만 따뜻하다.

안내 데스크에 앉은 한 노년의 남자가 고물 컴퓨터에서 눈을 들어 나를 본다. 코에는 가느다란 금속 테 안경이 얹어져 있고, 분홍색 두 뺨 사이에선 올 굵고 하얀 콧수염이 실룩거린다. 잔뜩 찌푸린 표정만 아니었다면 꼭 산타클로스 같았을 것이다.

"도움 필요하니?"

실제로는 그다지 도와주고 싶은 마음 없는 것처럼 그가 묻는다. 팔짱을 끼니 굵은 짜임 스웨터에 주름이 진다.

그러니까, 사악한 마녀는 없지만 투덜거리는 산타가 있다고
칠 수는 있겠다.

"아니에요. 그냥 둘러보려고요."

그가 나를 빤히 보니 어떻게 해야 할지 모르겠다. 잠시, 나는
내가 이 도서관에 출입해도 되는 게 맞는지 의심이 든다. 하지만
말도 안 되는 의심이다. 도서관인데.

"카드 있니?"

나는 그 말을 얼른 알아듣지 못한다.

"아 맞다, 도서관 카드. 음…… 아니요."

그 남자가 좀 무섭긴 해도 나는 안내 데스크로 다가선다. 그
가 부숭부숭한 눈썹을 가운데로 모으고는 나한테서 무언가를 기
다리는 것 같은데 그게 뭔지 모르겠다.

"저는 릴리예요. 릴리 리브스. 저희 할머니가 길 건너에 사세
요. 전 할머니 댁으로 막 이사 왔어요."

그가 눈썹을 올리고 고개를 끄덕하니 반갑다는 뜻인 것도 같
다. 여전히 인상 쓰긴 해도 좀 덜 쓴다.

"애자 손녀구나. 네 할머님 계정으로 도서관 카드 만들어 주
마."

나는 고맙다고 인사하고, 그는 딸깍딸깍 소리가 나는 자판으
로 내 정보를 입력한다. 이내 그가 말한다.

"좋으신 분이지. 처음 이사 오셨을 때 확실히 이 마을 체계에
충격을 주셨어. 나는 그분한테 빚을 졌지만 말이야. 그리고 존이
네 어머니지? 어릴 때 애자를 만날 따라다녔는데."

"아, 네."

할머니에게 빚을 졌다는 게 무슨 뜻일까? 그리고 엄마가 늘 할머니를 따라다녔다는 것도 글쎄…… 잘 그려지지 않는다. 할머니와 엄마는 너무 다르다.

그가 빨간색 도서관 카드를 스캐너로 찍은 다음 내민다.

"그럼 또 보자."

"아, 네."

나는 같은 대답을 반복하며 카드를 받아 주머니에 넣는다.

"저기, 혹시 여기 호랑이에 관한 책이 좀 있을까 해서요."

그가 얼굴을 찌푸리며 컴퓨터를 향한다.

"여름 방학 과제 때문이야? 아니면 개인적인 관심?"

"개인적인 관심이요……?"

대답인데 꼭 질문처럼 말꼬리가 올라간다. 그는 투덜거린다.

"요즘 애들 대부분 도서관을 잘 이용 안 해. 뭐든지 인터넷으로 찾을 수 있다고 생각하지."

나는 어떻게 대답해야 할지 몰라서 "네."라고만 한다. 아마 '요즘 애들 대부분'은 마법이 있는 호랑이가 제 할머니를 쫓지 않을 것이다. 검색창에 '마법이 있는 사악한 호랑이'를 쳐 봤자 만족할 결과가 나오지 않으니.

뒤에서 쿵 소리가 나 돌아보니 우리 언니 나이쯤으로 보이는 한 언니가 빈 도서관 책 수레를 밀고 있다. 중간 톤 갈색 피부와 주근깨, 곱슬머리를 지녔다.

"'요즘 애들은 어쩌고' 하고 설교하시는 거예요, 조? 이 아이 불쌍하게?"

"내 말이 틀린 것도 아닌데, 뭐."

그 남자 '조'가 대꾸한다. 그 언니는 조를 향해 고개를 절레절레 흔들고는 나에게 손을 내민다.

"반갑다! 선빔에 위치한 세계적으로 유명한 도서관에 온 걸 환영해! 나는 젠슨이야."

나와 악수를 나누는 젠슨의 손이 힘 있으면서도 따뜻하다. 젠슨이 미소를 짓자 그 광대뼈에 흩뿌려진 주근깨가 춤을 추는 것 같다. 할머니는 늘 주근깨가 행운의 상징이라 했다.

"얘는 젠슨이다. 내가 고용한 아르바이트생."

조가 필요하지 않은 소개를 하자 젠슨이 웃음을 내뱉는다.

"와, 거참 표현 풍부한 소개네. 너 이제 나에 대해서 알 건 다 안 거야. 넌 이름이 뭐야?"

"릴리."

젠슨이 미소를 짓는다.

"만나서 반갑다, 릴리. 여기 전에 와 본 적 있어?"

내가 고개를 젓고, 젠슨의 미소는 더 커진다.

"그렇구나. 솔직히 뭐 이 동네 사람들도 대부분 여기 와 본 적 없을 거야. 우리가 여기 활기를 되살릴 방법들을 좀 찾고 있어. 이 도서관이 존재한다는 걸 좀 기억하게 만들고 말이야. 소용이 있을지 모르지만 한번 해 봐야지!"

젠슨이 어깨를 으쓱한다. 그러고는 조가 앉은 안내 데스크로 몸을 숙여 컴퓨터 화면을 읽는다.

"호랑이라. 멋진데. 같이 가자. 내가 도서관 전체도 구경시켜 주고 야생 생물 관련 책 있는 곳도 알려 줄게."

조는 다시 컴퓨터 화면을 바라보고, 나는 쌓인 책들 사이로 젠슨을 따라간다.

"이건 스포일런데 말이야, 단출한 도서관이라서 구경이 그리 길진 않을 거야."

젠슨이 소리 내어 웃는다. 미소를 금방 짓고 웃음은 더욱 금방 내뱉는 사람이다.

책장들 사이를 이리저리 나아가다 보니 할머니 지하실이 생각난다. 할머니가 위층으로 다 옮겨 놓기 전에, 그 상자와 수납장들은 기억 담긴 미로였다. 나는 숨을 들이쉰다.

젠슨이 나를 돌아본다.

"이 마을에 새로 이사 왔어?"

할머니네 집으로 이사 왔다는 말에 젠슨이 미소를 짓는다.

"너희 할머니 알아. 모두가 좋아하는 분이지."

"정말요?"

젠슨이 내 반응에 조금 어리둥절한 듯 고개를 갸웃하고는 말한다.

"당연하지. 정말 친절하시고 재미있으시고, 그리고 옷차림이 진짜 멋져, 늘."

마음에 자랑스러움이 밀려든다. 모두가 좋아하는 것이 당연하지, 그럼. 우리 할머니를 어떻게 안 좋아해.

하지만 이상하게, 가슴이 좀 조여들기도 한다. 나는 이곳 선빔에서의 할머니 삶을 하나도 모른다. 유아 시절을 빼면 내가 아는 나의 할머니는 캘리포니아에서의 할머니뿐이었다. 그리고 할머니는 오로지 우리를 보러 캘리포니아에 왔다. 그러니까 내내 '우리만의' 할머니였다.

피어오르는 질투에 나는 깜짝 놀란다. 오늘 아침 엄마에게 솟아오른 분노에도 그랬듯이 싫다. 느껴서는 안 되는 감정들이다.

나는 이야기를 이어 가는 젠슨에게 다시 귀를 기울인다.

"나 중학교 국어 개인 지도 하거든. 그러니까 혹시라도 도움 필요하면 말해."

낯선 사람에게 말할 때면 늘 그렇듯, 나는 갈라지는 목소리로 대답한다.

"네, 감사합니다."

도서관 구경의 마지막 순서는 뒤쪽에 있는 작은 방이다. 그 안에 소형 냉장고와 찬장, 의자 두 개, 그리고 도서관 뒷문이 있다. 문 옆의 벽에는 빛바랜 포스터가 붙어 있고, 그 포스터에는 나무에 매달린 고양이와 희고 동글동글한 글씨의 문구, '조금만 버텨 봐.'가 있다. 붙인 사람이 누구인지는 몰라도 조는 절대 아닐 것 같다.

"여긴 직원 휴게실이긴 한데 나는 개인 교습 받는 애들한테 와도 된다고 말해. 이 방에 단 음식이 잔뜩 있거든. 설탕 마다할 사람은 별로 없잖아."

젠슨이 냉장고에서 초콜릿 컵케이크 하나를 꺼내 내게 건넨다.

빠르게 어린 시절 두려움이 다시 돌아온다. 헨젤과 그레텔 역시 달콤한 음식에 유혹당해 집 안으로 들어갔지. 하지만 나는 두려움을 떨어내 버리고, 고맙다고 하며 컵케이크를 받는다.

젠슨이 몸을 숙이더니 목소리를 낮추어 말한다.

"비밀 하나 알려 줄게. 이거 조가 만든 거야."

내가 눈을 휘둥그렇게 뜨니 젠슨이 웃는다.

"그치? 빵 구울 것처럼 안 보이시는데 말이야. 그래도 조를 너무 박하게 평가하진 마. 알고 보면 첫인상과 다르거든. 내가 늘 하는 말이 있는데, 이 동네를 조에 비유하면 딱이라는 거야. 겉에서 보면 좀 실망스럽지만, 알수록 멋지다는 점에서."

젠슨은 그야말로 우리 엄마가 말하는 '지나친 낙관주의자'인 것 같지만, 그 행복에 전염성이 있다. 나는 빙글 웃으며 그 컵케이크를 한 입 베어 먹고, 그러자 그 초콜릿 맛에 온몸에 환히 불이 들어온다.

"진짜 맛있어요."

어째서인지 그 컵케이크를 먹으며 할머니 떡이 생각난다. 서로 맛은 전혀 비슷하지 않은데도.

"조는 이거 파셔도 되겠어요."

젠슨이 나를 쳐다보는 눈빛이 이상해 나는 곧바로 부끄러움을 느낀다. 내가 왜 그런 소리를 했을까? 우리 할머니가 떡을 팔긴 했지만, 그건 여기에 갓 이사 왔던 시절 돈이 필요했기 때문이었다.

젠슨이 빙그레 웃는다.

"그거 진짜 좋은 생각인데, 릴리."

"네? 네에."

젠슨의 말이 진심인지, 아니면 친절함일 뿐인지 모르겠다.

"아무튼 담에 또 왔을 때 이거 먹고 싶으면 슬쩍 꺼내 먹어. 너 담에 또 왔으면 좋겠다. 여기 있음 조금 외롭거든."

젠슨이 좋다. 고등학생이 이렇게 친절할 수 있는 줄 몰랐다. 기본적으로 우리 언니와 정반대인 사람. 그리고 내 어떤 면이 보이는지는 정확히 모르겠지만 어쨌든 젠슨에게는 내가 보이는 모양이다. 그게 좋으면서도 어딘가 가려운 기분이 든다.

젠슨을 따라 야생 동식물 서가로 온 나는 호랑이에 관한 책들을 훑어본다. 절망적이다. 있는 책이라곤 『호랑이에 관한 102가지 진실!』, 『호랑이에 관한 '새로운' 102가지 진실!』 따위뿐이니.

도움이 될 만한 어떤 내용이라도 있기를 바라면서 나는 훑어본다. '마법처럼 눈앞에서 사라질 수 있는 종류의 호랑이가 있다는데!'라거나 '호랑이가 할머니를 잡으러 온다면, 이렇게 하면 돼요!' 같은 내용은 없을까?

하지만 실제로 있는 내용은 이런 것들이다.

- 호랑이는 송곳니로 뼈도 씹을 수 있다!
- 호랑이 눈을 똑바로 쳐다보면 호랑이가 당신을 죽일 확률이 낮아진다. 그래도 조심하기를!
- 호랑이가 으르렁거리는 소리의 주파수는 매우 낮아서 들으면 몸이 마비될 수 있다!

나는 그 책들을 다시 책장에 꽂아 넣는다. 필요하지도 않고, 호랑이에게 쫓기는 입장에서 썩 격려가 되지 않는 내용들이다.

"혹시……"

나는 이제 긴장하여 마른침을 삼킨다.

"호랑이 '이야기' 책은 없어요?"

젠슨이 손가락에 자기 곱슬머리를 한 가닥 감는다.

"흠…… '나니아 왕국' 시리즈는 있어. 그런데 거기 나오는

건 사자라서……. 혹시 특별히 찾는 이야기들이 있어? 네가 좋아
하는 걸 좀 더 자세히 알려 줘도 좋겠는데.”

물론 별을 훔친 마법의 호랑이들 이야기를 젠슨에게 할 수는
없지만, 할머니가 해 주던 원래의 호랑이 이야기는 할 수 있다.
나는 되도록 짧게 간추려 이야기한다.

“음, 호랑이가 할머니를…… 잡아먹고 나서는 그 할머니 옷
을 입고 할머니의 손녀딸들까지 잡아먹으려고 하는 이야기가 있
어요. 손녀딸들은 도망가지만 호랑이가 쫓아가서…….”

젠슨이 도중에 말한다.

“꼭 「빨간 모자」 같다!”

“아니, 여기 나오는 건 늑대가 아니에요. 그리고 한국 이야기
예요.”

젠슨이 무심히 책등들을 훑으며 말한다.

“한국 버전은 처음 들어. 그런데 되게 흥미롭지 않아? 어떤
동화들은 각기 다른 버전으로 세계 곳곳에 존재한다는 게 말이
야. 서로 동떨어져 있는 지역들에도 핵심은 똑같은 이야기들이
생겨나 있어.”

나는 이건 완전히 다른 이야기라고 설명하고 싶다. 이건 자
매와 해와 달과 호랑이에 관한 이야기라고. 특별하다고.

하지만 젠슨은 계속해서 말한다.

“그런 민간 설화는 꼭 그 자체에 영혼이 달린 것 같기도 해.
누군가가 자기를 발견해서 세상에 이야기해 주기를 기다리면서
세계 곳곳을 떠다니는 거야.”

내 가슴속이 얼음처럼 차가워진다. 할머니가 훔친 그 이야기

들이 살아 있다는 상상, 갇힌 데서 간절히 빠져나오고 싶어 한다는 상상이 들어서.

"네."

나는 속삭여 대답한다.

"그런데 이 도서관에 한국 전래동화 책은 없을 거야."

젠슨이 한쪽 눈썹을 올리며 설명을 덧붙인다.

"솔직히 말해서 우리 동네 완전 백인 중심이야. 그래서 그 외의 문화에 관한 건 그다지 찾을 수 없어. 내가 우리 동네 유일한 아시아 음식점에서 가끔 서빙 아르바이트를 하거든. 그런데 이름이 '드래곤 타임'(Dragon Thyme)이야. 타임은 아시아 음식에 넣지도 않는 향신료인데 엉터리처럼. 뭐, 우리 마을이 그래."

젠슨이 한 손을 내젓는다.

"그건 그렇고, 네가 찾는 책 있으면 내가 조한테 주문 넣어 달라고 부탁할 수 있어. 예산에 따라서……."

갑자기 젠슨의 말이 귀에 들어오지 않는다. 시야 가장자리로 호랑이의 꼬리, 그 밝은 황토색과 검은색이 휙 지나가 옆 책장 너머로 사라지니 말이다.

심장이 덜컥한다.

투명 인간의 초능력은 숨는 것, 보이지 않게 되는 것, 문제에 끼어들지 않는 것이다. 내가 잘하는 건 그런 거다.

도망쳐, 숨어, 하고 내가 나에게 말한다.

하지만 내 다리가 무시한다. 이미 앞으로 나아가면서 나는 젠슨에게 말한다.

"저, 그, 책이 있는 것 같아요, 저기!"

나는 흘깃 보인 꼬리를 따라서 책장들 사이로 호랑이를 쫓다가…… 눈앞의 까만색과 황토색에 정면으로 부딪힌다.

11

호랑이가 아니다. 남자아이다.

키가 작은 백인 남자아이. 황토색 셔츠에 블랙진을 입고, 텁수룩한 갈색 머리카락 위에 옛날식 신문 배달원 모자를 썼다.

"미안!"

나는 사과하며 그 남자아이 어깨 너머를 본다. 분명 호랑이 꼬리를 보았는데, 지금은 없다. 우리는 그저 책장들 사이에, 만화책에 둘러싸인 채 서 있을 뿐이다.

그 남자아이가 웃음을 내뱉더니 모자를 살짝 기울여 인사한다.

"안녕? 나는 리키라고 해. 충돌 상황 속에 만나게 돼서 유감이군."

내가 대답을 할 틈 없이, 그 애는 날 따라 달려오는 젠슨에게 외친다.

"젠슨! 나 뛰어온 거 알아? 우리 아빠가 내려 준 주차장에서부터 여기까지? 늦으면 누나가 싫어하니까."

리키는 극적인 효과를 위해 윗입술 위에 맺힌 작은 땀방울들을 닦는다.

"내가 그렇게 사려 깊다고."

젠슨은 한숨을 쉬고 말한다.

"목소리 좀 낮춰라, 리키."

리키가 미소를 짓는다. 그러자 두 눈 가장자리에 주름이 지고 둥근 두 뺨에는 작은 보조개가 생긴다. 내가 이렇게 곧바로 리키가 좋아지는 것을 보면, 리키 역시 사람이 착 붙는 아이다.

리키가 다시 나를 보고 말한다.

"음…… 안녕? 너는 누구고 네 사연은 뭐고 왜 이 누추하고 작은 도서관에 있는 거야?"

"나는 릴리야."

여기까지만 대답했는데 머릿속이 백지가 된다. 리키는 대답이 더 나오기를 바라며 날 빤히 보고, 나는 내가 어서 투명 인간으로 변신하기를 바랄 뿐이다.

젠슨이 나를 구해 준다.

"릴리는 이제 막 할머니 댁으로 이사 왔대. 여기서 바로 길건너에 있는 집으로 말이야."

그리고 젠슨은 리키를 가리키며 소개한다.

"릴리, 이쪽은 리키고 내가 이번 여름 방학 개인 교습 하는 애들 중 한 명이야. 우리 수업은 매주 화요일이랑 목요일."

젠슨이 이제 리키를 마주 보며 말한다.

"이 도서관 누추하지 않거든. 그냥 좀 낡았을 뿐이야."

"이 애도 나랑 같이 누나한테 수업 받아?"

리키가 이것을 내가 아닌 젠슨에게 묻는다, 마치 내가 거기 없는 것처럼. 나는 엄마, 언니와 함께 있다가도 가끔 지금 같은 기분이 든다. 내가 방해가 된다는 기분, 또는 내 것이 아닌 대화에 낀 기분.

엄지발가락으로 바닥을 누르며 내가 말한다.

"아니야, 나는 그냥 책 좀 찾으러 왔어."

리키가 눈이 커지더니 만화책 책장을 본다.

"너 만화도 좋아해? 난 진짜 좋아해. 지금은 오리지널 『슈퍼맨』 시리즈도 전부 훑어 읽고 있어. 뭐, 이 도서관에 있는 것만이긴 하지만. 슈퍼맨이 그다지 멋있지 않다고 생각하는 사람이 많다는 거 알아. 그리고 내가 가장 좋아하는 슈퍼히어로도 아니야. 슈퍼맨은 그냥 다들 아는 공식 캐릭터잖아. 안 그래?"

"응, 그렇지……."

나는 이을 말을 찾아, 슈퍼맨에 관해 아는 것이 없었나 머릿속을 뒤진다. 하지만 아무 말 하지 못한다.

고맙게도 젠슨이 끼어든다.

"릴리는 호랑이 좋아한대. 그래서 호랑이 관련 책들을 찾고 있어."

좀 민망하다. 정확히 말하면 호랑이를 '좋아하는' 건 아니라고 젠슨에게 해명하고도 싶다. 하지만 어깨를 으쓱하고 애써 미소를 지을 뿐이다.

리키의 미소가 돌아온다.

"우아, 호랑이 좋아하는 여자애 처음 봐."

"뭐……. 그래."

내가 좀 더 우리 언니 같았더라면 호랑이를 남자애들만 좋아할 수 있는 것은 아니라고 말했을 것이다. 하지만 나는 아무 말 하지 않는다. 다시 만화 이야기나 나누길 바랄 뿐이다.

리키는 어색함을 전혀 눈치 못 채고 말을 이어 간다.

"하긴 뭐, 나랑 대화하는 여자애가 별로 없긴 하지. 그래도 호랑이는 멋져. 아주 날렵하고 우아해, 무자비한 방식으로."

호랑이의 무자비함은 그다지 떠올리고 싶지 않은데.

"호랑이는 못 믿어."

나는 말한다. 그러자 리키가 고개를 천천히 끄덕이고는 내 말을 따라 한다.

"호랑이는 못 믿어."

마치 내 말이 아주 흥미진진해서 기억에 새기기라도 하려는 것처럼.

"그 말 맘에 든다. 우리 증조할아버지가 호랑이 사냥꾼이셨어. 그런데 그건 아주 나쁜 일이야. 호랑이는 멸종 위기고 이제 호랑이 사냥은 불법이니까. 그래서 아빤 날더러 사람들한테 그 얘기 하지 말래."

리키가 잠시 조용해졌다가 다시 입을 연다.

"그러니까……."

하지만 젠슨이 리키 말을 끊는다.

"자, 어떻게든 수업 미뤄 보겠다는 의지의 잡담은 이쯤 하고 이제 공부 시작하자, 리키."

젠슨이 리키를 끌고 가 버리고, 책장들 사이에 선 나의 머릿속은 소용돌이가 친다.

그저 내 상상이었을 수도 있지만 아닐 것이다. 호랑이가 여기 있었다. 분명히 있었다.

리키가 끼어들지 않았다면 어떻게 됐을까? 내가 그 호랑이를 놓치지 않았다면 어떻게 됐을까?

날렵하고 우아하고 무자비한 마법의 호랑이가 우리 가족을 노리고 있고, 내가 그 호랑이를 '뒤쫓았다'.

그것은 한없이 용감한 일이었을까, 한없이 위험한 일이었을까? 아니, 어쩌면 조금씩 둘 다였을까?

12

다음 날 오후, 엄마는 또 다른 면접을 보러 나가 있고, 할머니는 점심도 거르고 계속 잠을 잔다. 그건 흔치 않은 일이다. 아무리 잠을 사랑하는 할머니여도, 음식은 더욱 사랑하기 때문이다.

언니는 위층에서 컴퓨터 앞에 앉아 있고, 나는 땅콩버터 컵 과자를 먹고 집 안을 서성대고 호랑이 생각을 하는 것 말고는 할 일이 없다.

내가 아는 것들을 정리해 보면 이렇다:

1. 그 호랑이가 할머니를 찾았다. 그게 아니라면 적어도 '나'를 찾았고, 그건 곧 할머니도 찾으리라는 뜻이다.
2. 호랑이들은 포기하지 않을 것이다. 그 이야기들을 되찾으려 할 것이고, 그러기 위해서라면 무엇이든 할 것이다. 우리가 지낸 고사가 호랑이를 막아 주었

어야 했지만, 내가 도서관에서 호랑이를 보았으니 효과가 없었던 것이 분명하다.

3. 우린 보호 방법이 더 필요하다. 할머니가 불편해하더 라도, 나는 할머니에게 호랑이 이야기를 해야 한다.

더는 서성대고만 있을 수 없어, 나는 할머니 방으로 살며시 들어간다. 공중에서 춤추는 먼지가 창문 햇살을 받아 반짝이고, 바깥에서 은은하게 들어오는 빛에 방 안이 아련해 보인다. 마치 내가 사는 곳과는 다른 세계에 들어온 것 같다. 시간에 갇힌 어 느 조그만 우주에.

나는 이불을 젖히고 살며시 할머니를 흔들어 깨운다. 속삭인다.

"할머니, 할머니, 일어나세요."

뭐라고 웅얼거리고는 돌아눕는 할머니를 나는 다시 흔든다. 이번엔 조금 더 세게. 어쩌면 좀 너무 세게.

할머니가 겨우 눈을 뜨고 웅얼거린다.

"릴리? 배고파?"

"아니요."

정말 땅콩버터 컵 과자로 배가 꽤 차 있다.

할머니가 침대에서 천천히, 그리고 열중하여 벗어나는 모습 이 마치 유사(流沙)에서 헤어나려 애쓰는 것 같다. 그런 다음 매 트리스 가장자리에 앉아서 기지개를 켜는 할머니에게서 잠이 스 르르 빠져나가는 것이 보이는 것 같다.

할머니가 약해 보인다.

"할머니."

나는 불쑥 내뱉는다. 호랑이에 관한 질문은 잠시 미뤄 둔다.

"속은 나아지셨어요? 정말로 괜찮으세요?"

"괜찮은 거 아니라 너무 좋아. 온 가족 여기 있잖아. 더 바랄 거 없어."

할머니 얼굴엔 미소가 있지만 할머니 말은 흔들린다.

"걱정하지 마."

"걱정 얘기가 나와서 말인데요……."

나는 내 땋은 머리 한 갈래를 잡아당긴다.

"고사 말고도 우릴 보호할 방법이 더 있어야 할 것 같아요. 제가 그 호랑이를 또 봤어요."

잠시, 할머니의 두 눈에 두려움이 불붙는다. 하지만 이내 그 눈을 감고 고개를 젓는 할머니. 다시 눈을 떴을 때, 할머니는 부드러워진 얼굴로 미소를 짓는다.

할머니가 침대 옆 탁자 서랍을 열어서 말린 약초 한 다발을 꺼낸다. 한 조각을 떼어 내 손바닥에 올린다.

"이거 가져. 이거 있으면 안전해. 알겠지? 그러니까 이제는 걱정하지 마."

나는 그 쪼글쪼글해진 식물을 빤히 보다가 할머니를 쳐다본다.

"이게 뭐예요?"

"쑥. 내가 먹는 약. 너는 먹지 말고 주머니에 넣어. 그거 널 지켜 줄 거야."

나는 고맙다고 하고는 그 말린 약초를 주머니에 넣는다.

"그리고 이거……."

잠시 망설이던 할머니가 두 손을 자신의 목 뒤로 가져가더니 목걸이를 푼다. 은빛 줄에 진주 펜던트가 달린, 할머니에게 특별한 목걸이다. 할머니가 매일 두르고, 맞는 영어 표현을 찾으려고 애쓸 때마다 손끝에 쥐고 문지르는 목걸이.

"이것도 도움돼. 너 보호해 줘. 이 목걸이 하면 안전해."

할머니가 그것을 내 목에 걸어 주자 내 두 팔 두 다리에서 맥박이 뛴다. 목걸이가 보기보다 무겁기도 하다.

"그래도 이건 할머니 거잖아요."

"그래. 그리고 이젠 네 거."

나는 진주 펜던트를 손바닥으로 누른다. 생각보다 따뜻하다. 내 가슴이 따뜻해지고, 심장 위에서 느껴지는 그 무게가 좋다.

"이게 정말 할머니를 지켜 줬어요?"

"날 봐. 멀쩡하지?"

그 진주를 잡은 내 손끝에서 기운이 윙윙거리는 것 같다.

"그러면 할머닌요? 할머니도 계속 보호가 필요하지 않으세요? 호랑이들이 쫓아오잖아요."

할머니가 미소를 짓는데, 평소에 보던 미소가 아니다. 할머니의 눈은 웃질 않는다.

"나 안전해, 릴리. 나 걱정 안 해."

나는 그 말이 믿어지지 않고, 그것을 내 눈빛에서 읽은 할머니는 말한다.

"자, 이제 우리 장 보러 가자. 보호하는 거 '더' 사자. 나쁜 영혼들 우리한테 못 오게 잣 사서 태우고, 쌀 사서 보름달 뜰 때 뿌리자. 아, 떡 재료도 필요해."

기분이 나아져 나는 미소를 짓는다. 할머니는 내게로 몸을 기울이고 말한다.

"그리고 너 좋아하는 간식도 살 거야. 이 할머니 최고니까."

할머니는 잠시 멈추었다 말한다.

"아니다, 네 엄마 최고야. 그래도…… 할머니는 최고 중에 최고."

나는 소리 내어 웃는다.

"맞아요."

할머니가 한쪽 눈썹을 올린다.

"가서 샘한테 말해."

내가 아래층으로 불러서 알리자, 언니는 팔짱을 끼고 식탁에 기대어 말한다.

"좋은 생각이 아니에요. 엄마가 할머니 운전하지 마시라고 하지 않았어요?"

할머니가 휙 시선을 피하고, 나는 언니를 꼬집고 싶은 충동이 인다. 언니는 행복을 집어삼키는 블랙홀이다.

"그럼 언니가 운전하든가."

내 말에 언니는 움츠러든다.

"글쎄……."

언니는 운전할 수 있다. 허가증이 있다. 면허 있는 운전자인 할머니가 동석하면 된다. 엄마는 언니가 운전 연습을 해야 한다고 자꾸 말해 왔다.

하지만 물론 언니는 하지 않을 것이다. 강사에게서 연수를 두 번 받고 나서는 운전대 앞에 앉기를 거부했다. 연수에서 무슨 일이 있었던 건 아니다. 언니가 운전을 하지 않는 것은 아빠의 차 사고 때문이다.

할머니가 손바닥을 언니의 한쪽 뺨에 댄다.

"인생은 기다리는 거 아니야. 우리 지금 가. 우리 괜찮아."

언니는 제 하얀 머리카락을 당기며 말한다.

"그래도 엄마가……."

할머니가 쯧, 하고는 말한다.

"네 엄마 잘 모르고 말하는 거야. 할머니 괜찮아."

과연 괜찮을까, 하는 표정을 짓는 언니. 어이없다. 도대체 언니가 언제부터 엄마 말을 신경 썼다고.

"언니는 집에 있든가."

내가 말한다. 언니의 눈빛에 상처가, 다음으론 짜증이 맺힌다.

"아니, 나도 갈 거야."

할머니가 박수를 친다.

"착하다, 우리 손녀들! 나는 가서 예쁜 옷 입고 올게."

언니가 얼굴을 찌푸린다.

"왜요?"

"장 보러 가니까."

할머니는 방으로 들어간다.

언니는 고개를 절레절레 흔든다. 하지만 두 입꼬리가 조그만 미소로 당겨진다. 그러자 나도 행복해진다. 우리 할머니는 우리 할머니다. '이상함'은 우리 할머니의 '평범함'이다. 그리고 나는 걱정할 필요가 없다. 한 손으로 주머니 속 쑥을 토닥거린다. 다른 손으로는 목걸이를 쥔다. 모든 게 괜찮을 것이다. 그냥 알 수 있다.

***

우리는 짧은 장보기 목록을 가지고 가게에 도착한다.

먹을 것
- 찹쌀가루 ― 떡
- 고추냉이 콩 ― 엄마
- '해피 넛' 크래커 ― 언니
- 땅콩버터 컵 과자 ― 릴리

추가적인 보호
- 오곡쌀 ― 숲에 뿌릴 것
- 잣 ― 보름달 아래에서 태울 것

그 외
- 세탁 세제

언니는 '추가적인 보호'라는 항목을 보고 한쪽 눈썹을 올리지만 아무 말 하지 않는다.

"30분 동안 사고 가자. 금방 비 와."

할머니가 이렇게 말하자 언니가 얼굴을 찌푸리고 답한다.

"오늘 비 안 와요. 날씨 앱에서 강수 확률 0이었어요."

할머니가 언니 머리를 쓰다듬으며 말한다.

"30분이야."

그리고 내가 말한다.

"될 거예요. 오래 걸릴 일 없어요."

내가 곡류 코너로 가려는데, 선명한 적갈색 곱슬머리가 눈에 띄는 여자가 우리에게로 달려온다.

"손녀들인가 봐요!"

그 사람이 흥분하여 말한다. 난 우리 볼을 꼬집기라도 할까 봐 걱정하지만, 그 사람은 자제한다. 할머니가 환하게 웃으며 답한다.

"내 아가들."

"너희 할머니는 정말 대단한 분이셔. 약초로 내 천식을 고쳐 주셨다니까."

우리에게 흥분하여 말하는 그 사람에게 언니는 작게 한 걸음 물러서며 답한다.

"잘됐네요."

한동안 할머니와 이야기를 나누던 그 사람이 마침내 떠나자, 이젠 한 대머리 남자가 와서는 우리 할머니 덕분에 이혼 후에도 웃을 수 있었다고 말한다. 그다음으로는 한 노년의 여자가 와서 자신이 우리 할머니와 카드놀이를 한다고 말한다.

나는 좀 버겁다. 특히 지금은 우릴 보호해 줄 것들을 장바구니에 담을 임무가 있기 때문이다.

할머니가 만나는 사람들마다 언니와 나를 소개하고 그 사람들 모두가 우리에게 예쁘다고, 착하다고 말한다. 나는 그 사람들을 외우려 애써 보지만 이름은 머릿속에서 흘러 나가 버리고 얼굴은 서로 섞여 버린다.

할머니는 여기에서 정말 인기가 많다. 모두가 할머니를 안다. 할머니를 사랑한다. 내가 알지도 못하는 사람들이 말이다.

20분쯤 지나, 언니가 나를 곡류 코너로 당겨서 함께 숨으며 말한다.

"할머니가 우릴 속였어. 잠깐 장 보러 나오는 게 아니잖아. 완전히 행사인데."

"할머니는 모르는 사람이 없으시네."

"그러게, 옷 차려입으신 것도 그래서네."

언니가 이렇게 말하곤 스르르 웃는다.

"친구가 많으시다."

나는 이렇게 말하고 살 것 목록을 확인한다. 할머니를 좀 기다려도 상관없을 것 같다. 이제 언니는 바닥에 털썩 앉아 말한다.

"진짜 많으시네. 우리가 모르는 사람들인데 각자 우리 할머니와의 '이야기'가 있어. 꼭 할머니가 꼭 이중 생활이라도 하는 것 같아."

나는 언니를 따라 타일 바닥에 앉고는 마트표 콘플레이크 상자들에 등을 기댄다. 내가 아무 말 하지 않아도, 언니는 나 역시 그런 생각을 하고 있다는 것을 안다. 우리의 자매 텔레파시가 아직 다 없어지진 않았다.

나는 내 청바지의 바늘땀을 만지작거리며 말한다.

"'이야기'란 말이 나왔으니 말인데……."

예상과 달리 언니가 싫은 표정을 짓지 않자, 나는 더 말해 본다.

"할머니가 여태 한 번도 안 했던 이상한 이야기를 해 주셨어. 호랑이 나오는 이야기."

언니가 한쪽 눈썹을 올린다. '더 얘기해 봐.' 하는 말 없는 신호.

"그래서 그 도서관 책들 읽고 있었던 거야?"

"뭐…… 그런 셈이야. 할머니가 항상 하늘의 별이 이야기로 만들어졌다고 그랬던 거 알지? 그냥 그렇게 말하신 게 아니라 진짜였대. 호랑이들이 그 별들을 수호했고. 그런데 할머니가 그 별 몇 개를 훔쳐서 단지 같은 데다 숨겨 버리셨다는 거야. 그래서 지금 호랑이들이 화가 났고."

언니가 얼굴을 찡그린다.

"뭐 그런 이야기가 다 있어? 하여간 할머니 이상해."

"아니야. 그렇게 말하지 마. 어쨌든, 할머니가……."

"너한테 언제 그걸 다 이야기하셨어?"

"우리 여기 온 첫날 밤에. 그래도……."

언니의 눈길이 내 목에 걸린 진주로 온다.

"그리고 그건 또 언제 주셨어?"

나도 모르게 내 손이 가슴으로 올라와 그것을 가린다. 마치 숨겨야 하는 것처럼.

"조금 전에, 집에서 나오기 전에. 우리를 좀 더 보호할 방법 이야기하다가 주신 거야."

언니가 별 이유도 없어 보이는데 자기 신발 끈을 풀었다가 다시 묶는다.

"나한테는 왜 그런 이야기 안 하시는지 모르겠네."

언니가 할머니에게서 그런 걸 듣고 싶어 하는 줄 몰랐다.

순간 나는 언니에게 다 말해 버릴까, 생각해 본다. 있을 수 없는 호랑이를 봤다는 것을. 위험한 줄 알면서도 그 호랑이를 뒤쫓아 갔다는 것과 아직도 그렇게 한 이유를 알 수 없다는 것을.

하지만 그때 진열대 너머에서 귀에 익은 목소리가 들린다.

"머핀이나 컵케이크 같은 것 만들면 어때? 엄마 레시피 가지고. 아니면 엄마가 전에 만들었던 쫀득한 빵이나, 응?"

리키다.

내가 자리에서 일어나 시리얼 상자들에다 한쪽 귀를 대니 언니가 눈빛으로 말한다. '너 왜 이러냐?'

나도 왜인지 모른다. 엿듣는 것이 나쁘다는 것을 아는데도 어째서인지 엿듣는다.

사람이 잘 '붙는' 리키이기 때문인지도, 아니면 그저 내가 남의 일에 관심이 많아서인지도, 혹은 호랑이를 보았을 때 거기 리키가 있었기 때문인지도 모른다.

나는 살금살금 진열대 끝까지 간다. '2개 사면 1개 덤!'이라는 광고판과 함께 '럭키 참스' 시리얼이 수백 상자쯤 수북이 쌓여 있다. 그 시리얼 탑을 방패 삼아, 나는 진열대 끝에서 옆 복도를 염탐한다.

"투명 인간."이라고 스스로에게 말해, 있는 힘껏 내 초능력을 불러온다.

리키가 함께 걷고 있는 사람은 리키의 아버지 같다. 똑같은 텁수룩한 갈색 머리카락과 커다란 파란 눈 때문에 마치 리키의 어른 버전 같으니 말이다. 리키의 증조할아버지, 그 호랑이 사냥꾼도 닮은 모습일까?

언니가 어리둥절한 듯 찡그린 얼굴로 내게 온다.

"릴리?"

나는 언니를 조용히 시키고, 언니는 내 염탐에 합류한다.

"누군데?"

언니는 속삭여 묻고, 나는 조용히 하란 뜻으로 고개를 젓지만 언니는 내 옆구리를 찌른다. 언니에겐 투명 인간 되는 능력이 없다.

"도서관에서 만난 애."

한껏 작은 소리로 나는 답한다.

언니가 "흠……." 하는데, 마치 내가 모르는 무언가를 안다는 듯해 짜증이 난다. 하지만 나는 무시한다. 엿듣기 바쁘다.

"코너가 그 레시피 진짜 좋아해."

리키가 이렇게 말하고는 어딘가 절박해 보이는 표정으로 아버지를 쳐다보지만, 아버지는 리키를 보고 있지 않다.

"내가 전에 그걸 만들었더니 걔가 4인분이나 먹었다는 거 얘기했어? 아니야, 4인분도 아니고 사실 6인분쯤 먹었을 거야. 그러고는 탈 나서 여기저기 막 토하고……."

"리키, 조용히 해라."

리키 아버지가 자신의 두 관자놀이를 문지른다.

나는 축 가라앉는, 바닥에 붙어 버리는 것 같은 기분이 든다. 이것은 가족끼리의 어색한 순간이다, 내가 염탐해서는 안 되는.

"우리 이제 그만……."

언니가 중얼거리지만, 나는 계속 엿본다.

리키 아버지가 장보기 수레를 밀고 가면서 통조림들을 훑어 보고, 리키가 조르르 뒤따라간다.

"그런데 아빠, 내가 이 이야기는 했을 건데 기억나? 우리가 그 레이저태그 게임장 갔을 때……."

"리키."

리키 아버지의 날카로운 목소리가 너무 커 언니와 나 모두가 시리얼 상자들에서 물러선다.

리키는 열린 얼굴, 희망을 담은 얼굴로 아버지를 올려다본다. 마치 아버지가 자신에게 화가 났다는 것을 전혀 깨닫지 못하는 것처럼.

"내가 걔 가슴에다가 딱 쐈거든. 레이저여서 맞아도 아무 느낌도 없었을 텐데도 걔가 그때……."

"그 입 좀 안 다물래?"

그 말이 내 속에서 메아리친다. 그 말의 끔찍함이 가슴을 조인다.

언니가 내 소매를 당기고 속삭인다.

"가자."

언니의 어깨 너머로 할머니가 보인다. 가득 찬 바구니를 들고 진열대 끝에 서서 우리에게 손을 흔들고 있다. 할머니가 시계를 가리키고는 성큼성큼 걷는 시늉을 하더니 내리는 비를 표현한다. 마트는 거의 한산해졌고 할머니는 이제 날씨를 걱정하는 것이다.

할머니가 이제 입 모양으로 "가자."라고 말한다. 한국말 [Gaja]로 한 번 영어[Let's go]로 한 번.

하지만 나는 지금 갈 수가 없다. 계속 엿보는 것도 잘못 같지만 그냥 가는 건 더욱 마음이 좋지 않다. 나는 시리얼 상자들에 몸을 바싹 대고는 리키 쪽으로 조금 더 다가간다.

리키의 걸음이 멎는 것이 보인다. 입은 미소에서 멈췄지만 두 눈은 상처로 휘둥그렇게 뜨고 있는 것이 보인다. 천천히 미소가 사라지고 리키는 신발을 내려다본다.

나는 몸을 더 숙인다. 저 아이를 잘 모르지만 저 기분은 안다. 내가 손을 뻗고 싶다. 또, '나한테는 네가 보여.' 하고 말하고 싶다.

또…….

그런데 또 하고 싶은 걸 생각할 틈이 없다. 갑자기 내가 앞으로 쓰러지고 있기 때문이다.

판지로 만든 진열 선반이 넘어지고, 내가 그 위로 넘어진다. 나는 어느새 바닥에 팔다리를 뻗고 엎드려 있다, 리키와 리키 아버지, 그리고 가게의 모두가 보는 앞에서. 백 개쯤 되는 시리얼 상자에 둘러싸여서.

"세상에."

언니가 마치 부끄러움이 전염되는 것처럼 내게서 물러선다.

할머니가 서둘러 나에게로 오지만 그 서두른 걸음도 그리 빠르지 않고, 나는 계속 누워 있다.

리키 아버지를 올려다보니, 두 사람이 놀란 표정으로 나를 빤히 내려다보고 있다. 리키가 눈을 깜박거리고 말한다.

"나 너 알아."

"어…….''

나는 어깨를 으쓱해 '아, 반갑다. 여기서 만나다니 이런 우연이!'라는 의미를 전달하려 해 보지만, 실제로는 '내가 널 엿보다가 네 아빠가 너한테 입 다물라고 하는 거 들었고, 이젠 시리얼 더미에 엎어져 있네.'에 가까울 것이다.

"너 괜찮니?"

리키의 아버지가 묻는다. 얼굴에 놀라움과 걱정이 동시에 서린 그에게 나는 고개를 끄덕이고 답한다.

"네, 진짜 괜찮아요. 그냥…… 시리얼을 살까 말까 고민하고 있었어요. 그런데…… 아마도…… 안 살 것 같아요……?"

리키의 미소가 돌아온다. 얼굴 전체에 천천히 퍼진다. 그냥 '얘 지금 뭐 하냐?' 하고 짓는 미소일 뿐이지만, 그래도.

언니가 코웃음을 친다. 무례하게도.

나는 일어서고, 목을 가다듬고는 인사한다.

"그럼 안녕히 가세요!"

이제 난 달음박질을 칠 준비가 되었는데, 마침내 도착한 할머니가 나를 잡는다. 아마도 엉망이 되었을 내 머리카락을 손으로 쓸어 넘기고, 할머니는 리키와 리키 아버지에게 환하게 웃는다.

"아이고, 안녕하세요!"

그러자 리키 아버지가 목을 가다듬고 마주 인사한다.

"안녕하세요, 애자?"

할머니가 리키 아버지에게 웃는 얼굴로 시리얼을 가리키며 말한다.

"나 이거 치우는데, 좀 도와줄래요?"

리키 아버지가 얼른 몸을 숙여 판지 선반을 세운다. 선반은 곧바로 다시 쓰러진다. 내가 완전히 깔아뭉개 버린 덕에 그 선반이…… 선반이 아니게 됐다.

"죄송해요."

내가 작게 내뱉자 할머니가 말한다.

"다 괜찮아. 쌓으면 돼."

그래서 할머니, 언니, 리키, 리키 아버지, 그리고 나는 함께 그 시리얼 상자들을 쌓아 올린다. 나는 끔찍하게 불편하다. 사라지고만 싶다. 엿보다가 들키지는 않았어도, 내가 엿보았다는 것이 빤히 짐작되지 않을까?

시리얼을 다 쌓아 올리고 나서, 할머니가 리키 아버지 어깨에 한 손을 얹고 말한다.

"고마워요. 필요할 때 서로 도우면 좋아요."

이번에는 리키에게 말한다.

"봤지? 나 힘드니까 너희 아버지가 도움 주셨어. 엄마 아빠도 문제 있어서 도움 필요할 때가 있어."

언니와 나는 눈빛을 교환한다. 지금은 할머니가 삶의 교훈을 전할 때가 아닌데.

할머니는 다시 리키 아버지를 보고 말한다.

"그리고 리키가 힘들 때는 아버지가 리키 돕고요. 서로 돕는 거 항상 기억해야 돼요. 둘 다 착한 사람이고, 둘 다 힘들 때 있어요. 그렇지만 힘들 때는 같이 해요, 흩어지지 말고. 알았죠?"

할머니가 맹렬함과 친절함으로 은은히 빛난다. 마치 할머니 안에 빛이 있는 것처럼, 그 안에 불타는 별들이 있는 것처럼.

그리고 난 깨닫는다. 할머니는 안다. 무슨 수로 들었는지는 몰라도 할머니는 리키 부자의 대화를 들었다.

부자가 모두 고개를 끄덕이고, 리키 아버지는 조금 민망해 보인다. 마치 자신이 잘못했다는 것을 아는 것처럼. 리키는 나를 보고, 나는 우리 할머니가 지금 뭘 하는지 전혀 모르겠다는 듯 어깨를 으쓱한다.

하지만 사실 나는 안다. 나는 조금 전 리키에게 '나한테는 네가 보여.' 하고 말하고 싶었는데, 할머니는 리키 아버지에게 말하고 있는 것이다. '나한테는 당신이 보입니다, 당신이 그보다 나을 수 있는 게 보입니다.' 하고.

비록 할머니의 이 맹렬함은 우리의 호랑이 막기 계획과 아무 상관이 없지만, 내가 이것을 목격해야만 했다는 생각이 든다. 이것은 할머니 이야기의 한 부분이다.

13

집으로 가기 위해 모두 차에 오르자마자 언니는 웃음을 터뜨린다.

"아니 어떻게 거기서 그렇게 넘어지냐? 진짜 대단하다."

"고마워."

나는 언니에게 배운 반어법으로 대답한다. 언니는 더 웃고 나는 고개를 절레절레 흔들지만, 이제 다 지나가서 그런지 그렇게까지 끔찍한 일 같지 않다.

"게다가 할머니는 어떻고."

언니가 이제 할머니를 본다. 할머니는 어깨를 웅크린 채 눈을 가늘게 뜨고 도로만 보고 있다. 할머니 말이 옳았다. 정말 비가 내리기 시작했고 내가 일으킨 시리얼 소동 때문에 우리는 빗속에서 길 위에 있다. 할머니가 빗길 운전을 하고 싶지 않았던 걸 알기 때문에 나는 마음이 불편하다. 하지만 괜찮다. 우린 집에서 그리 멀지 않다.

"그 아저씨랑 남자애를 그렇게 돕게 만들고 나서는 또 그렇게 설교를 하시다니!"

언니 말에 할머니가 고개를 끄덕이고 말한다.

"잘못된 일 일어나면 바로잡아야지."

잘못된 일이라는 것이 내가 시리얼 더미에 엎어진 것인지, 리키 아빠가 내뱉은 말들인지, 아니면 둘 다인지 나는 알 수 없다. 언니가 어깨를 으쓱하고 말한다.

"그런데 솔직히 나쁜 놈이었어요. 그거 생각하면 할머니가 그 아저씨 정말 친절하게 대해 준 거예요."

할머니가 언니와 나를 차례로 본다, 진지한 눈빛으로.

"나 아주 어릴 때, 우리 엄마가 떠나기 전에 중요한 얘기 해 줬어. 애자야, 너 알아야 돼. 사람 전부 속에 좋은 면, 나쁜 면 있어. 그런데 가끔 인생의 슬픈 이야기, 무서운 이야기에만 집중해서, 좋은 면 잊어. 그런 사람한테 나쁘다고 이야기하지 마. 그러면 더 나빠져. 대신 좋은 면 기억하게 해."

나는 그 말을 곱씹어 본다.

"나쁜 이야기가 위험하다는 거, 그래서예요, 할머니? 사람들을 나쁘게 만들어서?"

할머니가 대답을 하려는데 대신 기침이 나온다. 할머니가 몸을 떤다.

어쩌면 차 앞창을 두드리는 빗방울 그림자와 점점 사라지는 저녁 햇빛 때문인지도 모르지만, 할머니 얼굴이 창백해 보인다. 피부가 얼룩져 보인다.

할머니가 또 몸을 떨고, 언니는 할머니와 길을 자꾸 번갈아 가며 본다.

"할머니?"

언니가 할머니 어깨에 한 손을 얹고 무언가를 말하려는데 차가 흔들린다. 언니가 팔걸이를 꽉 쥐고 묻는다.

"왜요, 할머니? 괜찮으세요?"

할머니가 대답하지 않는다. 앞만 빤히 보며 고개를 조금 젓는다.

나도 할머니가 보는 곳으로 눈을 돌리니…… 그 호랑이가 있다.

호랑이가 바로 우리 앞에 서 있다. 할머니만을 쳐다보면서. 그리고 가장 이상한 건, 그 호랑이 주변에는 비가 내리지 않는다는 것이다. 마치 비가 저절로 피해 가는 보호막에 둘러싸이기라도 한 것처럼, 그 호랑이는 젖지 않는다.

나는 할머니를 본다. 할머니 역시 호랑이를 보는 게 분명하다.

"아직 아냐."

똑바로 앞을 보며 할머니가 중얼거린다.

"아직 준비 안 됐어."

세차게 뛰는 심장을 느끼며 나는 주머니에 손을 넣어 쑥을 만진다.

할머니가 갑자기 방향을 튼다. 빗속에서 바퀴가 끼익 미끄러지고, 안전벨트가 내 어깨를 날카롭게 파고든다. 우리 차는 길가로 돌진하고 언니는 소리를 지르고, 나도 소리를 지르는 것 같다. 마침내 차가 멈추자 우리는 거칠게 숨을 몰아쉬고 나는 앞을 바로 볼 수조차 없다.

"할머니?"

언니가 다시 부르지만 할머니는 대답 대신 걷잡을 수 없이

기침을 하기 시작한다. 백미러에 비쳐 보이는 할머니의 얼굴이 마치 체리자두 씨앗처럼 일그러진다.

그리고 할머니가 움직이는데 우리가 붙잡을 수가 없다. 문을 열고 나가 절뚝거리며 길가로 간 할머니가 몸을 숙이고 배를 움켜쥔다. 털썩 무릎을 꿇고 몸을 흔들며 기침을 한다.

언니와 함께 재빨리 차에서 내린 나는 빙 돌아 주위를 살펴보지만 이제 호랑이는 사라졌다.

할머니가 잔디에 구토를 하고 나는 두 팔로 내 몸을 감싼다.

이것은 배꼽만큼 아픈 것이 아니다.

비 오는 길가에 굳어 버린 채 서서 나는 할머니를 보고 있다. 무언가가 잘못되면 우리는 바로잡아야 한다. 하지만 할 수 있는 일이 하나도 없을 땐?

언니가 달처럼 흰 얼굴과 휘둥그런 두 눈으로 나를 쳐다보며 묻는다.

"어쩌지?"

언니가 왜 그런 걸 묻지? 언니들은 답을 알아야지. 언니들은 두려워하면 안 되지. 두려워하기는 동생 몫이고, 언니는 동생을 안심시켜야지. '괜찮아, 내가 달이 될게.' 해야지.

"아 정말로, 어떻게 해?"

언니는 또 묻는다. 목소리를 더 크게 하면 우주에게 답을 요구할 수 있기라도 한 것처럼.

할머니가 거칠고도 무겁게 속을 게워 내고, 나는 그 소리를 듣지 않으려 애쓴다.

"911 구급대에 전화해야지?"

난 대답한 건데 질문으로 나온다. 그러자 언니는 고개를 젓고 말한다.

"구토했다고 911에 전화하는 건 아니야."

하지만 언니도 확신하는 목소리가 아니다. 언니가 손에 든 전화기를 빤히 본다. 마치 전화기가 대신 결정해 주길 바라듯이.

"뭐라도 해."

내가 속삭인다. 언니는 손을 떨면서, 커다란 눈으로 나를 보기만 한다.

"엄마……."

숨찬 할머니 목소리다.

"……엄마한테 전화해."

할머니 말에 따라 언니가 전화를 걸고 10분 후, 우리 등 뒤 길에서 엄마 차 타이어가 요란하게 미끄러진다. 엄마가 할머니 차 뒤에다 급히 차를 대고, 우리는 할머니를 구해야 하는 책임에서 구해진다.

아직 면접 복장을 입은, 직장인 같은 엄마가 허둥지둥 할머니를 일으키러 가며 우리에게 소리친다.

"무슨 일이야? 여기 뭐 하러 나온 건데? 할머니 운전하시면 안 된대도! 왜 더 일찍 전화 안 했어? 무슨 일 있으면 전화하라고 그랬잖아, 샘!"

다만, 엄마가 정말로 우리에게 이야기를 하는 것은 아니다. 할머니를 보살피느라 바쁘기 때문이다. 할머니의 입술을 휴지로 닦고 할머니의 등을 문지른다.

언니와 내가 탈이 나서 토할 때 엄마가 저렇게 했었다.

하지만 그때 우린 어린애들이었다. 그리고 할머니는 엄마의 엄마다. 그러니까 모든 게 뒤집힌 것이다.

엄마는 가방에서 알약 하나를 꺼내더니 할머니에게 먹이려 한다. 할머니가 안 먹으려 고개를 돌리지만 엄마는 끝까지 입에 넣으려 한다.

나는 답을 찾아 언니를 쳐다보지만 언니는 나를 보지 않는다. 언니는 할머니만 보고 있다, 피가 날까 걱정될 정도로 엄지손톱을 세게 물어뜯으면서.

엄마가 말한다.

"엄마가 할머니 병원 모시고 갈 거야. 샘, 니가 릴리 태우고 운전해서 집에 갈래?"

언니가 굳어 버린다. 대답조차 하지 못한다.

"알았다, 알았어. 너희 먼저 집에 데려다줄게. 가까우니까. 다들 차에 타. 가자."

언니와 나는 더 아무것도 묻지 않고 엄마 차 뒷좌석에 오르고, 엄마는 할머니를 부축해 조수석에 태운다.

"할머니 괜찮으셔?"

나는 묻는다. 엄마가 대답을 하지 않자, 나는 창밖을 내다본다. 저녁 하늘 첫 별들 몇 개가 고개를 내밀었고, 나는 소리 없는 질문을 한다. '나 어떻게 해야 해?'

차가 달리니 그 별들이 춤추는 것 같고, 몇 광년이나 떨어져 있는데도 나는 그 별들이 노래하는 제 이야기들이 들릴 것 같다.

'어떻게 해야 해?'

나는 또 묻는다.

별들이 내게 윙크하고 말한다.

'바로잡아.'

14

나는 한밤중에 잠에서 깬다. 언니는 잠들어 있다. 언니는 엄마와 할머니를 기다리느라 나보다 더 늦게까지 깨어 있었다. 나는 엄마와 할머니가 집에 왔는지조차 아직 모른다.

그리고 모르는 것을 견딜 수가 없다. 아무것도 못 하는 기분을, 바로잡아야 하는데 그 방법을 모르는 기분을 견딜 수가 없다.

조용히 나는 아래층으로 내려간다. 엄마는 소파에서 자고 있고 나는 할머니 방문을 살며시 연다. 고치에 감싸이듯 비단 침대보와 이불에 감싸인 할머니를 보자 마음이 놓여 머리가 핑 돈다. 할머니는 무사하다. 나는 쓰러지지 않게 벽을 한 손으로 짚는다. 할머니에게 다가가고 싶지만 길에서 본 할머니 모습이 내 머릿속에 박혀 있다. 그때 남은 두려움이 가슴에 선명하다.

지금은 할머니가 괜찮다는 것을 아는 것만으로도 족하다. 그래서 나는 문을 닫는다.

그러자 집이 끙끙거리고 밤의 고요가 깨어진다. 내 주변 그림자들이 춤을 춘다.

그리고, 뒤에서 누군가 말한다.

"안녕, 릴리?"

걸걸한 여자 목소리다. 마치 동물 발톱이 한지를 긁듯이 내 귀를 긁는 목소리.

"나, 너희 가족 아주아주 오래 찾아 헤맸다."

나는 목소리가 나는 곳을 찾아 빙글 돌아선다.

하지만 여전히 잠들어 있는 엄마 말고는 아무도 보이지 않는다.

겁에 질린 내 토끼 심장이 마치 갈비뼈를 뚫고 나가려는 듯 세게 뛴다.

"거참, 내가 그렇게까지 무섭진 않은데."

그 목소리가 온 사방에서 들려오는 것 같다. 심지어 내 안에 서도. 가슴속에서 울린다.

부엌에서 그림자들이 움직이고 늘어나 모양을 이루기 시작 한다. 그 모양들이 모여서 한 덩어리가 된다. 그 거대한 그림자 가 걸음을 내디뎌 별빛 속으로 들어서자 호랑이가 된다. 자동차 처럼 커다란 그 호랑이가 집 복도를 가득 채우고 있다.

"너, 말을 하네."

나는 속삭인다. 그리고 나도 모르게 덧붙인다.

"그리고 여자야."

나는 곧바로 입을 꾹 다문다. 얼마나 어이없는 소리인가.

호랑이는 비웃는다.

"늘 이런 식이지. 수컷 호랑이 나오는 이야기 하나 들었다고 호랑이 하면 다 수컷이게? 인간들은 어쩌면 이렇게 한심한지."

호랑이가 나에게로 한 걸음 다가오고, 나는 등을 문에 딱 붙인다. 내 두 어깨뼈가 할머니 방문을 파고들 듯 누른다.

어쩌면 나는 아주 정교한 꿈에 갇혀 있는지도 모른다. 그러나 아닐 것이다. 공기의 서늘함과 팔에 돋는 닭살과 발바닥에 닿는 휜 나무와 내가 짓누르는 어깨뼈의 아픔이 고스란히 느껴지니까.

꿈은 이렇게 세세하지 않다. 악몽의 경우는 그런가?

나는 소파를 흘깃 보지만 엄마는 그저 코를 골 뿐이다.

"걱정 마. 네 엄마 때문에 귀찮을 일은 없을 거니까."

순간 내 온몸이 긴장하지만, 호랑이는 나를 어이없다는 듯이 보고 말한다.

"네 엄마는 잠들면 잘 안 깬다는 소리야."

내 머릿속 그다지 작지 않은 부분이 비명을 지른다. '넌 지금 호랑이하고 이야기를 하고 있어! 호랑이가 너한테 말을 하고 있다고. 이건 일어날 수 없는 일이 분명해.'

조금 어지럽다.

"가."

내 말에도 호랑이는 다가온다. 꼬리를 앞뒤로 흔든다. 머리를 기울이고 한쪽 귀를 움찔한다.

"왜 이렇게 적대적인 거지, 애기? 참고로, 난 너 안 잡아먹는다. 요즘 김치 식이요법을 하거든."

나는 호랑이를 빤히 본다. 할머니가 경고한 그 괴물을.

고르릉과 으르렁 사이쯤인 소리를 내며 호랑이는 말한다.

"네 할머니가 훔친 별들을 찾으러 온 거야. 그것뿐이라고. 네가 좀 도와줄래, 아가?"

입이 바싹 말라 한마디도 하기 어렵지만 가까스로 대답한다.

"아니."

호랑이가 한숨을 쉰다.

"인간들은 세상을 거의 이해 못 해. 너희 할머닌 제가 한 일이 뭔지도 몰라. 뭐가 자신을 해치고 있는지도 모른단 말이야. 네 할머니를 도우려는 것뿐이니까, 날 믿어."

할머니는 호랑이를 믿지 말라고 했으니 나는 고개를 젓는다. 그리고 할머니를 해치고 있는 것은 호랑이다. 할머니가 구토할 때 그 길에 호랑이가 있었다. 호랑이가 할머니를 겁주었다.

하지만 이 거대한 고양잇과 동물은 계속해서 말한다.

"이야기 마법은 강력하지, 사람을 바꿀 수도 있을 만큼. 그리고 이야기를 가두어 놓으면 그 마법은 더욱 커져. 그리고 때로는 상해 버리기도 해. 마법이 일종의 독으로 변하는 거야. 이해가 되나?"

나는 대답을 거부한다. 호랑이가 내 마음에 거짓말을 얽어 두르게 내버려 두지 않을 것이다.

"네 할머니가 가둬 둔 이야기를 릴리 네가 풀어 주면 할머니는 나아질 거야. 그 별들이 계속 갇혀 있으면 할머니가 아프고 말이야. 그 별들이 네 할머니를……"

호랑이가 이를 드러낸다.

"……집어삼킬 거야."

"거짓말 마."

내 목소리는 갈라진다.

"거래를 제안하는 거야. 넌 내가 그 이야기들을 되찾게 도와 줘. 그러면 나는 그 별들을 제자리인 하늘에 돌려놓을 거고, 넌 두 번 다시 그 이야기 걱정을 안 해도 돼. 나는 내 별들을 돌려받고, 우린 네 할머니를 돕는 셈이지. 넌 그 이야기를 들을 필요도 없어. 모두가 행복해지는 거야."

호랑이가 한 발에서 다른 발로 무게 중심을 옮기고, 별빛 속에서 호랑이 털이 빛난다.

"영웅이 되고 싶지 않니?"

여기서 가장 무서운 부분은 이것이다. 내 마음 깊은 곳 무언가가 '좋아.'라고 대답한다는 것. 결코 영웅이 아닌, 할머니 같지 않은 내가 마음 한구석으로 영웅이 되고 싶은 것이다.

나는 '좋아.'가 입 밖으로 튀어나오지 않게 입술을 깨문다.

"그런데 말이야……"

내 몸에서 진동이 느껴질 정도로 낮은 목소리로 호랑이는 말한다.

"……이건 네가 할머니를 도울 딱 한 번뿐인 기회야. 난 두 번 제안하지 않거든."

할머니는 내게 조심하라고 했고, 나는 이 호랑이와 거래를 한다는 생각만으로도 배 속이 수천 조각이 나는 것 같다. 하지만 할머니가 내게 말해 주지 않은 게 너무 많다. 할머니가 감춘 것이, 내가 알고 싶은 것이 너무 많다.

호랑이 말이 맞는다면? 정말로 훔친 이야기 별들 때문에 할머니가 아픈 것이라면?

나는 내 생각들에 붙들려 옴짝달싹하지 못한다. 이것이 내 문제다. 이래서 언니는 나를 '조아여'라고 부르는 것이다. 나는 틀린 대답을 하게 될까 두려운 나머지 아예 아무 말도 하지 않는다.

잠깐의 시간이 늘어지는 동안 호랑이는 기다린다. 그리고 고개를 절레절레 흔든다. 어느새 호랑이는 이미 그늘 속으로 사라지고 있다.

"네가 날 놀라게 하길 바랐다만."

나는 오늘 밤의 할머니를 떠올린다. 내가 얼마나 무력하게 느껴졌는지를, 내가 바로잡아야 한다는 것을 기억한다.

"잠시만! 나 할게!"

다만 너무 늦었다. 줄무늬는 암흑과 하나가 되고, 호랑이는 사라지고 없다.

15

물론 그다음에 나는 잠들지 못한다. 침대에 앉아서 손톱을 물어 뜯고 멍하니 창밖을 내다보고 있자니 해가 뜨고, 아래층에서 이상한 소리가 들려온다. 마치 벽 너머 속삭임 같다.

그 소리가 사라지지 않아 나는 귀를 쫑긋 세우고 윗몸을 내민다. 이 집에 소리들이 가득하다. 나는 결국 살금살금 계단을 내려간다. 그 호랑이일지도 모른다. 만일 그렇다면 나는 제안을 받아들이겠다고 해야 한다. 아직 확신이 없을지라도, 두려울지라도.

하지만 호랑이는 없다.

계단 끝까지 내려와 보니 소리의 주인공은 엄마와 할머니였다. 방문이 살짝 열린 할머니 방에 앉아, 얼핏 잠음처럼 들릴 정도로 조용하게 이야기를 나누고 있다.

엄마가 말한다.

"오라는 데는 아직 없는데 계속 찾고 있어. 하지만 곧 될 거야. 난 희망적으로 보고 있어.”

“너 일자리 생기면 좋지. 너한테 좋은 일이야.”

“‘우리’한테 좋다는 뜻이겠지.”

“너하고 네 딸들한테 좋지.”

“그러지 마, 엄마…….”

엄마 목소리가 갈라지고, 내가 겨우 알아들을 수 있을 만큼
작다.

“우리한테는 시간이 있어, 내가 시간 벌 수 있어.”

“아니, 아니. 그런 걱정 하지 마.”

할머니가 말한다. 할머니가 엄마에게 말할 때마다 띠는 꾸짖
는 어조가 있다. 하지만 다른 것, 더 부드러운 무언가도 있다.

“그리고 걱정 표정 하지 마. 주름 생긴다.”

“엄마…….”

“너 선크림 발라? 선크림 바르면 주름 덜 생겨.”

“엄마아…….”

“모자는? 모자도 도움되지.”

“엄마! 난 모자 필요 없어. 나한테 필요한 건 ‘엄마’야.”

엄마 목소리가 갈라진다. 그리고 이제 더 조용해진 목소리로
말한다.

“제발 다른 치료법 시도하자. 포기하지 말고.”

치료……. 병원……. 시간 벌기…….

내 안에 말로 채 옮길 수 없는 어떤 깨달음이 자리 잡는다.

이제 부드러움이 증발해 버린 목소리로 할머니가 말한다.

“내가 그냥 포기해? 아니야! 나 안 가고 싶어. 너 두고 가기

싫어. 준비 안 됐어. 그래도 그거 내가 결정하는 거 아니야. 내가 결정하는 거 '지금' 어떻게 사느냐뿐이야. 그러니까 너 그거 뺏지 마."

이토록 화난 할머니 목소리를 나는 처음 듣는다. 할머니는 강하고 맹렬하고 친절하다. 하지만 지금은 또 다르다. 무서운 면이 있다, 마치 할머니 몸속에 튀어나오려고 난리를 치는 호랑이가 숨어 있는 것 같다.

그때 또 다른 이상한 소리가 들려오고, 너무 생각지도 못한 소리라서 나는 그 정체를 바로 알아채지 못한다. 그러다 깨닫는다, 엄마가 울고 있다는 걸.

우리 엄마는 우는 사람이 아닌데.

"존…… 강해야지. 네 딸들 위해서."

할머니가 조용히 말한다. 내 가슴속이 뒤틀린다. 난 이 대화를 듣고 있어선 안 된다. 듣고 '싶지' 않다.

엄마가 속삭인다.

"난 못 해. 앤디 이후로 더는……. 강해지는 거 '더는' 못 한다고."

"너 할 수 있어. 난 알아. 내 딸이니까."

나는 계단을 다시 몇 칸 올라가 어둠에 숨는다. 엄마가 운다면 할머니의 병이 아주 심각한 것이 분명하다.

이제 난 아래층에서 난 소리가 정말로 호랑이 소리였더라면 좋았을 거라고 생각한다. 이게 그 어떤 호랑이보다도 무서우니까.

엄마가 마침내 할머니 방에서 나오자 나는 곧바로 투명 인간으로 변한다. 하지만 마음을 바꾼다. 혼자이고 싶지 않다.

내가 조금 움직여 발밑의 계단이 삐걱거리자 엄마가 고개를 들어 나를 본다.

"어, 너구나……."

아주 조용하게, 나는 묻는다.

"할머니 괜찮으셔? 엄마는? 괜찮아?"

엄마 두 눈이 아직 붉다.

"우리 얘기 들었니?"

내가 대답하지 않자 엄마는 두 팔을 벌리고 나는 계단을 뛰어 내려간다. 엄마가 와락 나를 품에 안고, 큰 숨을 들이쉬는 엄마의 허파가 떨리는 것이 느껴진다.

"괜찮으실 거야. 걱정하지 마. 다 괜찮을 거야."

이제 엄마는 몸을 펴고 물러나 자신을 다시 추스른다.

"너 차 좀 마실래? 아침밥은? 먹고 싶은 거 뭐든지 만들어 줄게."

"무슨 일인지 알고 싶어."

강하게 말하려고 해 보지만 내 목소리는 아주 작게 나온다.

엄마는 안경을 만지작거리며 대답한다.

"할머니 아프셔. 그래도 아직 희망은 있어. 내가 일자리 구하고 있으니까 특수한 치료에 드는 비용도 해결될 거야. 그리고 그치료를 받지 않더라도 우리가…… 할머니를 계속 편안하게 해드릴 수 있어."

"어떻게 아프시다는 건데?"

'아주 많이'라는 것을 이미 알면서도 나는 묻는다. 엄마는 얼굴을 찡그리더니 나를 소파로 이끈다. 나는 쿠션을 푹 꺼뜨리며 엄마 옆에 앉는다.

모처럼 비가 오지 않는다. 마치 날씨가 나를 놀리듯 행복한 햇살이 창으로 쏟아져 들어온다.

"할머니, 뇌종양이 있으셔."

잠시 속이 얼어붙듯 마비된다. 차가움과 이상한 얼얼함 말고는 아무것도 느낄 수가 없다.

"릴리, 들었어?"

나는 아주 가만히 있는다. 마치 아픔을 피해 숨을 수 있는 것처럼. 마치 진실이 호랑이이고, 내가 움직이지 않으면 그 호랑이가 날 못 찾을 수도 있는 것처럼.

"릴리?"

하지만 오랫동안 숨을 수는 없나 보다. 그 이상한 얼얼함이 깨진 유리처럼 날카롭게 변하는 걸 보니. 나는 지끈거리는 머리를 끄덕거린다. 입 밖으로 '뇌종양'이란 말을 내어 보려 하지만 되지 않는다.

"네가 보았을지도 모르는 할머니 증상들, 그 병이 원인이야. 메스꺼움, 편집증, 그리고…… 이런 병에 걸리면 음…… 환각을 보기도 해."

"환각?"

"받아들이기 버겁지? 그럴 거야. 그래도 엄마가 곁에 있다는 거 잊지 마."

"어떤 환각?"

"아이고, 릴리……."

엄마가 부드러워진 눈을 하고 내 두 손을 잡는다.

123

"그렇게 무서운 거 아니야. 그냥 사소한 것들. 꿈이랑 현실을 혼동한다든지, 또는 할머니가 지하실에 물난리가 났었다고 생각하시는 거라든지…… 그런 거야."

지하실이 완전히 말라 있었던 것이 이제 설명된다. 그렇지만 다른 일들은……. 호랑이는 나도 봤다. 그것은 분명히 실제였다.

"도울 방법이 있다면?"

"아이고, 그건 엄마가 알아서 할게. 너는 걱정하지 마. 너는 할머니하고 즐거운 시간 보내고 할머니 곁에 있으면 돼. 그래서 여기로 이사 온 거야. 너희들이 할머니와 좋은 시간 보낼 수 있게."

엄마가 내 두 손을 꼭 쥔다.

"어젯밤에 샘한테 이야기했어. 너 잘 때. 그러니까 언니하고 터놓고 이야기해 봐, 도움이 된다면. 그리고 어차피 이 일은 한 번만 이야기할 일이 아니야. 앞으로도 우리가 계속 이야기 나누어야 할 거고, 엄마가 늘 곁에 있으니까 궁금한 게 있으면 뭐든 물어봐."

궁금한 것들이 내 목구멍을 긁지만 엄마가 대답해 줄 수 있다는 생각이 들지 않는다. 할머니도 말했다, 엄마는 '이야기'를 믿지 않는다고. 엄마의 세상은 작다고.

하지만 도울 방법이 있다. 엄마는 보지 않는, 또는 보지 못하는 방법이 있다.

그 호랑이가 할머니를 낫게 할 수 있다.

지난번에 난 그 호랑이의 마법을 믿을 용기가 없었다. 하지만 이번에는 그 용기를 낼 것이다.

이번에는 준비된 채 만날 것이다. 호랑이는 나에게 또 오지 않을 거라고 했으니까 이번엔 내가 호랑이에게 가야 한다.

운 좋게도 나는 호랑이 사냥꾼의 가족을 안다.

16

'새로운 계획' 덕분에 기운이 솟아오른 채, 나는 위층에 있는 언니에게로 달려간다. 침대에 앉아 겨우 반쯤만 깨어 있는 것 같은 언니는 무릎에 노트북 컴퓨터를 올려 두고 은은한 화면 불빛에 감싸여 있다.

나는 휙 다가가 언니의 노트북 컴퓨터를 마치 호랑이가 다무는 입처럼 세게 덮어 버린다.

언니가 손가락들을 뒤로 뺀 채 휘둥그런 눈으로 나를 빤히 보지만, 나는 언니가 화낼 틈 없이 말한다.

"언니, 할머니를 낫게 할 방법이 있을지도 몰라. 할머니가 나한테 해 주신 그 이야기에서 말이야……."

"아니."

말을 끊는 언니의 한 마디가 내 가슴에 무겁고 차갑게 부딪힌다.

"지금은 듣기 싫으니까 하지 마. 지금은 이야기 들을 기분 아

니야. 이야기는 마법을 사실로 믿으라고 부추기잖아……. 사실
이 아닌데."

"그런데……"

이 이야기를 하고 나면 언니가 뭐라고 할지 두렵지만, 더는
이 비밀을 혼자 품고 싶지 않다.

"……그냥 이야기가 아닐 수도 있어."

언니가 한숨을 내쉰다.

"릴리, 너 도대체 무슨 소리야?"

"그게…… 호랑이가, 이야기에서처럼…… 나한테 온 것 같
아. 나한테 말을 했고. 어제 길에도 있었어. 어제 할머니가 길에
서…… 그러셨을 때."

언니가 너무 오래 말이 없다. 어쩌면 언니도 그 호랑이를 보
았을까? 여태 자기만 보았는 줄 알았다가 안심한 걸까?

하지만 언니가 말한다.

"너 정신 좀 챙겨야겠다. 그거 정신적 스트레스 반응이나 뭐
그런 거야. 일어날 수가 없는 일을 일어났다고 말하고 있잖아."

"일어날 수 없다고 '믿으니까' 일어날 수 없는 일이 되는 거
야. 그 호랑이는……."

"릴리!"

언니가 하얀 머리카락을 잡아당기며 날카롭게 말한다.

"그 호랑이 어쩌고 좀 그만해, 어? 우린 지금 현실도 힘들어.
더 힘들게 만들지 마."

마트에서의 우리 언니는 어디로 간 것인가? 그 이야기들을
듣고 싶어 했던 나의 자매는.

그때뿐이란 것을 나는 진작 알았어야 했다.

난 거짓말한다.

"그래, 언니 말 맞아. 내 상상일 거야. 이따 보자."

나는 언니에게서 돌아서서 잠옷을 벗고 청바지와 긴팔 티셔츠로 갈아입는다. 리키를 만나면 된다. 호랑이를 잡는 법을 배울 수 있다. 언니의 도움은 필요 없다.

"어…… 너 어디 가?"

"그냥 어디."

"잠깐만……"

나는 언니 말을 못 들은 척하고 계단을 쿵쿵 내려간다. 엄마에게는 밖에 나간다고, 더 이야기하고 싶지 않다고 말한다. 엄마는 멈춰 세우려 하지만 나는 듣지 않는다.

나는 멈추지 않고 달려서 무거운 도서관 대문 앞에 이르고, 큰 숨을 쉬면서 호흡을 고른다.

나는 이걸 해야 한다. 할머니에게 내가 필요하다.

커다란 문손잡이를 잡고, 힘껏 당겨 열고, 안으로 들어간다.

조가 제자리에 앉아 있다. 대화에 관심이 없는 줄 알았던 그가 지나가려는 나를 불러 세운다.

"릴리."

'끙'과 '우르릉' 중간쯤 되는 소리로 목을 가다듬는 조.

"네 아이디어 좋더라. 그 말 해 주려고."

"아, 네."

나는 숨가쁜 채로 대답한다. 무슨 아이디어를 말하는 건지 전혀 모르겠다. 조가 내 호랑이 계획을 알게 된 걸까? 아니, 그럴

리는 당연히 없다.

조의 콧수염이 꿈틀한다.

"네가 빵 바자 하면 좋겠다고 했다면서. 젠슨이 말해 줬다. 그걸 해서 기금이 얼마나 모일지는 모르겠지만 이 지역 사람들이 도서관에서 뭘 하도록 독려해 보기 좋은 방법 같아."

"아, 네."

나는 같은 대답을 한다. 컵케이크를 팔아도 좋겠다고 한 내 말을 젠슨이 진지하게 받아들이는 줄 몰랐다.

"잘됐네요."

그가 '대화는 여기까지.'라고 신호하듯 고개를 끄덕한다.

"리키랑 젠슨 오늘 왔어요?"

조가 도서관 뒤쪽으로 손짓을 해 주어, 나는 책장 사이를 지나 탁자들이 모인 곳으로 간다. 리키와 젠슨이 펼친 공책 한 권과 단어 카드 한 더미, 빈 푸딩 컵 하나를 사이에 두고 같은 탁자에 앉아 있다.

리키가 나를 보고 미소를 짓는다. 오늘은 '콩'(BEANS)이라고 적힌 니트 모자를 눈썹까지 내려 쓰고 있다. 마트 일 때문에 속으론 어색한지 몰라도 겉으론 아무렇지 않아 보인다.

어쩌면 리키는 이게 초능력인지도 모른다. 불쾌하고 불편한 일들이 그다지 신경 쓰이지 않는 능력.

"리지!"

나는 나를 부른 것임을 곧바로 알아채지 못하고, 젠슨이 내게 미안한 미소를 짓고 리키에게 지적한다.

"리지가 아니라 릴리야. 안녕, 릴리? 어떻게 지내?"

"어…… 잘 지내요."

내 목소리가 조금 떨린다. 말이 안 되는 걸 물어보러 왔기 때문에, 있을 수 없는 일을 물어보러 왔기 때문에 긴장된다. 그래도 물을 것이다.

"안 그래도 너한테 빵 바자 이야기 하려고 했는데! 네 아이디어를 내 것인 척했다고 오해하지 않았으면 해."

"아, 아니에요……."

"너도 도와도 좋아, 안내지 만들기랑 장소 준비 같은 거!"

젠슨이 커다란 미소를 짓고, 그 얼굴의 주근깨가 모두 환해진다.

"나도 돕는데."

리키가 이렇게 말하더니 아주 크게 속삭인다.

"도우면 컵케이크가 공짜!"

"으응, 좋을 것 같네."

"좋았어! 그럼 이제 리키랑 나는 계속 수업해야 하니까……."

리키가 제 공책을 옆으로 치우고 몸을 내밀며 말한다.

"릴리, 앉아. 네가 어떻게 살아왔는지 우리한테 얘기 좀 해 줘. 네가 호랑이를 사랑한다는 건 언제 깨달은 거야? 럭키 참스 시리얼에 대한 '솔직한' 느낌은? 자세하게 다 얘기해 줘!"

"그게……."

나는 입을 연다. 리키가 호랑이 얘기를 꺼냈다. 일단 이야기가 나왔으니 내가 방향을 잘 이끌기만 하면…….

"리키, 그만해."

젠슨이다.

"릴리, 리키 무시해. 수업 안 하려고 수 쓰는 거야."

리키의 눈이 튀어나올 것 같다.

"아니야, 젠슨, 진짜로! 나 친구 사귀려는 거야. 애덤은 캠프에 가 있고 코너는 이탈리아 여행 가 있어서 나도 인간관계가 필요하단 말이야."

젠슨이 코웃음을 친다.

"너한테 필요한 건 이 단어 카드 복습이야."

이대로 리키와 젠슨을 두고 돌아설 수 없어, 나는 머릿속에 먼저 떠오르는 아무 말이나 해 본다.

"젠슨, 저도 푸딩 하나만 먹을 수 있어요?"

젠슨이 눈을 깜빡인다. 무례하단 걸 나도 알지만 난 리키와 둘이서만 이야기할 시간을 만들어야 한다. 젠슨이 놀란 얼굴을 미소로 숨기면서 일어선다.

"당연하지. 하나 갖다줄게. 안 그래도 리키가 쉬고 싶어서 난리니까 '잠깐만' 쉬었다 하지 뭐."

젠슨은 '잠깐만'이라고 할 때 리키를 보면서 두 눈썹을 올린다. 그러고는 내게 초콜릿과 바닐라 중 무엇을 먹겠느냐고 묻는다.

"바닐라 먹을게요. 고마워요."

나는 젠슨을 꽉 끌어안고 싶지만 푸딩 하나 때문에 그러긴 좀 지나친 것 같다.

"난 초코 하나 더 부탁해요."

리키가 말하고, 젠슨은 한숨을 쉬고는 직원 휴게실로 간다.

"내가 멍청해서 과외를 받는 건 아니야."

젠슨이 자리를 뜨자마자 리키가 말한다.

"그냥 내가 글 읽는 머리가 없어서 그래. 그것뿐이야. 숫자 계산하는 머리도 없고. 그래도 난 심리학자가 될 거야. 나는 '사람 심리에 대한 아주 직관적인 이해력'이 있어."

마치 인터넷 어딘가에서 본 것을 읊는 것 같다.

"내가 사람 마음을 아주 잘 읽는단 뜻이지."

"아아, 그렇구나."

젠슨이 돌아오기 전에 '그 화제'로 대화를 이끌어야 하는데 리키가 말을 멈추지 않는다.

"젠슨하고 내가 완전 친한 것도 다 그래서야. 젠슨도 기자가 되고 싶어 하기 때문에 사람들을 잘 이해하는 능력이 필요하거든. 젠슨도 그렇고 나도 사람들하고 대화를 잘해. 사실……."

"너희 증조할아버지 호랑이 사냥꾼이시라고 했지?"

나는 내뱉어 버린다. 리키가 얼굴을 찌푸린다.

"내가 '정확히' 그렇게 말한 건 아닐 텐데. 난 그 이야기 하면 안 되는데……."

"어떻게 호랑이를 잡으신 거야?"

마침내 말이 없어진 리키가 나를 빤히 본다. 나는 설명한다.

"내 말은…… 물론 가정을 하면 말이야. 실제로가 아니라. 누군가가 호랑이를 잡으려 한다고 '가정'한다면 어떻게 해야 호랑이를 잡을 수 있을까?"

리키가 내 말을 이해하려고 애쓰며 고개를 끄덕인다.

"으응. 너 진짜 호랑이 좋아하는구나, 그렇지? 하지만 호랑이는 위풍당당하고 멋진 동물들이고, 멸종 위기에 처해 있어. 사냥을 하면 안 돼."

"알아. 당연하지. 난 호랑이 사냥 안 해. 하지만 내가 호랑이를 잡아야 한다고 '가정'하면 말이지……."

내 말이 너무 빨라 리키가 겁먹지는 않을까 싶지만, 그리 놀란 것 같지 않은 리키는 어깨를 으쓱하고 말한다.

"내가 호랑이 잡는 방법까지 아는 건 아니야. 증조할아버지를 알지도 못했고. 우리 가족들은 증조할아버지 인생에서 그 부분은 이야기를 안 해. 그러니까 어떻게 알겠어?"

실망으로 마음이 조각난다. 리키는 호랑이 잡는 방법을 모른다. 내 발상이 너무 멍청했다. 나는 내가 영웅이 될 수 있을 줄, 실제로 도움이 될 수 있을 줄 알았다. 하지만 나는 그저 나일 뿐이다.

리키에게 안 보이게 감정을 꾹꾹 가두어 보지만, 뜨거운 눈물이 안구 뒤에서 차오르는 것을 느낀다. 나는 눈을 꼭 감고 숨을 쉬어 본다.

"엇."

리키가 내 반응에 충격을 받은 듯 안절부절못한다.

"뭐, 내가 도울 방법이 있긴 있을 거야, 아마도! 너 사냥을 좋아한다거나 뭐 그래?"

나는 고개를 젓고 마음을 진정시키려 애쓴다. 여기서 벗어나 집으로 가서 다른 계획을 생각해 내야 한다.

"사냥 안 좋아해. 그냥 호랑이 잡는 법을 알고 싶었어. 그런데 그냥 궁금해서 그런 거야. 중요한 거 아니야. 나 갈게."

"잠깐만! 가지 마. 너 지금 표정이 너무……."

리키가 말을 멈추고, 뺨이 붉어진다.

"아냐, 신경 쓰지 마."

내가 이렇게 말하는 것과 동시에 리키가 말한다.

"방법 알아!"

리키가 가방에 손을 넣더니 얇고 색이 다양한 잡지 한 권을 꺼낸다. 아니, 잡지가 아니다. 만화책이다. 나는 몸을 숙여 제목을 읽어 본다.『슈퍼맨의 모험: 파멸의 덫!』

리키가 미소를 짓고 말한다.

"덫을 만들면 돼. 호랑이를 잡을 구덩이 같은 거. 아주 멋질 거야. 여길 봐."

리키가 모서리를 접어 둔 쪽을 펼쳐서 거대한 금속 상자와 빨간 레이저 빔 그물에 갇힌 슈퍼맨 그림을 보여 준다.

"난 그런 거 못 만들 것 같은데. 그리고……."

나는 만화를 빤히 보며 말을 잇는다.

"……슈퍼맨은 착한 편 아니야? 결국 이 덫에서 빠져나오지 않아?"

리키가 인상을 쓴다. 이번엔 리키가 실망한 쪽이다.

"아, 그러네. 난 그냥……."

리키는 눈을 내리깔고는 만화책을 다시 가방에 넣는다.

"미안. 네가 찾는 건 이런 게 아니지? 우리 아빠가 그러는데 나는 너무 쉽게 흥분을 한대. 내 친구들도 내가 만화책 이야기 하면 잘 이해 못 하더라고. 그러니까 너도 충분히 이상하다고 생각할 수 있어. 이해해."

이제 나는 애초에 이런 상황을 불러온 것이 미안해진다.

"안 이상해. 그냥……."

나는 '그냥 그게 내가 찾던 게 아닐 뿐이야.' 하고 말하려다가 만다.

왜냐하면, 사실, 호랑이 덫은 정확히 내가 찾던 것이기 때문이다. 물론 나는 금속과 레이저를 가지고 호랑이 덫을 만들 수 없다. 물론 만화책을 안내서로 삼는 건 우스운 일이다. 하지만 '사람 말을 할 줄 아는 마법의 호랑이를 잡으려는 것'에 비하면 약과다.

리키는 일을 저지르는 사람이다. 지나치게 생각하지 않고 행동해 버린다. 호랑이를 잡고 싶다면 나는 좀 더 리키 같아야 한다.

"가령 내가 철이랑 레이저가 없다고 하자. 평범한 것들 가지고도 덫을 만들 수 있을까?"

리키의 두 눈썹이 휙 솟는다.

"잠깐만, 우리 정말 호랑이 덫 만드는 거야?"

나는 목을 가다듬고 말한다.

"음…… '우리'가 아니라 '내'가 만드는 거고, 그게 좀…….."

리키가 신이 나 몸을 들썩거린다.

"네가 호랑이 덫을 만들 거면 당연히 나도 같이 해야지."

나는 고개를 젓는다. 리키를 또 실망시키고 싶지는 않지만…….

"좋은 생각이 아닌 것 같은데…….."

리키가 거의 의자에서 미끄러질 지경으로 몸을 내밀며 말한다.

"릴리, 나도 시켜 줘. 너무 재미있을 것 같아. 그리고 내가 너보다 더 많이 알잖아. 나 '만화책 정말 많이' 읽었고, 게다가 증조할아버지한테서 저절로 물려받은 지식이 있을지도 모르잖아. 내

핏속에라든가. 내가 든든한 자원이 될 거야!"

나는 입술을 깨문다. 리키와 친구 하고 싶지 않은 것은 아니다. 그저 이 일에서 마법의 호랑이 부분은 사람들 대부분이 이해하지 못할 것이기 때문이다.

"아냐, 리키……."

리키의 몸이 처진다.

"그래? 알았어. 내키지 않으면 안 끼워 줘도 돼."

이제 나는 젠슨이 어서 돌아오길 바란다. 하지만 젠슨은 아직도 휴게실에 있고, 나는 죄책감을 느끼며 여기 서 있어야 한다.

어쩌면 리키를 끼우는 건 그리 나쁘지 않을지도 모른다. '실제로' 무엇을 잡는 덫인지 리키에게 이야기할 필요는 없다. 그리고 도움을 받을 수 있다면 좋다. 특히 세상 일들에서 '왜?' 부분에 그다지 신경 쓰지 않는 사람의 도움이라면.

"좋아."

내가 말하자마자 리키의 온몸이 반응한다. 구부러졌던 허리가 펴진다.

"진짜? 우아, 나 진짜 기대돼. 이거 진짜 대박일 거야."

'대박'이라고 하면서 리키는 무언가 폭발하는 시늉을 한다.

"같이 하자고 해 줘서 진짜 고맙다. 어차피 호랑이 덫 생각이 머리에 꽂혀 가지고 계속 그 생각만 할 게 뻔하거든."

"알았어."

"수업 끝나고 집에 가서 준비물 챙길게. 그리고 최대한 빨리 너희 집에 갈게. 젠슨이 너 여기 길 건너편에 산다던데, 맞아?"

"오늘…… 온단 말이야? 너 아빠 허락 안 받아도 돼?"

"어휴, 우리 아빠 내가 집에 없는 것도 모를 거야."

리키가 공책에서 종이 한 조각을 찢어서는 제 전화번호를 적지만, 그걸 미처 내게 건네기 전에 젠슨이 푸딩을 가지고 돌아온다.

리키가 전화번호 조각을 제 주먹에 숨기고, 나는 '이거 비밀이야!' 하는 눈빛을 리키에게 쏜다. 고개를 끄덕이고 입술에 지퍼 채우는 시늉을 한 리키는 진지한 표정을 지으려 해 보지만, 미소가 터져 나오고 온몸이 '신난다!'를 외친다.

젠슨이 얼굴을 찌푸리고 묻는다.

"무슨 일이야?"

"아무것도 아니야."

"아무것도 아니에요."

리키와 내가 동시에 대답한다. 수상쩍어 보이게도.

우리에게 더 캐물으려던 젠슨이 무엇 때문인지 그만둔다. 커다래진 눈으로 내 어깨 너머를 본다. 나는 젠슨의 시선을 따라 돌아본다.

내 뒤에 나의 언니가 서 있다. 팔짱을 끼고, 까만 테두리가 둘러진 눈으로 나를 노려보는 언니는 아주 화가 나 있다.

17

먼저 말을 건네는 사람은 젠슨이다. 젠슨의 눈에 놀람, 어리둥절함, 그다음으론 호기심이 어린다.

"안녕, 난 젠슨이라고 해."

젠슨이 언니에게 짓는 미소는 내게 건넸던 것처럼 따뜻하고 편안하지만 무언가 더 있다. 궁금함, 그리고 희망에 가까운 것이 담긴 표정이 있다. 아마도 둘이 나이가 비슷해서일 것이다. 짙은 갈색 곱슬머리를 귀 뒤로 넘기는 젠슨의 얼굴에서 행운의 주근깨가 빛난다.

나는 질투가 나는 것을 어쩔 수가 없다. 언니가 노력 하나 없이 내 친구를 빼앗아 간 것 같다는 느낌 때문이다. 접착력 좋은 사람들은 이게 문제다.

"아, 안녕? 나는…… 어, 샘이야."

언니가 말을 조금 더듬는다. 아마도 젠슨의 친절함이 당황스럽거나 뭐 그래서일 것이다. 하지만 곧 눈을 가늘게 뜨며 나를 본다. 자세도 더 꼿꼿해진다. 언니는 화를 낼 때 가장 편안해한다.

"대화하다 말고 그렇게 달려 나가 버리는 법이 어디 있어? 너 그럼 안 돼."

젠슨과 리키가 나를 빤히 보는 것을 느끼면서 나는 마른침을 삼킨다. 사라지고 싶은데 투명 인간 되기 스위치가 작동이 되지 않는다. 요즘 자꾸 고장이 난다.

"왜 어딜 가는지 말을 안 하고 가?"

"내가⋯⋯"

무슨 말을 해야 할지 모르겠다. '그 비밀스러운 호랑이 계획을 언니한텐 말 못 하니까 그렇지.'라고?

"⋯⋯여기 꼭 올 일이 있었어."

내 말이 발치에 툭 떨어진다, 받아 주는 사람 없이.

어색한 고요함이 메아리치길 잠시, 젠슨이 외친다.

"아, 나 너 알아!"

언니는 눈을 휘둥그렇게 뜨고, 젠슨은 싱긋 웃는다.

"아, 이상하게 생각하진 말고. 아무리 봐도 네가 낯이 익어서 말이야. 너 선 초등학교 다녔지, 한참 전에?"

언니가 잠시 그대로 멈추어 있는다. 두 뺨이 분홍색이 되어 말한다.

"어⋯⋯ 맞아. 몇 년 정도. 우리 여기 살았었어, 그래, 예전에. 한참 전에."

나는 나의 언니를 빤히 본다. 이렇게 말을 버벅거리는 걸 한 번도 본 적 없다. 대체로 언니는 아주 당당하다. 그리고 아주⋯⋯ 못됐다. 그런데 지금은 그 날카로운 모서리들이 다 부드러워진다.

젠슨이 자기 곱슬머리를 만지작거리며 말한다.

"있잖아, 우리가 이 도서관 위한 기금을 모으는 빵 바자를 할 거거든. 그거 사실 릴리가 해낸 생각이야. 너도 돕는 거 환영이야, 관심 있으면. 내 전화번호 알려 줄 테니까 전화로 의논해도 좋아."

"그래, 난…… 알았어. 내가……. 그래."

언니가 이미 멀쩡해 보이는 자신의 셔츠 매무새를 다듬는다. 리키를 흘깃 보니 어떤 이상함도 감지하지 못하는 채 푸딩을 두 개째 먹고 있다.

나는 리키에게 '둘이 우리한테 신경 안 쓰니까 네 전화번호 줘.' 하고 눈으로 말한다.

그러자 리키는 푸딩 컵을 가리키더니 내가 푸딩 맛이 어떠냐고 물은 것처럼 엄지를 내밀어 보인다.

나는 깊은숨을 들이쉬고 천천히 내쉰다. 엄마가 할머니를 대하다 곤란할 때 하는 것처럼.

"잘됐다!"

젠슨이 싱글거리며 말하곤 언니 전화기를 받아 자기 전화번호를 입력한다. 나는 질투로 가슴이 아리다. 언니는 지금 아무 일 아닌 것처럼 누군가의 전화번호를 얻었으니까, 마치 자기에겐 다 쉬운 일인 것처럼.

젠슨과 언니가 잠시 서로를 빤히 쳐다보고, 언니는 마치 나를 완전히 잊어버린 것 같다.

나는 좀이 쑤시기 시작한다. "그나저나……." 하고 중얼거린다. 리키를 빤히 본다. 소리 없이 '지금 네 전화번호 줘, 티 안 나게.' 하고 말한다.

"아, 맞다!"

리키가 말한다. 그러고는 주먹을 내밀어 전화번호 쪽지를 내 손바닥에 떨어뜨리고, 속삭임치곤 커다랗게 말한다.

"나중에 연락해. '비밀 작전'을 위해서."

젠슨은 놀란 표정이다. 언니는 수상쩍어하는 표정이다.

나는 또 깊은숨을 들이쉬고는 애써 평범한 미소를 보이며 말한다.

"그래, 그럼 우린 가야겠다."

"그래! 잡아 두려는 건 아니었는데 미안해. 어차피 리키랑 나는 수업 마저 해야 해."

젠슨의 말에 리키가 고개를 절레절레 흔들고 말한다.

"괜찮아. 친구 만들고 있는 것 같은데, 난 그거 존중해."

젠슨이 웃음을 내뱉고, 언니는 어색한 어깨 으쓱거림으로 인사를 대신한 다음 나를 끌고 간다.

리키가 푸딩 가득한 입으로 우리 뒤에 대고 외친다.

"나중에 봐!"

나는 손 흔들어 인사하며 언니에게 끌려 나가고, 완전히 도서관 밖으로 나왔을 때 언니에게 말한다.

"그렇게 사람 민망하게 만들 필요는 없었잖아."

언니가 나를 빤히 보고 대답한다.

"뭐? 그래서 기분 나쁘다는 거야? 너는 말하다 말고 나 두고 나갔잖아, 안 그래도 스트레스 잔뜩 받은 엄마랑."

"미안."

나는 작게 대답한다. 그리고 진심이다. 아직 언니한테 짜증이 나지만 그건 그거고 이건 언니 말이 좀 옳다.

언니는 말한다.

"아, 모르겠다. 나도 이해 안 되는 건 아냐. 나도 화나. 나도 이런 일이 일어나서 화나고, 엄마가 이제야 말해 줘서 더 화나."

언니는 한 손으로 얼굴을 쓸고는 덧붙인다.

"그 집 안에 있으면 꼭 감옥 같아. 가끔은 탈출하고 싶어."

난 탈출했던 게 아니라고 언니에게 설명할 수 있었으면 좋겠다. 나는 계획이 있고, 다 잘될 것이라고. 하지만 언니는 마법 따위 믿지 않는다고 이미 선을 그었다.

집으로 가는 계단을 언니와 함께 오르며, 언니의 관점으로 이 집을 보려고 눈을 가늘게 떠 본다. 나한테는 언제나 안전한 곳이었다. 우리를 보호해 주는 곳.

하지만 나도 좀 알 것 같다. 이 집을 옥죄는 검정에 가까운 담쟁이덩굴, 대문이 닫히고 잠기는 방식, 나무들 속에 숨은 위치. 어떻게 보니 거의 감옥처럼 보인다.

심지어 덫처럼도.

18

몇 시간 후, 예약된 진료를 위해 엄마가 할머니를 병원에 데려
간 사이 리키가 자전거를 타고 우리 집에 온다. 언니가 다락방에
있어 거실에서 나 혼자 리키를 맞이한 것은 잘된 일이다. 리키가
허리에 1킬로미터쯤 될 밧줄을 감고 위장 전투복을 입고 머리엔
위장 무늬 실크해트까지 쓰고 나타났으니 말이다.

"우아."

나는 대문으로 들어오는 리키를 보며 내뱉고, 리키가 실크해
트를 들어 올려 인사한다.

"'호랑이 덫의 신'이 왔으니 맡겨 두시죠."

나는 눈만 깜박거리다가 묻는다.

"뭐?"

"그래, 맞아. 이름은 좀 더 고민해 봐야 될 것 같아."

나를 지나쳐 집에 들어온 리키가 밧줄을 풀어서 거실 바닥에
떨어뜨려 놓는다. 이해를 못 하는 내 표정을 보더니 설명을 덧붙

인다.

"내 슈퍼히어로 이름 말이야."

"아, 그래."

나는 미안해진다. 리키가 흥이 났다는 것도 알고 내가 자길 우습게 여긴다고도 생각 안 했으면 좋겠지만…… 이건 '놀이'가 아니다. 중요한 일이다. 무척이나.

"위장은 안 필요할 것 같은데?"

내 말에 리키가 빙그레 웃는다.

"맞아, 필요 없어. 그런데 멋지잖아. 네 슈퍼히어로 이름은 뭐야?"

"난 슈퍼히어로 아니야."

나는 일부러 밧줄을 집어 들어 화제를 바꾼다.

"이건 어디에 써?"

리키가 잠시 실눈을 뜨고 날 보다 말한다.

"뭐, 네 뜻이 그렇다면. 그래도 최소한 이건 써."

리키가 제 실크해트를 벗어서 내 머리에 씌우고는 만족한 듯 고개를 끄덕인다.

"이제 좀 낫네."

모자 둘레에 땀이 좀 묻어 있고 크기도 좀 크다.

"어째서 위장 무늬 실크해트를 갖고 있어?"

리키가 고개를 갸우뚱한다.

"그게 무슨 뜻이야?"

나는 눈을 깜빡인다. 며칠 알고 지내면서 확실히 알게 된 것 하나는 리키에게 이상한 모자가 많다는 것이다. 하지만 리키 스스로에겐 그 모자들이 전혀 이상하지 않은지도 모른다. 리키에게 위장 무늬 실크해트는 완전히 평범한 모자인지도 모르는 것이다.

"그 모자……"

'좀 이상하다'고 하려다가 마트에서 본 리키의 얼굴이 생각나서 삼킨다. 그때처럼 속상하게 만들고 싶지 않다.

"……특색 있어서."

그리고 모자 이야기가 더 깊어지기 전에 나는 대화 주제를 되돌린다.

"덫 만들려고 생각해 둔 곳이 있어. 따라와."

나는 리키를 지하실 입구로 이끈다.

리키는 휘둥그레진 눈으로 집 안의 약초와 부적과 작은 조각상, 그리고 물론 아직 지하실 입구에 쌓인 상자와 수납장들을 둘러본다.

"이 집 진짜 장난 아니다."

"그렇게 말하지 마. 우리 집이야."

나는 조금 발끈한다. 리키 모자를 그렇게 친절하게 표현하지 말 걸 그랬는지도 모르겠다고 생각하며. 그러자 리키가 얼굴이 붉어져 말한다.

"미안. 그래도 난 좋아. 꼭 중고품 가게 온 것 같아. 안 무서운 귀신 들린 집 같기도 하고."

내가 그에 대답을 하기 전에 언니 발소리가 끼익 끼익 계단을 내려오더니 언니가 우리 앞에 멈추어 선다.

"뭐야. 얘는 왜 여기 있고, 네 머리에 쓴 건 뭐야?"

언니가 팔짱을 끼고 한쪽 눈썹을 올리며 날 본다.

"아, 이거. 실크해트야."

솔직히 이 모자에 관해선 더 할 말이 없다.

"그리고 리키는 우리 집에…… 책 읽으러 왔어."

언니가 인상을 쓰고는 밧줄을, 리키의 위장복을, 그리고 다시 나를 본다.

"너 집에 이렇게 누구 데려온 거 엄마도 알아?"

리키가 우리 두 사람을 번갈아 보더니 목을 가다듬고 언니에게 미소를 짓는다.

"안녕하세요? 리키라고 해요. 도서관에서 만난 릴리 친구."

언니가 어이없다는 표정을 짓고 답한다.

"알아. 바로 오늘 아침에 봤잖아."

언니는 둘이서만 이야기를 하려고 빈 할머니 방으로 나를 끌고 들어간다.

"너 누구 데려와도 되냐고 나한테도 안 물어봤잖아."

언니는 거의 분개한 목소리로 말하고, 나는 어깨를 으쓱하고 답한다.

"엄마는 상관 안 할 거야. 엄만 내가 친구 사귀길 바라니까."

"그렇다고 너 하고 싶은 대로 다 해도 돼? 먼저 '물어'봐야지. 바로 아까 얘기한 거 기억 안 나?"

"미안. 리키가 그냥 왔어. 내가 오라고 안 했는데 온 거야."

엄밀하게 말해서 사실이다.

"자꾸 그렇게 대충 넘어가려고 할래? 나 바보 아니야. 비밀 작전인가 뭔가 있는 거 알아. 그 모자는 왜 썼고 밧줄은 왜 들고 있는데?"

언니가 가늘어진 눈으로 본다.

"이거 다 그 이상한 호랑이 얘기랑 관련된 거지?"

"아니야."

나는 별 설득력 없이 거짓말하고, 언니는 인상을 쓴다.

"엄마한테 말해야겠다."

휴대전화를 꺼내려는 언니 손목을 내가 잡아 멈춘다.

"그러지 마, 제발. 자매는…… 서로 비밀을 지키는 거잖아."

우리는 눈싸움하듯 서로를 쳐다보고, 마침내 언니가 고개를 젓는다.

"좋아. 맘대로 해. 그냥 내가 엮이는 일만 없게 해."

"어."

나도 원했던 바일 것이다. 그런데도 좀 쓰리다. 언니 때문에 이 일을 못 하는 것도 싫지만, 언니가 내게 무관심한 것도 싫기 때문이다. 언니의 관심을 원한다.

호랑이 덫을 함께 만드는 건 언니와 나였어야 한다는 생각에 가슴 한구석이 아프다. 이건 자매들의 이야기인데. '우리' 둘이었어야 하는데.

하지만 언니는 할머니 방에서 나가 다시 계단을 올라가 버린다.

"너희 언니……"

리키가 마른침을 삼키고 말을 잇는다.

"……친절하신데?"

나는 그 말을 무시하고 말한다.

"내려가서 덫 만들자."

리키 얼굴에 주름이 진다.

"음, 내가 인터넷 검색을 좀 많이 해 봤는데, 호랑이 잡는 구덩이는 주로 야외에 만들어. 야외여야…… 구덩이가 가능하니까."

나는 지하실 문을 밀어 연다. 조명을 켜 보니 다행스럽게도 오늘은 작동하기로 한 모양이다. 한 번, 두 번 깜박인 다음에는 죽 켜져 있다, 미세하게 떨리기는 하지만.

"그래. 그래도 지하실은 어떻게 보면 이미 구덩이라고 할 수도 있잖아."

리키가 어색해하며 말한다.

"딱히…… 그렇진 않은데."

"구덩이에 비 오면 안 되잖아."

나는 진짜 이유를 말할 수 없다. 그 호랑이가 우리 집 안에 나타났기 때문이라고 말 못 한다. 그 호랑이가 우리 집 어딘가에 도둑맞은 이야기 별들이 있다고 생각한다고도, 거대한 덫을 놓아도 우리 가족들이 모를 장소는 여기뿐이라고도 말 못 한다.

비 이야기가 리키에겐 충분한 이유가 되어, 우리는 작업할 공간을 점검하러 계단을 내려간다.

"이론상으로라면 호랑이를 너희 집 안으로 유인하고 그다음에 지하실로 유인해야 한다는 건데, 그다지 좋은 생각 아니란 거 알지?"

"가상이잖아."

나는 말한다. '아마 리키 말이 맞겠는데.'라고 생각하지 않으려고 아주 애를 쓰면서.

148

"그렇지."

리키가 고개를 끄덕인다. 지하실을 둘러보고 손가락 마디를 딱딱 소리 나게 꺾는다.

"어떻게든 구덩이를 만들어야 해."

나는 곰곰이 생각하며 대답한다.

"그러면…… 위층에 있는 상자들을 좀 가져다 쓰면 어때? 쌓는 거야. 그리고 그걸 밧줄로 묶는 거야, 호랑이가 다 쓰러뜨려 버리지 못하도록. 그러니까, '가상의' 호랑이가 말이지."

할머니는 운 나쁜 날에 그 상자들을 옮기는 것은 위험하다고 했다. 하지만 오늘이 운 나쁜 날인지 아닌지를 어떻게 알까?

"상자 탑이라…… 그래, 좋은 생각이야."

리키가 말한다. 덫을 만들 다른 방법은 생각나지 않으니 나는 속으로 저울질해 본다. 상자를 옮기고 오늘이 길일이기를 바랄까, 상자를 안 건드리고 호랑이 잡기를 포기할까?

"안에 뭐 부서지는 거 없도록 조심만 하면 돼."

나는 말한다. 할머니는 뭔가를 부수는 것이 가장 나쁘다고 했고, 적어도 부수지는 않을 수 있다.

우리는 작업에 착수한다. 한국 전통식 서랍장을 마룻바닥을 긁어 가며 한쪽으로 밀어 둠으로써 더 가벼운 상자들을 지하실로 가지고 들어갈 길을 만든다.

그런 다음 계단으로 할머니의 판지 상자들을 날라 지하실에 쌓기 시작한다. 각자 나를 수 있을 만큼 가벼운 상자들도 있지만 그보다 큰 상자들은 둘이서 함께 나른다. 리키가 앞에서, 내가 뒤에서 들고 우리는 천천히 계단을 내려간다.

상자가 반 정도는 옮겨진 상태에서 유독 무거운 상자 하나를 나르면서 리키가 말한다.

"우리 엄마도 모자 좋아해."

"뭐?"

나는 멈추어서 커다란 상자 너머로 리키를 본다. 리키가 어깨를 으쓱해 우리 사이 무게 중심이 움직인다.

"아니 그냥…… 네가 내 모자 물어봤잖아."

"그랬지, 한 30분 전에."

"미안. 내가 어색한 침묵을 싫어해서."

"으응."

내가 뭔가 더 말하길 기다리는 것 같은 리키를 보면서, 나는 덧붙인다.

"나는 '어색한 침묵'이었다고 생각 안 해. '바쁜 침묵'이었지."

리키가 웃는다.

"바쁜 침묵. 그렇게는 한 번도 생각 안 해 봤어."

상자를 가지고 함께 움직이면서 리키는 계속 이야기한다.

"엄마랑 같이 모자를 사곤 했어. 엄마와 내가 하는 일이었거든. 모든 일에는 좋은 모자가 필요해. 특별한 모자를 쓰면 특별한 기분이 드니까. 슈퍼히어로가 망토를 두르는 것도 다 그래서야."

나는 고개를 끄덕이지만 리키가 엄마와의 일을 과거처럼 말했다는 것이 마음에 걸린다. 그날 마트에서 엄마가 쫀득한 빵을 만들었다고 했을 때도 그랬고, 방금은 엄마가 모자를 좋아한다는 건 현재로, 둘이 함께 모자를 산 일은 과거로 표현했다.

목소리도 그렇다. 리키가 엄마 이야기를 할 때 목소리에 뭔가가 있다. 무슨 뜻일까? 어쩌면 부모가 이혼을 했고 리키는 엄마를 더는 자주 만나지 않는지도 모른다.

하지만 나는 묻지 않는다. 나도 이런저런 사람들이 아빠에 관해 묻는 것이 좋지 않으니, 리키가 불편해지는 질문은 하고 싶지 않다. 그래서 대신 이렇게 말한다.

"일리가 있네."

계단 맨 아래 칸에 다다른 우린 그 무거운 상자를 들고 다른 상자들 쪽으로 뒤뚱뒤뚱 간다.

"나 옛날 신문 배달원 모자도 있고, 라임그린색 중절모도 있……."

리키의 말이 끊긴 건 리키의 손에서 상자가 미끄러졌기 때문이다. 내가 얼른 숙여 잡으려고 해 보지만 너무 무겁고, 나는 리키 앞에서 넘어진다. 또.

위장 무늬 실크해트가 내 머리에서 날아가고, 상자가 지하실 바닥에 부딪히면서 끔찍하게도 쨍 소리가 난다. 뒤이어 내가 상자와 그 속 내용물을 깔아뭉개자 요란하게 퍽 소리가 난다.

뭔가가 부서지는 소리다.

불길함의 소리다.

나는 마치 움직이지 않으면 방금 일어난 일을 돌이킬 수 있기라도 한 것처럼 그대로 굳어 있다. 계단을 달려 내려올 것 같았던 언니는 내려오지 않고, 이곳엔 나와 리키, 그리고 우리가 깨뜨린 뭔지 모를 물건뿐이다.

리키가 눈이 커다래져 말한다.

"괜찮아? 미안해! 꽉 잡았다고 생각했는데……."

"괜찮아."

나는 황급히 일어선다.

"안에 부서진 거 없나 확인해 봐야 해."

상자를 바로 세우고 속을 확인하기 위해 테이프를 뜯지만 손가락이 덜덜 떨려 잘 잡히지 않는다. 리키는 아마 내가 별것 아닌 일에 호들갑이라고 생각할 것이다. 이상해도 한참 이상한 아이라고 생각할 것이다.

리키가 제 눈을 가린 머리카락을 걷고 묻는다.

"뭐 부서지면 너 혼나?"

"아니."

나는 빠르게 대답한다. 하지만 할머니는 화가 날까? 엄마가 상자들을 옮기려 했을 때 정말 싫어하던 할머니였는데.

"자, 내가 도울게."

리키가 몸을 숙여 상자를 열어 주고, 나는 속을 확인한다.

완충제 한 겹 밑에 냄비와 프라이팬이 포개어져 있다.

전부 무사해 보인다.

쨍 소리는 프라이팬끼리 부딪히며 난 모양이다. 퍽 소리는 내가 완충제를 깔아뭉개면서 난 것 같고.

나는 더운 숨을 내뱉는다.

"다 괜찮네."

리키한테라기보다 나 자신에게 말한다.

상자 속 냄비들을 다시 정리하는데, 가장 큰 냄비 속 뭔가가 내 눈길을 잡는다.

나는 손을 뻗어, 비닐 완충제에 감싸인 그 물건 세 개를 꺼낸
다. 속에 든 것이 비닐 너머로 반짝거리고 빛을 반사한다.

"우아."

리키가 감탄한다. 숨을 헉 들이쉬며 내 어깨 너머로 몸을 숙
이더니 말한다.

"우리…… 보물 찾았다."

하지만 보물이 아니다. 이건…… 유리 단지다.

19

"별이 든 단지."

나는 속삭여 내뱉는다. 그중 하나의 비닐 완충제를 벗기자 작고 둥근 단지가 나온다. 은빛 코르크 마개가 끼워진 어두운 파란색의 유리 단지다.

얼른 나머지 두 개도 풀어 확인하니 둘 다 금 간 곳 없이 멀쩡하다. 높다랗고 좁으며 까만 코르크 마개로 막힌 무색 투명 유리 단지 하나, 네모로 각진 어두운 초록색 유리 단지 하나.

리키가 한 걸음 다가온다.

"별이 든 단지? 그게 뭔데?"

"어, 아무것도 아냐."

아무것도 아닌 게 아니다. 어쩌면 '모든 것'일지도 모른다. 할머니는 이야기 별들을 따서 유리 단지에 넣었다고 했다. 그리고 호랑이는 그 유리 단지들이 이 집 어딘가에 숨겨져 있다고 믿었다. 그리고 이 상자들을 함부로 건드리지 말라던 할머니 목소리는 이상할 만큼 무거웠다.

찾았다. 이것이 바로 그 귀중한 유리 단지들이다. 그 위험한 이야기들이다. 아닐 리 없다.

바로 그 호랑이가 원하는 것.

나는 눈을 가늘게 뜨고 살펴본다. 빛 때문일 수도 있지만 속에서 무언가 움직이는 것도 같다. 연기 같은 것, 아니 어쩌면 마법이.

잠시, 그 유리병들의 마개를 열어 조개껍데기처럼 귀에 대어보고 싶은 마음이 치민다. 마법이 바다처럼 으르렁거리는 소리가 들리도록.

이 이야기들이 너무나 듣고 싶다.

"이거 우리 할머니 거야. 옆에 뒀다가 나중에 드리면 돼."

나는 애써 차분하게 말한다. 리키는 별일 아닌 것처럼 어깨를 으쓱한다. 리키에게는 정말로 별것 아닐 것이다. 그냥 유리 단지일 것이다. 평범한, 보통 유리 단지. 나는 엄지손톱을 물어뜯으면서 그 단지들을 빤히 바라본다.

리키가 고요함을 깨뜨린다.

"너 호랑이 잡으면 뭘 할 거야?"

그리고 내가 대답하지 않을까 봐 걱정이 되는 것처럼 먼저 말한다.

"『슈퍼맨의 모험: 파멸의 덫!』에서 렉스 루서는 슈퍼맨을 고문해서 크립톤과 우주의 비밀을 말하게 하려고……."

"그런 거 아냐."

그렇게 비유하면 꼭 내가 악당 쪽 같으니까.

"이건 실제 삶이야. 네가 보는 만화책 속이 아니라, 응?"

이렇게 말하자마자 나는 날을 세운 것이 미안하다. 리키는 친절하게도 나를 도와주러 왔다. 이게 다 실제로 뭘 위한 일인지 모르는 건 리키 잘못이 아니고, 만화책이건 뭐건 리키가 하고 싶은 이야기가 있으면 나는 하게 두어야 한다. 나는 작아진 목소리로 덧붙인다.

"상황이 달라서 말이야."

리키는 잠시 그대로 있다가는 위장복 바지 매무새를 아주 집중해서 바로잡는다.

"나 멍청해서 개인 교습 받는 거 아니야. 그러니까 내 말은, 나 안 멍청해."

나는 땋은 머리를 만지작거리며 답한다.

"알아. 네가 이미 도서관에서 얘기해 줬잖아. 그리고 나도 네가 멍청하다고 생각 안 해. 개인 교습은 흔히 받아."

"그냥, 혹시라도 네가 나에 대해 안 좋게 생각할까 봐. 아님 안 좋은 얘길 듣거나."

리키는 신경 안 쓴다는 듯이 어깨를 으쓱하지만 신경 쓰는 게 분명하다. 나는 상자 하나에 앉아서 묻는다.

"내가 누구한테서 듣겠어?"

내게 친구가 없다는 뻔한 사실은 말할 필요도 없을 것이다.

"맞아, 그렇긴 해."

리키는 내 옆 상자에 앉으며 이야기한다.

"나 작년에 국어 낙제했거든."

"응."

내가 캘리포니아에서 다니던 학교에서는 어지간해선 낙제를 할 수가 없었다. 설사 과제를 다 망친다 해도 최소한의 노력만 하면 교사들이 측은하게 여겨 낙제를 면하게 해 주었으니.

아마도 이곳의 학교는 훨씬 빡빡한 모양이다. 리키가 노력을 안 할 아이 같진 않으니 말이다. 가상의 호랑이 사냥을 위해서 머리부터 발끝까지 위장복을 입고 오는 아이다. 이런 아이는 노력을 한다.

상자에다 손가락을 두들기면서 리키는 말한다.

"그래도 내 잘못은 아니야. 선생님이 날 안 좋아했어. 날 싫어했어."

"아아, 그럴 수 있지."

리키가 놀란 표정으로 나를 본다.

"너 내 말을 믿어?"

나는 고개를 끄덕인다. 리키가 잔뜩 희망에 부푼 얼굴로 쳐다보아서이기도 하지만 내가 리키 말을 안 믿을 이유도 없다. 그리고 솔직히, 리키가 국어를 잘하고 말고는 나에게 중요한 일이 아니다. 성적은 우정과 관계가 없다.

리키가 안도의 한숨을 쉬고 말한다.

"잘됐다. 네가 날 나쁘게 보지 않았으면 했어. 진짜 내 잘못이 아니거든. 어쨌건 그래서 개인 교습을 받는 거야. 몇 주 후에 시험 보는데, 통과 못 하면 6학년 한 번 더 다녀야 해."

나는 놀라움을 숨긴다. 꽤 큰일이라서. 그리고 리키에게 말하지는 않지만, 내가 보기에 리키는 개인 교습을 너무 대충 받는다. 배우지 않으려고 기를 쓰는 것처럼 보일 정도로.

내가 상관할 일이 아니다. 하지만 어쩐지 리키가 내 의견을 중요하게 여기는 것 같다.

"너 분명 통과할 거야."

리키가 고개를 끄덕이고 답한다.

"응. 나도 그렇게 생각해. 괜찮을 거야."

잠깐 어색한 침묵이 흐른 후, 리키가 말한다.

"너 이걸 하는 진짜 이유가 뭐야? 내 입장에서야 뭐 가짜 호랑이 덫 만드는 거 재미있지만, 네가 이걸 하는 이유가 분명 있을 것 같아서."

나는 리키 눈을 피하면서 어깨를 으쓱하고 말한다.

"우리 하던 작업 계속하자."

"정말 말 안 해 주기야?"

바로 답하지 못하는 나는 그럴듯한 거짓말을 생각해 본다. 요즘 너무 많은 비밀이 생겼다. 그리고 비밀이란 정말 피곤하다.

사실, 나는 있는 그대로 말하고 싶다.

"우리 할머니가 아프셔."

한국말 '할머니'(Halmoni)를 리키가 알아듣지 못하자, 나는 영어로 다시 말해 준다. 리키가 헉 하고 놀란다.

"너무 속상하겠다."

"할머니가 호랑이를 무서워하셔. 그래서 기분이 좀 나아지시도록 내가 돕고 싶었어."

있는 그대로 말한 건 아니지만 이 정도면 됐다. 어깨 근육의 긴장이 풀리고 허파로 안도감이 밀려든다.

누군가에게 털어놓으니 좋다.

"무서우시겠다. 아무리 머릿속에서만 일어나는 일이라도."

'너는 상상도 못 할 거야.'라는 말을 삼키고 나는 고개를 끄덕인다.

"맞아."

"너 이렇게 하는 거 진짜 멋져. 내가 친구 해 본 여자애들 중에 제일 멋져."

"으응."

리키가 우릴 친구 사이로 생각하는지 몰랐지만 그런다는 말을 들으니 기분 좋다.

어쩌면 정말 내 친구가 될지도 모르겠다는 느낌이다. 내게서 떨어져 나가지 않는 친구.

"그러면 너······"

리키가 일어서서 바지를 쓸며 묻는다.

"······생고기 있어?"

"응? 뭐?"

"인터넷 검색해 보니까 호랑이 덫에서 가장 중요한 부분은 바로 미끼야. 호랑이 사냥꾼들은 대부분 생고기를 사용했대. 소고기라든지 뭐······."

"이건 가상의 덫이니까······ 그건 안 할 거야."

리키가 고개를 끄덕이며 말한다.

"그래, 그렇지. 말 된다."

"덫 만들기 마저 하자."

바닥에 떨어져 있던 실크해트를 집어 들어 다시 내게 건네며, 리키는 말한다.

"해 보자고."

나는 미소를 짓고 다시 작업을 시작한다. 이제 우린 좀 더 조심한다. 계단을 조심스럽게 천천히 디뎌 가장 무거운 상자들과 한국식 수납장을 빼고 모든 상자를 아래로 나른다. 지하실에 충분한 수의 상자가 모이자 우리는 상자들을 동그라미 모양으로 배치하고, 무거운 상자 위에 가벼운 상자를 올린다.

마치 거대한 퍼즐 맞추기 같다. 그리고 이것은 중요한 일이지만, 아주아주 많은 것을 좌우하는 일이지만 한편으론…… 재미있다.

그렇게 다 하고 나서, 딱히 뭘 해야 하는지 모르면서도 우린 밧줄로 상자 둘레를 감싼다. 나는 확실하게 하기 위해 매듭을 다섯 개 짓는다.

마침내 우리는 뒤로 물러서서 우리가 만든 작품을 감상한다.

"잘했어, 호랑이 덫의 신."

내 말에 리키의 온 얼굴에 미소가 퍼진다.

"너도 마찬가지, 초능력 호랑이 소녀."

"난 슈퍼히어로가 아니라니까."

나는 반사적으로 말한다. 하지만 투명 인간보다 초능력 호랑이 소녀가 더 괜찮게 들리는 것이 사실이다.

"이거 가져가야지."

리키가 집에 가기 전, 나는 모자를 벗어서 건넨다. 모자에 눌려 있던 내 머리카락은 보나마나 땀에 젖어 이마에 붙어 있기도 하고 위로 삐죽 솟아 있기도 할 것이다.

리키는 어깨를 으쓱하고 말한다.

"일단은 네가 갖고 있어. 네가 '가상의' 호랑이를 잡을 경우에 대비해서 말이야. 우리 다시 뭉칠 때 돌려줘."

"우리 다시 뭉쳐? 뭐 하러?"

리키는 이다음에 무슨 단계가 있다고 생각하는지 모르겠지만 뭐, 여기까지다. 덫 만들기는 끝났다.

리키는 당연한 걸 묻는다는 듯 나를 빤히 보고는 말한다.

"우리 이제 친구잖아. 친구니까 또 뭉치지."

나는 눈을 깜박거리다가 대답한다.

"어, 응. 그래."

그리고 나는 빙긋 웃음이 나온다. 정말로 다시 뭉치고 싶기 때문이다. 어떻게인지 리키는 호랑이 덫 만들기도 재미있는 일이 되게 했다.

리키가 인사를 나누고 떠나자마자 나는 유리 단지들을 다락방으로 가지고 올라가 내 침대 밑에 숨긴다. 다행스럽게도 샤워를 하고 있는 언니는 신경 쓰지 않아도 되고, 나는 바닥에 엎드려서 그 단지들을 바라본다.

평범한 유리 단지 같다, 거의. 하지만 침대 밑에서도 빛이 나는 것 같다.

생고기는 소용없을 것이다. 마법 호랑이는 보통 호랑이와 다를 테니까. 하지만 이 단지들을 보고 있으니 알겠다, 미끼를 찾았다는 것을.

20

"뭐 하냐?"

뒤에서 바닥이 삐걱거리고, 돌아보니 잠옷을 입은 언니가 있다.

"아무것도 안 해."

나는 벌떡 일어선다. 초조한 기운이 내 안에 가득하다. 별 단지들이 침대 밑에서 기다리고 있다.

하지만 시계를 보니 이제 겨우 저녁이다. 모두가 잠이 들려면, 그래서 내가 이 유리 단지 중 하나를 호랑이 미끼로 갖다 놓을 수 있으려면 몇 시간은 기다려야 한다.

언니가 실눈을 뜨고 나를 본다. 그리고 물어보고 싶은 게 있는 듯 숨을 들이쉬어 놓고는 그냥 고개를 저어 버린다.

질문을 참는 건 언니답지 않은데. 나는 이게 고마운지 슬픈지 모르겠다.

다시 입을 열었을 때, 언니는 마음을 바꿔 다른 질문을 하는 것 같다.

"그 남자애 뭐야?"

"날 도와서…… 뭘 좀 같이 하는 거야."

그리고 나는 작은 미소를 참지 못하며 덧붙인다.

"내 친구야."

언니는 눈썹 하나를 치켜올리고 마치 '난 네가 모르는 걸 알고 있지.' 하듯이 씨익 웃는다.

"친구라 이거지?"

말뜻을 알아차린 나는 볼이 달아올라 반박한다.

"그런 거 아냐."

언니는 놀리는 목소리로 묻는다.

"아니긴 뭐가 아닌데?"

"언니가 생각하는 그런 거 아니라고."

언니가 소리 내어 웃는다. 내가 민망해하니 갑자기 기분이 좋아진 모양이다.

그러고는 눈빛이 조금 부드러워지는 언니. 나에게 거울 앞 방바닥을 가리킨다.

"앉아 봐. 좋아하는 애 있으면 너는 머리 하는 법부터 좀 배워야 해."

"나는 지금 머리 좋아. 그리고 걔 좋아하는 거 아니라니까."

언니를 도대체 어쩌면 좋을까? 나를 미워할 땐 언제고 또 금방 '자매끼리의 돈독한 시간'을 보내고 싶어 하는 언니를.

더욱이 나는 머리 따위 만질 시간이 없다. 나는 생명을 구하는 임무를 수행 중이다.

하지만 언니는 내 거절을 대답으로 받아들이지 않고 손가락을 거두지 않는다. 생각해 보니 어차피 나도 몇 시간은 기다려야 한다.

내가 포기하고 거울 앞에 앉자, 언니가 뒤에 무릎을 꿇고 앉는다. 내 땋은 머리를 푼 다음 가닥가닥 꼬더니 새로운 방식으로 엮는다.

언니가 머리를 하는 사이 초조함이 희미해지고, 내 마음은 더 조용하고 깊은 욕망으로 채워진다. 언니에게 호랑이 이야기를, 별 단지와 호랑이 덫 이야기를 하고 싶다.

하지만 언니가 날카로운 이를 드러내며 나를 미쳤다고 할까 봐, 나는 숨죽이고 그 욕망이 사라지기를 기다린다.

잠시 후 언니가 묻는다.

"젠슨은 언제 만난 거야?"

뜬금없는 데다 내가 하고 싶은 이야기와는 거리가 멀지만, 리키 이야기를 하는 것보단 훨씬 낫다.

"도서관에서 만났어, 우리 여기 첨 왔을 때. 젠슨 굉장히 친절해. 나한테 컵케이크도 줬어. 덕분에 도서관이 이제 귀신 들린 생강빵 집처럼 보이지 않아."

나는 볼 안쪽을 깨문다. 너무 많은 걸 말했다. 생강빵 집 이야기는 이상한 소리였다. 나는 화제를 바꾼다.

"초등학교 때 젠슨 본 적 있어?"

언니가 내 머리카락을 약간 잡아당기며 어깨를 으쓱한다.

"응, 뭐 학교가 아주 작았잖아. 그래도 젠슨이 나보다 한 학년 위니까 내가 젠슨 눈에 띄리라고는 생각 못 했는데."

언니는 잠시 멈추었다가 덧붙인다.

164

"그렇다고 내가 젠슨 눈에 띄었다는 게 아니라. 뭐, 그래…….."

"응."

이유는 알 수 없는데 어색하다. 언니가 나에게서 무슨 말을 기대한다는 느낌이 들지만, 그게 무슨 말인지는 전혀 모르겠다.

자기 머리카락에 꽂혀 있던 핀들을 내 두피에 찔러 가며 마침내 머리를 마무리한 언니는 허리를 펴고 거울 속 나를 본다.

양 갈래로 땋아 늘어뜨렸던 내 머리카락은 이제 땋은 머리로 된 왕관이다. 귀 주변엔 머리카락 몇 가닥이 늘어뜨려져 있고.

새로운 머리와 목에 걸린 할머니 목걸이 덕분에 지금 나는 꼭 무슨 공주 같다. 아니면 그 이상. 전투사 공주.

내 모습이 낯설다.

"이제 호랑이 이야기에 나오는 애 같지 않네."

언니에게라기보다는 자신에게 속삭인다.

언니는 이미 오래전부터 그 호랑이 이야기 속 아이 같지 않았다. 어깨 길이로 머리카락을 자르고 그중 한 부분을 희게 탈색한 후부터는 말이다. 하지만 나는 한결같이 머리를 땋고 다녔다. 늘 그 이야기 속 여동생 같았다.

언니가 앓는 소리를 내며 말한다.

"그 호랑이 이야기 좀 그만해. 그 이야기 진짜 싫어."

도대체 이게 무슨 소리일까? 언니와 내가 그 자매 이야기를 얼마나 사랑했는데. 우리 둘이 할머니 방으로 달려가서 "해님 달님 이야기 해 주세요." 하던 매일 밤은 어쩌고.

"왜?"

"음, 우선 그 자매가 멍청해. 호랑이가 문을 긁는데 그걸 할머니라고 착각해? 어떻게 그걸 몰라?"

"그야 호랑이가 할머니로 변장을 하고……."

"그리고 그 언니 말이야. 그렇게 동생을 보호하네 어쩌네 하다가 창문을 열어 줘서 호랑이가 들어오잖아."

나는 몸을 뒤로 젖힌다.

"언니가 창문 열어 주는 거 아냐. '동생'이 대문 열어 줘."

언니는 고개를 젓는다.

"아냐."

"맞아. 그렇게 되는 이야기야."

그 이야기에서 호랑이는 동생을 선택한다. 호랑이가 부르는 대상도 동생이고, 호랑이에게 대답하는 것도 동생이다. 동생이 특별한 역할이다.

같이 백만 번쯤은 들은 이 이야기에서 언니는 어떻게 그걸 헷갈릴 수 있을까? 이해가 되지 않는다. 나는 언니에게 설명한다.

"동생이 문을 열어 주는 바람에 호랑이가 자매를 쫓아와. 이야기를 들려줘서 하늘 신이 자매를 구해 주고."

"아니야."

언니 목소리에 나는 겁이 난다. 그 안에 여태 없었던 날카로운 모서리가 있다.

"자매는 하늘 양 반대편에 가서 서로 대화도 못 해. 매일 서로를 보지만 만나고 헤어지며 인사할 때뿐이야. 각자 혼자 있어."

나는 무릎을 끌어안고 말한다.

"이거 슬픈 이야기 아니야. 행복한 이야기야. 자매들이 호랑이한테서 벗어나잖아. 영원히 안전하잖아."

그런데 이제는 나도 잘 모르겠다.

"아니, 슬픈 게 이 이야기의 핵심이야, 릴리. 옛날 전래동화들은 애들 겁주려고 만든 거야. 교훈 주려고. 낯선 사람들한테 문 열어 주면 안 된다. 위험할 땐 도망가야 한다."

고요함이 부풀어 방 안을 채운다, 삐걱거리는 나무 틈 하나하나까지. 나는 목을 가다듬고 애써 말을 뱉는다.

"그 자매가 도망을 안 간다면 어떻게 될까?"

언니가 한숨을 쉬고는 대답한다.

"무슨 뜻이야?"

"언니가 그 이야기 주인공이라면, 거기서 호랑이가 언니를 쫓아온다면…… 언니는 달아날 거야, 아니면…… 맞설 거야?"

언니는 바로 답하지 못한다.

"너 또 그 이야기가 실제라는 소리 하려는 거 아니지? 그 얘긴……."

"아니, 아니야."

나는 빨리 대답하고 덧붙인다.

"그건 스트레스 반응이었어, 나도 알아. 지금은 만약을 묻는 거야."

고요하다. 그러다가 언니가 와락 웃음을 뱉는다. 깜짝 놀라 나도 웃음이 튀어나온다. 잠시 내 불안이 달래어지고 언니 웃음은 어둠 속 한 점 빛이 된다.

"야, 너 그걸 질문이라고 해? 당연히 도망가지. 호랑이는 사람을 잡아먹어."

"그렇지."

나는 대답한다. 언니 말이 맞는다. 그게 내가 맞서고 있는 것의 실체인데, 언니에게 말할 수 없다.

언니가 일어나서 자기 침대로 가 털썩 앉으니 나는 이 대화가 끝난 것이라고 짐작한다. 요즘 언니는 대화를 끝맺음 하지 않는다. 그냥 대화에서 탈출한다.

하지만 이내, 언니가 말한다.

"내가 그 이야기 속에 있다면…… 글쎄. 달아날지 잘 모르겠어. 용감한 행동을 하고 싶을 거야. 그런데 이 시나리오에선 어떻게 하는 게 용감한 건지 잘 모르겠어서 말이지."

21

조심스럽게 네모난 유리 단지를 침대 밑에서 꺼낸다. 언니는 잠이 들었다. 집 전체가 잠이 들었다. 그리고 나는 준비가 되었다.

되도록 조용히 서랍을 열어, 숨겨 둔 할머니 쑥을 한 덩이 뜯는다. 그걸 주머니에 넣고, 할머니의 목걸이를 목에 건다. 그리고 마지막으로 서랍에서 리키의 모자를 꺼내 쓴다.

모르는 일이니까. 이 모자가 도움이 될지도, 나를 특별하게 해 줄지도, 영웅이 되게 해 줄지도.

손에는 별이 든 단지를 들고 목에는 나를 지켜 주는 것을 걸고, 나는 발끝으로 방을 나서 계단을 내려간다. 투명 인간 되기 능력을 소환하니 밤이 나를 그늘로 감싸 준다. 빗소리가 내 발소리를 덮어 준다.

모두가 잠든 사이, 나는 할머니 방과 엄마의 소파를 조용히 지나쳐 지하실로 간다.

"맞는 선택일까?"

마개로 꽉 닫힌 유리 단지에게 나는 속삭인다. 단지는 대답이 없다. 오늘 밤은 이 집마저 움직임이 없다, 마치 내 다음 행동을 숨죽여 기다리는 것처럼.

내가 손잡이를 돌리자 지하실 문이 열리며 나를 안으로 초대한다.

이번에는 두려워하지 않을 작정이다. 할머니는 호랑이들에게 맞섰고, 나도 그럴 것이다.

나는 릴리고, 용감하다. 우리 할머니의 손녀다.

호랑이에게 잡히지 않는다.

내가 호랑이를 잡는다.

호랑이는 내 상대가 안 된다.

나는 그 단지를, 그러니까 미끼를 손에 쥔 채 지하실 문을 등지고 계단에 앉아, 상자들을 내려다본다.

기다린다.

***

잘 생각이 아니었는데 잠들어 버린 모양이다. 부스럭거리는 소리에 잠에서 깨어났으니.

벌떡 일어서서 호랑이 덫을 보자마자 나는 흥분에, 또한 두려움에 사로잡힌다. 뜻대로 되었으니까! 그러나 또한, 뜻대로 되고 말았으니까……. 나의 지하실에 호랑이가 있다. 덫에 붙잡힌 호랑이가 있다.

한 손으로는 별 단지를 쥐고 다른 손으로는 내 다리를 꼬집

170

어 보지만 이것은 꿈도 환각도 아니다.

동그랗게 쌓은 상자들에 둘러싸인 채 호랑이가 뒷다리로 몸을 받치고 앉아 있다. 앞뒤로 찰싹거리는 꼬리만 빼면 움직임이 없다. 창문으로 쏟아져 들어오는 달빛에 까만 줄무늬가 거의 은빛 같고, 몸집은 내 기억 속보다 더 크다. 덫에 비해 너무 큰 것 같기도 하고.

"재미있네."

호랑이가 건조하게 말한다. 짜증난 것 같긴 해도 걱정하는 기색은 없다.

나는 다 내려가지 않고 계단 중간쯤에 서서 호랑이를 내려다본다. 호랑이에 관해 읽은 사실 하나가 머릿속을 스친다. '호랑이는 송곳니로 뼈도 씹을 수 있다!'

또 하나. '눈을 똑바로 쳐다보면 호랑이가 당신을 죽일 확률이 낮아진다.'

나는 그 빛나는 노란 눈을 애써 마주쳐 본다. 두 눈동자가 마치 까만 먹물 웅덩이 같다. 나는 허리를 더 꼿꼿이 펴고, 실제보다 더 용감한 척해 본다. 더 성숙한 척 목소리를 깔아 본다.

"내 덫을 찾았군."

그러자 호랑이는 입꼬리를 올려 웃고는 이렇게 대답한다.

"솔직히 이건 예상 밖인데."

나는 목을 가다듬고 말한다.

"할머니를 낫게 해 줄 수 있다고 했지? 덫에 잡혔으니 내 요구대로 해. 우리 할머니를 도와줘."

"흥미롭네. 너 보기와는 다르구나. 그런데 이를 어쩌나, 나는 덫에 잡힌 게 아닌데. 나는 그냥…… 너를 시험하고 있거든."

날카로운 이빨로 호랑이는 말린 쑥을 물어 올린다.

"그나저나 쑥 좋네."

주머니에 손을 넣어 보니 쑥이 사라지고 없다. 더욱이 눈 깜짝할 사이에 호랑이도 사라지고 없다. 내 덫이 텅 비어 있다.

"호랑이는 요구한다고 해서 순순히 따르지 않아……."

뒤에서 들려오는 목소리에 돌아보니 계단 맨 꼭대기, 지하실 입구에 호랑이가 서 있다.

호랑이는 나보다 훨씬 크다. 그런 호랑이가 다가오니 나는 계단을 한 칸 내려설 수밖에 없다. 또 한 칸. 계속 한 칸 한 칸을 내려가다 보니 어느새 나는 지하실 바닥에 서 있다. 내가 만든 상자 덫에 등을 대고 말이다. 호랑이를 꾈 수 있다고 생각한 내가 어리석었다. 어리석고 어리석은 어린애였다. 이제 난…….

"하지만 호랑이가 거래를 제안하는 건 사실이지."

위협적이기보다는 호기심 어린 목소리다. 으르렁거림과 속삭임 사이쯤.

"딱 한 번만 제안한다고 말하긴 했지만 내가 너, 초능력 호랑이 소녀한테는 예외로 기회를 줄지도 모르겠다. 새로운 거래를 제안해 볼까, 좀 더 재미있는 거래?"

땀에 젖은 손에서 미끄러지려는 단지를 더 세게 쥐며 나는 묻는다.

"어떤 거래?"

"네가 그 이야기들을 하늘에 돌려주면 네 할머니 상태가 나아지는 거래지만, 더 재미있는 점은 이거야. 하늘에 돌려주려면 내가 이야기해야 한다는 점."

호랑이가 이를 번뜩 드러낸다.

"그리고 이야기할 땐 듣는 이가 있으면 더 좋은 법이지."

나는 깊은숨을 들이쉰다. 마음 한쪽에선 그 이야기들을 듣고 싶다. 하지만 할머니는 그 이야기들이 나쁘다고 했다. 그 이야기들을 들으면 누구나 아픔을 느끼기 때문에 사람들이 나빠진다고 했다.

"그 이야기들, 위험하잖아."

내가 말하자 호랑이는 대꾸한다.

"그 이야기들은 힘이 세지."

"사람을 바꿔 놓는 힘이 있다면서. 네가 그랬잖아."

나는 떤다. 그리고 어째서인지 화장실에서 구토를 하던 할머니가 떠오른다. 아주 잠시 할머니가 괴물처럼 보였던 것이 생각난다.

어둠 속 호랑이의 눈이 빛난다.

"나는 제안을 했으니까 받아들이든지 말든지 알아서 해."

지금 스무 겹쯤의 두려움이 내 심장을 덮고 있다. 무슨 말을 잘못할지도 모른다는 두려움. 무슨 일을 잘못할지도 모른다는 두려움. 할머니를 다치게 할지도 모른다는 두려움. 할머니를 구할 수 없을지도 모른다는 두려움. 말하는 마법의 호랑이를 향한 두려움.

하지만 그 겹겹의 두려움을 모두 걷어 내면, 가슴속 깊숙한 데서 다른 것이 불타고 있다. 호랑이를 잡는 맹렬함이다. 나는 그 감정을 꽉 움켜쥐는 것을, 아프도록 세게 쥐는 것을 상상한다.

나는 작다. 하지만 쉬운 먹잇감이 아니다.

목구멍을 막은 속삭임들을 걷어 내고 말하니 강한 목소리가
나온다.

"그 이야기들을 풀어 주면 정말로 할머니 상태가 나아져?"

"물론이지."

약속이 의미 없을 것 같은 눈빛이 호랑이의 눈을 스친다.

"단지를 열고 그 이야기를 듣고 너희 할머니는 낫고. 안 받아
들일 이유가 없지 않나?"

두 손으로 쥔 유리 단지가 뜨겁게 느껴진다. 위층에서는 희
미하게 빛났는데 지금은 마치 손전등을 쥔 것 같다. 지하실 작은
창으로 들어오는 빛이 절묘하게 반사되어서인지도, 착시 같은
건지도 모른다. 또는 이 안에 들어 있던 마법이 오랜 잠에서 깨
어나고 있는지도 모르고. 내가 병 속 먼지라고 생각했던 것들이
지금은 별들처럼 보인다. 어느 은하의 축소판이 통째로 유리 속
에 갇힌 것 같다.

"난 널 믿지 않아."

확실히 짚어 두기 위해 이 말은 해야 한다. 그리고 어차피 제
안을 받아들일 것이기 때문에 이 말을 해야 한다.

나는 '조아여'인 것이, 겁이 나서 아무것도 못 하는 것이 지
긋지긋하다. 이제는 영웅이 되어 보고 싶다.

"자, 어서 대답해. 받아들일 거야?"

마음을 다지며 나는 단지를 더 세게 쥔다.

"받아들일게."

날카로운 호랑이 이빨이 반짝인다.

나는 단지를 연다.

22

코르크 마개가 빠지며 크게 뻥 소리가 난다. 작은 숨소리 같은 것이 뒤를 잇는다.

유리병 속에서 별빛이 흘러나오는 것 같다. 은하수가 흘러넘치는 것 같다. 호랑이가 다가온다. 눈을 감고 단지 입구에 수염을 가까이 대더니 그 별들을 마신다.

지하실에서 색깔들이 춤춘다. 진한 파랑과 주황과 보라. 한순간 나는 바다의 으르렁거림이 들리는 것 같다. 바다의 향내를 맛볼 수 있는 것 같다.

호랑이가 마시는 동안 내 손에서 유리 단지는 점점 가벼워지다가 결국엔 공기 같다. 다 마신 호랑이는 입을 쩝쩝거리면서 뒤로 물러난다.

"아, 그리웠던 이야기네."

호랑이는 이야기를 시작한다.

옛날 옛날 호랑이가 사람처럼 걷던 시절, 밤이 먹물처럼 까맣던 시절, 아직은 해도 달도, 심지어 별도 없던 시절, 두 세계를 품은 여자아이가 태어났어. 그 아이는 겉모습이 두 가지여서 호랑이에서 사람으로, 사람에서 호랑이로 마음대로 변할 수 있었지.

그 여자아이는 그렇게 할 수 있는 마법이 참 좋았어. 그리고 두 세계를 똑같이 사랑했고. 다만 비밀이어야 한다는 게 문제였지. 그 여자아이가 사는 세상은 둘로 나누어져 있었으니까. 인간들은 호랑이를 믿지 않았고 호랑이들은 인간을 믿지 않았으며, 배신자가 자신들의 동굴에서 잠자는 것을 어느 쪽도 원치 않았어.

그래서 그 두 세계의 여자아이는 두 갈래의 삶을 살았어. 낮에는 사람이었지. 밤에는 호랑이였고. 하지만 안타깝게도 이것은 아주 피곤한 삶의 방식이었어.

호랑이는 거칠고 통제할 수 없는 법. 진실을 말하고 세상을 집어삼키고 언제나 '더' 원하지. 반면에 인간 여자아이는 원해서는 안 된다고, 남을 도와야 한다고, 조용해야 한다고 배웠어.

때로 호랑이 소녀는 그 두 갈래 삶이 헷갈렸어. 느껴서는 안 되는 감정들이 적당치 않은 때 느껴지곤 했거든. 인간 여자아이치고는 너무 많은 감정을 느꼈고, 호랑이치곤 너무 많은 두려움을 느꼈어. 차라리 둘 중 하나로 살아가는 게 훨씬 쉬울 터였지.

더욱이 그 비밀 때문에 호랑이 소녀는 외로웠어. 호랑이와 사람 양쪽 모두에 친구와 가족이 있었지만 그 아이의 진실한 내면은 아무도 몰랐거든.

'너무 끔찍한 삶이야.' 하고 호랑이 소녀는 생각했어. 그래도 그렇게 자신의 비밀을 꽁꽁 감춘 채로 자라서 호랑이 여인이 되었지. 그런데 언젠가부터 전에 없던 방식으로 몸이 변했어. 바로 배 속에 아기가 생긴 거지.

그래서 두 세계를 품은 아기가 태어났지. 엄마와 똑같은 마법, 또는 똑같은 저주를 물려받은 아기가 말이야.

하지만 호랑이 여인은 어떻게 해야 하는지 알았지. 자식마저 둘로 쪼개진 삶을 살게 하지 않겠다고 결심했어. 그래서 자신의 인간 쪽 엄마에게 아기를 지켜 달라고 부탁해 두고, 호랑이 여인은 가장 높은 산을 오르고 또 올라 하늘 신 앞에 도달했어. 그리고 하늘 신에게 말했어.

"저는 여태껏 불평 없이 살았지만, 이젠 제 딸을 위해서 청합니다. 제 딸만은 저처럼 살지 않게 해 주세요. 제 딸의 마법을 없애 주세요. 제 딸과 저를 모두 사람으로 만들어 주시고, 호랑이 쪽 절반은 밖으로 나오지 않게 가두어 주세요."

하늘 신은 언짢았지. 누구 청을 들어주는 편이 아니었거든. 하지만 호랑이 여인은 빌고 또 빌었고 결국 하늘 신은 말했어. "좋다, 내가 소원을 들어주지. 너와 네 아기의 마법을 없애 주마. 그런데 그 전에, 흠…… 가만 보자…… 네 아기는 100일 동안 혼자 동굴에서 햇빛을 보지 않고 살아야 한다. 아, 그리고 쑥만 먹으며 지내야 하고."

호랑이 여인은 경악했지. 아기를 동굴에 가두어 둘 수는 없었어! 다른 방법은 없나? "제발, 제발, 제발요." 하며 빌고 빌고 또 빌었어.

하늘 신은 짜증이 났어. 거참 까다로운 여자군. 하지만 생각해 보면 이 모든 상황은 하늘 신 자신의 잘못이기도 했지. 그 여인에게 두 가지 몸을 주는 실수를 했으니까. 그래서 답했어.

"좋다. 다른 방법이 있다. 나를 도와주면 네 딸의 마법을 가두어 주겠다.

솔직히 말하자면, 나는 나이가 들어 가고 있다. (물론 당연히 아직도 똑똑하고 강하고 잘생기고 기타 등등이지만) 언젠가 내 하늘 신 자리를 물려받을 이가 필요하다.

나의 하늘 성에서 하늘 공주로 살면서 내 마법을 전수받거라. 그러면 너의 소원을 들어주겠다."

호랑이 여인은 그러겠다고 했고, 하늘 신은, 참으로 너그러운 그는 호랑이 여인에게 딸과 보내는 마지막 하루를 허락해 주었지.

호랑이 여인은 아기와 헤어져야 해서 슬펐지만 이제 아기는 안전해졌어. 호랑이 여인의 딸은 결코 비밀을 품고 방황하고 외로워하지 않게 되었으니까.

떠나기 전, 호랑이 여인은 딸에게 작별 포옹을 하며 울고 또 울었어. 그때 호랑이 여인의 눈에서 떨어진 마지막 눈물 방울이 진주로 변했어. 딸이 심장 뼈 바로 위에다 목걸이로 걸고 다닐 수 있는 펜던트, 마지막 작별 인사였지.

호랑이 여인은 속삭였어. "안녕. 안전해야 한다."

그러고는 떠나야 했어. 하늘 신이 동아줄을 내려보냈고 (또는 누구에게 묻느냐에 따라서 계단을 내려보냈다는 답이 나올 수도 있지.) 호랑이 여인은 그것을 오르고 또 올라 자신이 살아갈 성에 도착했어.

하늘 왕국에서 사는 데는 많은 비용이 들고, 호랑이 여인은 일자리를 구했지. 밤이 아주 어두웠으니 누군가는 그 밤을 밝혀야 했어.

*　*　*

호랑이가 이야기를 끝낸 후, 마치 별 하나가 더 빛나는 것처럼 하늘이 조금 더 밝아진 것 같다. 하지만 내 상상일지도 모른다.

호랑이가 입술에 남은 별 가루를 쩝쩝 남김없이 핥는다. 그 맛을 음미하듯이 두 눈을 감는다.

이 이야기가 내 마음에 와닿은 방식을 설명하기가 어렵다. '호랑이 비밀'을 지닌다는 게 어떤 건지를, 무서워할까 봐 가족에게 말 못 한다는 게 어떤 건지를 나도 안다. 마치 잘 숨긴 줄 알았던 내 작은 일부를 이 이야기가 드러낸 것 같다.

그것을 어떻게 받아들여야 할지는 모르겠지만, 분명한 것은 호랑이 여인이 아기를 떠난 대목이 무척 싫다는 것이다.

"그 아기한테 엄마가 필요했으면 어떡해? 다른 방법을 찾을 수도 있었잖아. 아기를 두고 떠나는 방법밖에 없었던 건 아니잖아."

"너 화가 났구나."

그 커다란 고양잇과 동물이 부드럽게 말한다.

"그게 아니라…… 나는……."

실없는 애가 된 것 같다. 이야기일 뿐인데. 고작 이야기일 뿐인데 나는 왜 이렇게나 동요할까? 어쩌면 할머니가 말한 '나쁜 이야기'가 이런 건지도 모르겠다.

179

"괜찮아, 기분이 제멋대로여도."

"할머닌 왜 이 이야기를 숨기고 싶으셨지?"

나는 손가락을 뻗어 목에 걸린 펜던트를 꼭 집는다.

"이 진주가……? 이거 우리 할머니한테 있었던 일이야? 우리 할머니 이야기였어?"

"아가, 이건 옛날 옛날 이야기란다. 한때 누구 이야기였는지 따위는 중요하지 않아. 이제는 하늘의 이야기야. 모두가 볼 수 있는."

호랑이의 목소리에 슬프고 막막한 뭔가가 있어, 지금 들은 것이 이 이야기의 전부가 아닌 것 같다. 나는 호랑이의 마음을 읽고 싶지만 호랑이가 고개를 갸웃하니 눈이 그늘에 가려진다. 어둠 속에선 그 눈을 볼 수 없다, 별이 없는 밤처럼.

나는 무언가를 놓치고 있다는 기분으로 손끝에 쥔 진주 펜던트를 돌린다.

"그래서, 이제 어떻게 돼? 우리 할머니가 나으셔?"

"결국은. 하지만 아직은 아냐. 우린 이제 겨우 시작했잖아. 그리고 진실을 이야기하는 데는 대가가 따르는 법이야."

나는 잠시 그대로 굳는다.

"할머니를 돕는 일이라며."

"진실은 아픈 법이거든. 아주 오래 숨겨졌던 진실이라면 더더욱 그렇지. 예상 못 한 합병증이 있게 마련이야."

호랑이는 별일 아닌 듯 어깨를 으쓱하지만, 털 아래서 물결치는 근육은 긴장되어 보인다.

"어쨌거나, 내일은 다음 별 단지를 가져와, 새벽 2시에. 그러

면 나는 이야기를 또 하나 하겠지. 아, 떡도 좀 가져오고. 그 정도
는 할 수 있지? 이렇게 답답한 지하실에서 널 만나야 하는 나한
테 말이야."

"잠깐만. 무슨 대가가 따른다는 거야? 내가 그 대가가 싫으
면? 그래서 내가 마음을 바꾸면?"

정체를 알지도 못하는 일에 동의했다는 걸 나는 이제서야 깨
닫는다.

호랑이는 제 입술을 또 핥으며 말한다.

"안됐지만 이제 어쩔 수 없어. 너는 이미 그 이야기를 풀어
줬어. 그리고 시작 부분을 들었지. 너희 할머니가 나으려면 우리
는 이 이야기 끝까지 가야 해."

내게서 돌아선 호랑이가 계단을 다시 올라간다. 계단이 삐걱
대지 않으니 마치 공기로 된 호랑이 같다.

"좋아지기 전에 먼저 나빠질 거란다, 애기야."

호랑이가 뒤도 돌아보지 않고 말한다.

"하지만 내 말대로 하면 결국엔 좋아질 거야. 날 믿어."

23

다음 날 오후 나는 선언한다.

"떡 만들어야겠어."

아래층에 내려와 보니 엄마와 할머니는 식탁에 함께 앉아 있다. 나도 의자를 꺼내 앉는다. 하하, 별일 없어요. 호랑이 따위 없다고요, 하듯이 미소를 지어 보인다.

"그거 좋다, 아가. 나중에 만들자."

"아니면, 음…… 지금 만들면 안 돼요?"

소파에 누운 채 휴대전화를 코앞에 들고 있던 언니가 한쪽 눈썹을 올리며 나를 본다. 나는 무시한다.

엄마가 숨을 한 번 천천히 쉬고는 얼굴에 미소를 덮어씌우고 말한다.

"나는 오늘 다 같이 외출했으면 하는데. 밖에 나가서 뭘 하면 좋겠어, 온 가족이."

"온 가족이 떡 만들 수도 있잖아. 할머니가 만드는 법 가르쳐 주시고."

엄마의 가짜 미소가 더욱 가짜가 된다.

"릴리, 그것 재미있겠다. 외출하고 들어온 '다음에' 할 수도 있겠네."

그러자 언니가 전화기를 내리고 말한다.

"할머니가 상자 가지고 자꾸 잔소리해서 엄마가 어떻게든 밖에 나가려는 거야."

엄마가 헛기침을 하고 반발하려 한다.

"그게 아니라……."

할머니가 나에게 말한다.

"네 엄마가 어제 내 상자 옮겼어. 내가 옮기면 안 좋다 말했어. 영혼들 안 좋아한다 말했어. 물론 네 엄마 내 말 안 들어."

'그거 제가 그랬어요.'라는 거대한 표지판이 내 머리 위에 떠오른 것만 같지만 나는 주먹을 꽉 쥐고 고개만 끄덕인다.

엄마가 이를 악문 미소를 짓고는 말한다.

"어쨌든, 나 그래서 나가려는 거 아니야. 오늘 할머니 컨디션이 아주 좋으시다고 해서 그러는 거지."

그러고 보니 정말로 할머니가 오늘 좋아 보인다. 머리카락에 컬도 넣었고 한동안 바르지 않았던 분홍 립스틱도 발랐고.

하지만 그래서 더욱 '지금' 떡을 만들고 싶다. 할머니가 다시 쉬고 싶어지기 전에.

언니가 어깨를 으쓱하고 말한다.

"윌로 앤드 바인 모퉁이에 있는 그 아시아 요리 식당에서 점심 먹는 건 어때?"

나는 언니를 노려본다. 평소에는 '온 가족' 활동에 관심도 없으면서 내 계획과 반대될 때만 꼭.

엄마가 얼굴을 찌푸리고 묻는다.

"음…… 진심으로? 왜 거기야?"

"그냥 거기 음식 먹고 싶어서."

"거긴……"

엄마는 썩은 마늘 냄새를 맡은 것 같은 표정이지만 교양 있는 표현을 찾으려 애쓰고 있다.

"……정통 아시아 음식을 하진 않던데."

그리고 내가 거든다.

"맞아. 그러니까 우리 그냥 집에서……."

언니가 내 말을 자르며 말한다.

"엄마, 나도 의견 좀 내는 거잖아. 가족이랑 같이 시간 보내려고."

엄마가 한숨을 쉬고 답한다.

"그래, 거기 가자. 할머니만 괜찮으시다면."

갑자기 나는 터지기 일보 직전의 풍선처럼 울고 싶어진다. 하지만 할머니는 손뼉을 치고 미소를 짓는다.

"좋아! 거기 탕수 요리 제일 맛있어! 나 아주 좋아해."

나는 다수결로 밀리고, 우린 모두 갈 준비를 한다. 하지만 차에 탈 때 할머니가 날 보며 속삭인다.

"나중에 떡 만들기 가르쳐 줄게. 약속."

***

그 식당 간판은 빨갛고 화려한 글씨로 '드래곤 타임!'이라고 적혀 있고, 문 앞은 사자 석상 두 마리가 지키고 있다.

"여기 진짜 오랜만이네."

우리를 가게 안으로 먼저 들여보내면서 엄마가 말한다.

"여기 탕수 요리 맛있어."

할머니는 또 말하고, 엄마는 한숨을 쉰다.

가게 안벽은 분홍색 벚꽃이 그려진 일본식 문으로 장식되어 있다. 빨간 종이 초롱들이 천장에 달려 있고, 금빛 고양이 좌상 하나가 구석에서 '어서 오세요! 어서 오세요!' 손을 흔들며 앉아 있다.

하지만 내가 눈을 뗄 수 없는 건 입구의 안내 직원 자리 위에 있는 한국 전통 그림이다. 두 눈이 마치 떡처럼 크고 둥근 호랑이 한 마리의 그림. 그 호랑이가 웃고 있는 것 같다.

갑자기 나는 땀이 나는 듯하다. 여긴 너무 덥다.

"샘, 너 뭐 해?"

엄마가 나무라듯 속삭여서 보니, 언니가 안절부절못한 채 식당을 막 둘러본다. 뭔가를 찾는 것 같다. 아니, 찾고 싶은 건지, 찾을까 봐 겁나는 건지 모르겠다.

"아무것도 아냐."

날카롭게 대답하는 언니의 얼굴이 이곳 초롱처럼 붉다.

설마 언니가 그 호랑이를 찾나? 아니, 그럴 리 없다. 나는 희망을 품지 않기로 한다.

185

언니 또래처럼 보이는 여자 종업원이 우리에게 걸어온다. 금발 머리카락엔 젓가락을 꽂아 두었고 두 눈이 초콜릿 칩처럼 크고 둥글다.

"안녕하세요! 여러분들의 서빙을 맡은 올리비아라고 합니다! 자리 안내해 드릴 테니 따라오세요!"

앞장선 올리비아를 따라가며 언니 얼굴에 실망이 비치나 싶더니 빠르게 지워진다.

올리비아가 자리에 앉은 우리에게 메뉴판을 건네고, 할머니는 돼지고기 탕수와 새우 탕수, 소고기 탕수를 주문한다. 우선 이것부터 주문해 보자면서.

올리비아가 우리 말이 들리지 않을 만큼 멀어졌을 때, 언니가 말한다.

"아시아에 대한 고정관념들을 몽땅 토해 놓은 가게네."

말을 뱉자마자 언니는 할머니를 흘깃 본다. 그리고 마른침을 삼키더니 메뉴판만 열심히 들여다본다.

길에서 토하던 할머니가 떠오른 나 역시 일식 회 메뉴는 다 건너뛰면서 내 메뉴판을 빤히 본다.

엄마가 말한다.

"90년대 이후로는 처음 오는데 별로 발전한 게 없네. 그런데 참…… 옛 기억이 새록새록 난다."

나는 묻는다. 그때 여길 떠난 것이 다행스러워? 후회돼? 돌아온 것이 후회돼?

하지만 모두 소리 없이, 내 머릿속으로만.

할머니가 하하 웃더니 검지 손가락을 흔들며 말한다.

"아아, 90년대 너희 엄마."

엄마가 두 눈썹을 올리고 할머니를 보며 말한다.

"저기요."

할머니가 키득키득 웃으며 말한다.

"아주아주 골칫덩어리였어."

엄마는 짜증 난 표정을 짓지만 결국 웃고 만다.

"아이고, 네. 뭐라고 하시든지요."

나는 엄마와 할머니를 번갈아 가며 본다. 전에도 할머니에게서 비슷한 얘기를 들은 적 있지만 난 아직 엄마한테 그런 때가 있었다는 게 상상이 안 된다. 지금의 엄마는 규칙에 사는 사람이니 말이다.

나는 묻는다.

"엄마가 뭘 했는데요? 왜 골칫덩어리였는데요?"

엄마가 웃음을 내뱉고 대신 답한다.

"할머니가 괜히 과장하시는 거야, 늘 그러시듯이."

나는 언니를 슬쩍 쳐다본다. 동전 던지기의 순간이다. 우리, 같은 팀이야 아니면 상대 팀이야?

언니가 몸을 앞으로 내밀며 말한다.

"할머니, 엄마 얘기 좀 해 주세요."

언니가 내게 작게 웃어 보이고, 내 마음이 차오른다.

'대가'가 따를 거라던 호랑이 말은 틀린 것 같다. 지금 우리 가족은 이사 후로 가장 행복하니까.

할머니가 언니와 나한테만 속삭이듯 말한다.

"남자 친구 엄청 많았어."

187

"엄마한테 남자 친구가 많았다고요?"

내가 묻는다. 엄마는 스읍 하며 공기를 빨아들이곤 반박한다.

"아니, 사실 아니야."

하지만 할머니도 바람 소리를 내고는 말한다.

"아주 많았어. 만날 몰래몰래 나가서 만났어."

언니가 숨 넘어가는 소리를 내고, 처음으로 나는 언니의 연애가 궁금해진다. 언니가 남자 친구 사귀는 것을 나는 한 번도 생각해 본 적이 없다.

엄마는 헛기침을 하고 말한다.

"우선, 사실 아니야. 그리고 골칫덩어리는 바로 할머니셨어. 할머니가 불쌍한 너희 아빠한테 진흙을 먹게 하셨다."

"뭐?"

언니가 묻는다. 보통은 아빠 얘기가 나오면 그늘지는 언니인데, 지금 그저 놀란 것 같다. 흥미가 돋은 것 같다. 아빠 이야기를 나누는 것이 끔찍한 일이 아니라 즐거운 일인 것처럼.

"진흙이 너희 아빠한테 좋았어."

할머니가 말한다. 아빠에 대한 그리움이 담긴 할머니 눈이 행복하면서도 슬퍼 보인다.

"너희 아빠, 이야기 자꾸 했어. 말 너무 많아. 말할 때 생각 안 해. 그러니까 진흙 먹으면 좋아. 차분해지고, 말하기 전에 생각해."

엄마는 코웃음을 치고 말한다.

"끔찍했어, 엄마."

할머니는 설명한다.

"내가 너희 아빠 밀크셰이크 만들어 줬어. 진흙 '조오금' 넣었어. 그런데 너희 아빠 나빠. 나한테서 너희 엄마 뺏어 갔잖아. 진흙 조금? 안 나빠."

언니가 '믿어져?' 하듯이 한쪽 눈썹을 올리고 나를 본다. 나도 눈썹으로 '할머니 대단해.' 하고 말한다.

"어떻게 됐어요? 진흙 맛이 났어? 아빠가 눈치챘어요?"

엄마가 내 질문을 무시하고 할머니에게 말한다.

"그 사람이 엄마한테서 나 뺏어 간 거 아니야. 내가 대학에 간 거지."

할머니가 몸을 내밀어, 엄마의 죄책감에 기대어 커다랗게 속삭인다.

"대학 끝나고 나한테 돌아오기로 했는데 네 아빠가 뺏어 갔어. 너희 엄마, 이 불쌍한 할머니 떠나서 백인 남자한테 갔어. 어려서 철이 없었지."

엄마의 턱이 떨린다.

"누가 나 뺏어 간 거 아니라니까. 내 발로 떠난 거야. 내가 떠나고 싶었다고요."

엄마는 이 말을 뱉자마자 시간을 되감기 하고 싶은 것처럼 마른침을 삼킨다. 하지만 되감기 할 수 없다. 뱉은 말을 주워 삼킬 수 없다.

가족끼리 행복한 순간이 증발해 버린다. 나는 언니를 쳐다보지만, 언니는 다 태워 버릴 불이라도 피우듯 젓가락만 열심히 비빈다.

올리비아가 탕수 요리들을 가지고 도착해 명랑하게 말한다.

"전채 요리 왔습니다! 주요리 주문할 준비 되셨나요?"

"조금만 더 있다가 할게요."

엄마가 능숙하게 가짜 미소를 지으며 말한다. 올리비아가 인사하는 인형처럼 고개를 끄덕이고는 멀어진다.

모두 말없이 음식만 쳐다보는 시간이 늘어지다가, 엄마가 말한다.

"먹자."

엄마는 몸을 숙이고 새우를 좀 떠서 우리의 그릇에 담아 준다.

"안 돼, 안 돼!"

할머니가 외친다, 너무 커다란 소리로. 옆 식탁 커플이 우리를 쳐다봤다가 눈을 돌린다.

주걱 쥔 엄마 손을 할머니는 잡아 내린다.

"기다려. 영혼들이 먼저 드셔."

엄마의 미소가 딱딱하게 굳는다.

"여기선 그러지 마요, 네? 여긴 식당이야."

"내 말 들어."

할머니가 엄마에게 지시한 다음 나에게 말한다.

"릴리, 상 차려라."

나는 손바닥에서 땀이 난다. 이 식당은 아주아주 덥다.

"무슨 말이에요, 할머니?"

"고사 지내야지. 앤디는 어디 있어? 와서 도와 달라 해."

언니가 손톱을 물어뜯다가 말한다.

"아빠는 없……."

엄마가 언니 말을 끊으며 대신 대답한다.

190

"직장에 있지. 곧 퇴근해서 올 거야."

할머니가 주위를 두리번거리지만 실제로 무언가를 보지는 않는다. 두 눈이 마치 유리처럼 빛난다. 할머니는 한국어로 무슨 말을 한다. 우리 중 아무도 알아듣지 못하는 말을.

"할머니 왜 이러셔, 엄마?"

내가 속삭여 묻자 엄마가 조용히 답한다.

"우리 이야기했던 거 기억하지? 가끔씩 할머니 마음이 엉뚱한 장소나 시간으로 갈 수 있어."

지금 할머니가 여기 없는 것들을 보고 있다면, 진짜 여기에 있지 않다면, 더는 할머니가 아닌 것에 가깝다.

할머니가 일어서서 옆 식탁으로 가더니 한국 자장가를 부르면서 남자 손님의 접시를 집어 든다. 그 남자가 놀란 소리를 내며, 쥐고 있던 젓가락을 내려놓는다. 엄마가 벌떡 일어나며 말한다.

"엄마, 안 돼 안 돼. 우리 그거 안 해도 돼."

엄마는 할머니에게서 빼앗은 접시를 돌려주며 남자에게 사과한다.

"괜찮습니다."

대답하는 그 남자의 눈에 연민이 담겨 있다.

"우리도 애자 알아요. 우리가 뭐 도울 일이라도 있다면……."

하지만 그들이 할 수 있는 일은 없다. 할머니가 이번엔 그 식탁 여자 손님의 접시를 우리 식탁으로 가져오니 말이다.

할머니는 설명한다.

"위험이 와. 우리는 위험 쫓아 보내. 그게 고사야."

다만 이것은 고사가 아니다. 이것은 그 '대가'다.

"할머니……."

언니가 작게 말한다. 언제나 두려움을 숨기고 '조아여'가 되지 않기 위해 기를 쓰는 언니가 지금은 두려워하고 있다, 조용하다.

그래서 지금이 더 끔찍하다.

저편에서 한 아기가 식당이 떠나가라 엉엉 울기 시작한다. 나도 저렇게 운 시절이 분명 있을 텐데, 지금은 감정을 저토록 요란하게 표현하는 게, '내 세상에 문제가 있어!' 하고 소리를 내지르는 게 상상이 되지 않는다.

할머니가 또 다른 접시를 들어 올리려 할 때 나는 속삭인다.

"엄마, 우리 가자."

우는 아기를 빼고는 식당 전체가 조용하다. 다들 지금이 더없이 곤욕스러운 순간이 아니라는 듯, 이런 일도 있을 수 있다는 듯 연기하면서 우릴 쳐다본다.

할머니가 어떤 손님 접시를 바닥에 떨어뜨린다. 깨져 버린 접시에서 간장과 무언가 찐득찐득한 것이 할머니 신발에 잔뜩 튄다. 그릇 치우는 종업원이 달려와 도우려 하지만, 뭘 해야 하는지 정말로 아는 사람은 아무도 없다.

그리고 엄마가, 아무렇지 않은 척에 능하고 늘 가짜 미소를 짓는 엄마가 "가자, 가자, 가자." 하며 언니와 내 손목을 잡아끌고 할머니를 문밖으로 이끌고, 할머니는 내내 영혼이며 고사며 위험 따위를 외치고, 금색 고양이 입상은 안녕히 가세요! 안녕히 가세요! 손을 흔들고, 언니는 줄곧 숙인 고개를 들지 않고, 나는 땀 나고 덥고 아찔하고 기절할 것 같은 기분을 애써 참아 넘긴다.

이제 우린 밖이다. 주차장에서 엄마는 차 문손잡이를 더듬다

차창에 스스로 머리를 찧으며 중얼거린다.

"핸드백 깜박하고 식당에 두고 왔어."

엄마는 우리에게 말한다.

"너희가 좀 가져올래? 음식 값도 내고. 20달러 몇 장 식탁에 두면 돼."

언니는 가만히 있지만 나는 고개를 끄덕인다.

나는 마른침을 삼키고 그 식당에 다시 걸어 들어간다. 여전히 이곳은 너무 덥고 싫고, 모두가 빤히 나를 쳐다보고, 나도 돌아온 게 싫지만, 그래야 하니까.

나는 식사하는 사람들 사이를 고개 숙인 채 빠른 걸음으로 나아가, 재빨리 핸드백을 챙기고 식탁에 밥값을 둔다.

호랑이 그림을 지나쳐 식당을 나가려는데, 뒤에서 그 여자 종업원이 소리친다.

"잠시만요! 저기요!"

종업원은 내 뒤로 바싹 달려오고, 나는 울고 싶지 않은데 목이 메어 온다.

밥값이 충분치 않은 걸까, 할머니가 뿌린 음식 때문에 화가 난 걸까, 아니면 앞으로 영원히 이 식당 출입 금지라고 말하려는 걸까?

"여기, 음식."

그 사람이 내게 건네는 봉투 속에는 우리가 주문한 탕수 요리들이 포장되어 있다.

내가 고맙다고 중얼거리는데, 그 사람이 다른 손으로 내 손 안에 무언가를 밀어 넣는다. 한 움큼의 사탕이다. 이 식당 손님들에게 나누어 주는 과일 사탕.

"아, 네."

나는 사탕을 빤히 내려다본다. 모든 사람들이 우리를 쳐다보지 '않으려' 신경을 쓰는 것이, 우리 대화를 듣지 '않으려'고 노력하는 것이 느껴진다.

종업원은 작은 목소리로 말한다.

"그건 별것 아니지만, 우리 할아버지도 치매 걸리셨었거든. 그래서 얼마나 힘든지 알아. 항상 본인이 어디 있는지 잊어버리시고 우리가 누군지 잊어버리시고 그랬는데…… 너희 가족도 같은 일을 겪고 있어서 가슴 아프다."

나는 같은 일이 아니라고 말하고 싶다. 우리 할머니가 우리를 잊어버리는 일은 없을 거니까, 오늘 소동은 그냥 이야기 별을 놓아주어 생긴 부작용일 뿐이고 우리 할머니는 나아질 거니까, 당신의 할아버지와는 경우가 다르다고.

그래도, 이 언니가 마음 써 주는 것이 고맙다.

"고마워요."

나는 말한다. 그리고 꼭 쥔 사탕들을 내 가슴에 댄다, 가슴이 조금 덜 아플 때까지.

24

"도와줘서 고마워, 얘들아."

식당에서 집으로 차를 타고 가면서 엄마가 말한다.

언니는 조수석에 앉았고, 나와 함께 뒷좌석에 앉은 할머니는 내 어깨에 머리를 기대고 잠들어 있다.

할머니가 깨지 않도록 나는 아주 가만히 있는다.

엄마가 숨을 한 번 크게 쉬고 말한다.

"병원에서 받은 최근 진단 결과가 좋지 않았어. 할머니에게 남은 시간이 몇 달일 수도 있고, 아니면 고작 몇 주일 수도 있대. 하지만 그래서 더욱, 좋은 날은 최선을 다해서 잘 누렸으면 좋겠어. 앞으로 어떻게 될지 알 수 없으니까."

엄마의 말이 산소를 빨아들이며 잠시 공중에 떠 있다. 그리고 이내 언니가 폭발한다.

"그게 말이 돼? 어떻게 이래? 우리가 집까지 떠나 이렇게 왔는데 할머니가 이제 돌아가실 거라고?"

할머니가 내 곁에서 조금 움직이지만 잠에서는 깨지 않는다.

"언니, 조용히 해."

하지만 내 말이 덤덤하게 나오는 것 같다. 생각을 제대로 할 수가 없다.

엄마가 말한다.

"할머니하고 시간을 보내려고 우리가 여기 온 거야. 우리한 테 남은 시간을 최대한 잘 쓰려고."

목소리가 커지지 않게 애쓰며 나는 묻는다.

"만약 다른 방법이 있다면? 우리가 할 수 있는 게 있다면?"

물론 내 말의 의미를 모르는 엄마는 이렇게 대답한다.

"치료 방법이 몇 가지 있기는 해. 그런데 부작용이 너무 많 고, 결과도 보장되지 않아. 할머니는 그 치료들을 받을 생각이 없으셔."

부작용……. 대가……. 왜 희망에는 항상 대가가 있는 걸까?

언니가 말한다.

"더 오래 사실 수 있다면 시도할 가치가 충분하잖아. 엄마가 그 치료들 받으시게 '만들면' 안 돼?"

운전대를 더 세게 쥐며 엄마가 말한다.

"우린 할머니를 존중해야 해. 선택은 할머니가 하시는 거야, 우리가 하는 게 아니라."

"그래도 엄마가 할 수 있는 일이 있는데 안 하면, 할머니를 죽이고 있는 거나 마찬가지야."

나는 언니의 말들에 날카롭게 베이지만, 아무 신음을 내지 않는다.

"그런 거 아니야."

엄마는 대답하지만 언니는 코웃음으로 반대 의견을 표한다.

"이젠 신에게 달린 일이지."

엄마는 말하고, 마치 질문처럼 말꼬리가 올라간다.

바깥을 내다보니 세상은 초록색, 회색, 초록색, 회색이고, 호랑이를 찾아보지만 여기엔 없다.

어쩐 일인지 부드럽게, 언니가 말한다.

"내가 신을 안 믿으면?"

침묵만이 요란하다가, 엄마들이 해서는 안 되는 말이 엄마 입에서 나온다.

"나도 몰라."

나는 할머니에게 좀 더 붙어 앉아 할머니 손을 잡는다. 할머니는 차에 탄 후 빠르게 잠이 들었지만, 나는 할머니가 엄지로 내 손바닥의 생명선을 어루만진다고 상상한다. 할머니가 '다 괜찮지 않지만, 다 괜찮아질 거야.' 하고 말하는 것을 상상한다.

왜냐하면 내가 괜찮게 만들 것이기 때문이다. 엄마는 다른 방향은 보지 않는다. 언니는 그 무엇도 믿지 않는다.

하지만 나는 둘 다 한다.

그리고 엄마와 언니가 할머니를 도울 수 없다면 내가 도울 것이다.

***

집에 도착한 다음, 집 앞 계단을 오르고 방에 들어가는 할머니를 함께 부축한 다음, 언니가 헤드폰과 휴대전화 속으로 사라지고 난 다음, 나는 엄마에게 말한다.

"나 떡 만들어야 해."

엄마가 내 머리칼을 쓸어 넘기고는 이마에 입을 맞춘다.

"유감이지만 오늘은 안 돼, 딸. 내일 만들든지."

나는 고개를 젓고 말한다.

"오늘이어야 돼. 미룰 수 없어. 오늘 떡 만들어야 해."

엄마가 갑자기 맹렬한 나를 어떻게 대해야 할지 몰라 물러선다.

"내일 만들자, 응? 약속. 시끄럽거나 할머니 신경 쓰실 만한 일은 안 했으면 해서 그래. 오늘은 집을 조용하게 하고, 할머니 불편하실 일은 하지 말자."

떡 만드는 게 어째서 할머니에게 불편하다는 것인지 이해가 가지 않지만, 엄마는 완고하다.

그래서 엄마가 할머니를 보러 방에 들어갔을 때, 나는 리키에게 전화한다.

"저기, 나 너희 집 가도 돼?"

25

엄마가 쉽게 설득된다.

내가 친구네 집에 가고 싶다고 하자마자 엄마는 그날 저녁 나를 차로 데려다주겠다고 한다. 나를 집에서 내보낼 수 있다면 무엇이든지. 우리의 주의를 돌릴 수 있다면 무엇이든지.

리키 아버지의 허락까지 받고 나서 엄마는 말한다.

"네가 또래랑 소통해서 엄마는 참 좋다."

'너한테 친구 있어 다행이다.'를 훨씬 그럴듯하게 말하는, 참으로 우리 엄마다운 문장이다.

리키네 집에 가까워지면서 동네의 모양이 변하기 시작한다. 집들의 크기도 더 커지고 페인트칠도 더 깨끗해진다. 이쪽으로 오니 동네가 부푸는 것 같다. 할머니 집이 있는 쪽은 이쪽의 쪼그라들고 잊힌 버전이었던 것처럼.

"리키 에버럿."

엄마가 전화기로 주소를 한 번 더 확인하며 중얼거린다.

199

"나 이 사람 가족 알아."

"엄마가 리키 아빠를 안다고?"

나는 리키 아빠가 원래 그렇게 무서운 사람이었는지 아니면 어른이 되어 그렇게 되었는지 궁금하지만, 그걸 묻는 방법을 모르겠다.

"안다고 할 수 있지. 리키 아빠가 나보다 몇 살 어리고 같은 고등학교를 동시에 다닌 적이 있으니까. 친하진 않았어. 그래도 이 사람 아버지가 운영하는 제지 공장이 이 동네 상업 활동 중심이니까 다들 그 가족을 아는 셈이야."

그러니까 리키는 부자다. 중요한 일이 아닐 테지만 그 사실이 얼른 소화되지 않는다. 리키를 보는 내 시각이 어떻게 바뀌는지는 모르겠지만, 바뀌긴 하는 것 같다, 약간은.

우리 차가 리키네 집 긴 진입로로 들어서자 길가로 토끼와 고양이 모양으로 다듬어진 키 작은 나무들이 보인다. 그런 것을 태어나 처음 보아 흥미진진하다. 자연물의 모양을 새롭게 바꾼 것이다, 그냥 그러고 싶다는 이유로.

"참…… 굉장하다, 그렇지?"

엄마가 말한다. 나는 저택이라는 표현이 더 맞는 것 같은 리키네 집을 내다보며 고개를 끄덕인다. 대문 양옆엔 소용돌이 모양으로 조각된 돌기둥 두 개가 있고, 커다란 창문들엔 짙은 색 벨벳 커튼이 쳐져 있다.

할머니 집을 언덕 꼭대기의 마녀라고 한다면, 이 집은 화려한 박물관에서 일하면서 '조용히 하세요.', '손 대지 마세요.', '물러서세요.' 같은 말을 하는 엄격한 여인이다.

이 집 안에 리키가 있으리란 것이 전혀 상상되지 않는다.

주차를 하고 난 엄마가 차에서 내리기 전에 내 손을 잡는다.

"집에 오고 싶으면 바로 전화해. 기분이 안 좋다거나 그러면 말이야. 즐겁다고 해서 죄책감을 느끼지 않길 바라지만, 마찬가지로 꼭 즐거워야만 한다는 부담도 느끼지도 않았음 좋겠어."

목이 메어 와서 나는 고개만 끄덕인다. 우리는 대문으로 걸어가 초인종을 누르고 딩동 소리 대신 나오는 클래식 음악을 듣는다.

"초인종 소리가 이럴 수 있는진 몰랐네."

나는 엄마에게 속삭이고, 엄마는 미소를 누르며 대답한다.

"바흐 음악일걸."

리키 아빠가 문을 연다. 셔츠와 연갈색 면바지를 입어, 금요일 저녁 차림치고는 아주 단정하다.

리키 아빠가 나를 '마트 그 애'로 기억할 걸 생각하면 사라지고 싶고 발만 내려다보고 싶지만, 나는 용감해져야 한다고 다짐하고 그를 올려다본다.

그가 미소를 짓는다. 나쁜 사람 같지 않지만, 어쩌면 꾸며 낸 모습일 수도 있다.

"네가 릴리구나. 정식으로 만나서 반갑다. 나는 릭이라고 해."

리키의 원래 이름도 릭이다. 나는 잠시 눈만 깜빡인다. 아들에게 자기와 같은 이름을 지어 주는 아버지도 많다는 걸 알지만 그래도 좀 이상하다.

엄마가 나를 슬쩍 건드리고, 나는 목을 가다듬고 한껏 예의 바르게 "만나 봬서 반갑습니다." 하고 인사한다.

"그리고 존! 오랜만이에요. 성이 '구'였죠?"

"지금은 존 '리브스'예요."

이렇게 대답하며 엄마는 찌푸린 미소를 짓고 어깨를 웅크린다. 그 모습이 낯설다. 여기서 엄마는 작아져 보인다.

안으로 들어가자 역시나 바깥 모습만큼이나 웅장한 거실이 나온다. 주제 색이 빨강인 것 같다. 빨간 소파에 빨간 쿠션, 빨간 벨벳 커튼, 빨간 동양풍 러그.

"집이 참 아름답습니다."

엄마 말투가 부자연스럽고 너무 점잔을 빼는 것 같다. 리키 아버지가 거의 부끄러워하면서 어깨를 으쓱한다.

"제 조부모님께서 지으셨어요."

나는 헉 놀란다. 갑자기 이 집이 훨씬 더 흥미로워졌다.

"아, 그분……"

나는 하려던 말을 뚝 삼킨다. 리키가 집안의 호랑이 사냥 이야기를 남들에게 해선 안 되는 게 뒤늦게 기억났기 때문이다.

"……그분들이 리키 증조할아버지, 할머니……시죠?"

나는 어색하게 문장을 끝낸다. 지금에야말로 사라지고 싶다.

리키 아버지가 나를 이상하게 쳐다보지만 불친절한 눈빛은 아니다. 어른들이 참 좋아하는 '하여간 애들이란……' 눈빛에 가깝다.

엄마가 내 등을 문지른다. 엄마는 내가 오늘 점심 일 때문에 마음이 온전하지 않다고 짐작하는 것 같은데, 아무래도 그 짐작이 맞는 것 같다.

고양이 귀가 달린 까만 니트 모자를 쓴 리키가 거실로 나와

날 보더니 손짓한다.

"릴리! 이리 와!"

"끝나면 전화하는 거 잊지 마!"

엄마가 나를 영영 붙들고 싶은 것처럼 한 팔을 내밀면서 말한다. 나는 엄마에게 작게 손을 흔들고 리키에게 다가가고, 남은 두 어른들은 "이 동네 와서 어떻게 지내셨어요?", "이제 막 왔어요. 일자리를 찾고 있어요." 같은 근황 대화를 나눈다.

나는 이 집이 얼마나 커다란지를 제대로 보고 싶은데 리키가 빠른 걸음으로 거실에서 나가 다른…… 거실들을 잇달아 지나쳐 버린다.

평면 스크린 티브이가 있는 거실, 당구대가 있는 거실, 파란 거실, 노란색 거실. 나는 호랑이 사냥의 증거를 찾아 각각의 거실을 몰래 훑어보지만 고급 미술 작품과 가구 말고는 아무것도 보이지 않는다.

"집이 이래서 미안."

"사과하지 마. 집 좋은데 뭐, 박물관처럼."

리키의 표정을 보니 내가 말을 잘못한 것 같다. 나는 리키가 우리 집을 보고 한 말을 기억한다. 리키의 기분을 상하게 하고 싶지 않다.

이제 와 생각해 보니 리키는 우리 집이 이상해서 놀랐던 건지 아늑해서 놀랐던 건지 모르겠다. 할머니의 집은 안전하고도 따뜻하게 느껴진다. 반면 이 집은 어지르면 호된 지적을 당할 것 같다.

"내 말 신경 쓰지 마."

나는 이렇게 웅얼거리며 리키를 따라서 부엌으로 들어간다.

"릴리 네가 이 일에 이렇게 관심이 많아서 좋다. 내일 포스터 만드는 것도 도와줄 거야?"

나는 리키를 빤히 보며 되묻는다.

"뭐?"

"빵 바자 포스터 만드는 거 말이야. 우리 오늘 빵 바자 때문에 떡 만드는 거 아니야?"

"어……."

나는 입을 열었다가 그냥 다문다. 리키가 그렇게 짐작한 것도 이해가 간다.

"응…… 맞아!"

리키가 웃는다.

"너 이상해."

"앗."

"나쁜 쪽으로 이상하단 건 아냐."

설명할 말이 떠오르지 않는 얼굴로 헛기침을 하던 리키가 마침내 이렇게 덧붙인다.

"흥미로운 쪽으로 그렇다는 거야."

"고마워."

나는 대답한다, 맞는 대답인지는 모르겠지만 말이다. 우리 언니가 나더러 '흥미롭다'고 할 때는 그 말투 때문에 확실히 나쁜 뜻인 걸 안다. 하지만 리키가 하니 나쁜 말처럼 들리지 않는다. 꼭 정말인 것 같다.

나는 호랑이가 보인다. 덫을 만든다. 어쩌면 나는 정말로 흥미로운 아이일지도 모른다.

리키가 우리 집 욕실보다도 큰 식료품 저장고를 활짝 연다. 안에 있는 모든 것이 색에 따라 분류되어 있고 이름표가 붙어 있다.

"여기 뭐가 있는지 나도 잘 몰라. 우리 요리사가 와서 쓰고, 나는 부엌에 별로 안 와."

'우리 요리사'란 말에 놀란 티를 내지 않으려 해 보지만 기분은 이상하다.

"나 떡 어떻게 만드는지 몰라."

이렇게 말하면서야 나는 내가 아무 준비 되지 않았단 걸 깨닫는다. 그러자 리키가 빙그레 웃더니 말한다.

"나는 아무것도 어떻게 만드는지 몰라!"

나는 휴대전화 검색으로 레시피 하나를 찾아내고, 우리는 재료들을 섞어 보기 시작한다. 찹쌀가루, 갈색 설탕, 코코넛밀크. 다만, 반죽이 제대로 된 느낌이 아니다. 너무 덩어리지면서도 동시에 너무 묽고, 할머니가 만든 반죽 같은 냄새가 나지 않는다.

게다가, 리키네 집에는 팥소가 없어서 우리는 거기 있는 것중에 포도 잼을 넣는다. 결국 오븐에 넣을 차례가 되었을 때 우리가 만든 반죽 덩어리들은 잘못되어도 너무나 잘못되어 보인다.

잘못되어도 너무나 잘못된 것은 '나'인 것 같다.

또 너무 덥고, 목이 메어 온다.

"이거 버리자. 못 써."

내 말에 리키는 얼굴을 찡그리고 말한다.

"그래도…… 난…… 먹고 싶은데?"

나는 쟁반을 든 채 쓰레기통을 찾아서 부엌을 빙 둘러본다.

"미안하지만 안 돼. 이건 못 먹어. 완벽한 떡이어야 해. 그런데 이건 아니잖아. 이건 할머니 떡하고 다르고, 할머니는 지금 떡을 못 만드시고…… 난 안 되겠어. 안 되겠어."

"그래, 알았어."

리키가 천천히, 마치 야생동물에게 접근하듯 내 손에서 쟁반을 빼낸다.

나는 쟁반을, 리키는 나를 빤히 본다.

"너 괜찮아?"

나는 쟁반만 내려다보며 대답한다.

"할머니가 이상한 행동을 하셨어. 나도 모르겠어."

"저런."

"응."

리키가 조용하다. 그건 아마 리키도 알기 때문일 것이다. 때론 힘든 일을 자세히 말하고 싶지 않다는 것을. 그냥 그런 일이 있다는 걸 누가 알아주면 된다는 것을.

너무 긴 것 같은 침묵이 흐른 후 리키가 말한다.

"우리 엄만 요리할 때 레시피를 안 썼어. 그래서 요리할 때마다 맛이 바뀌었어. 그러니까 네가 좋다면 우리 이거 먹어 봐도 괜찮을 텐데. 완벽하지 않아도 맛있을 수 있어."

나는 숨을 크게 한 번 쉰다. 그리고 고개를 끄덕인다.

떡이 익는 동안 내가 딴 생각을 하게 하려고 리키는 제가 가장 좋아하는 음식 1위부터 20위까지를 하나하나 읊는다. (바닐라 푸딩과 초콜릿 푸딩이 모두 순위에 든다, 그것도 따로따로.) 그걸 듣던 나는 불쑥 이렇게 말한다.

"너 국어 시험 공부 좀 더 열심히 해야 해."

시무룩해지는 리키 얼굴을 보고서야 나는 그 말이 얼마나 심술궂게 들렸을지 깨닫는다. 하지만 나는 그런 뜻이 아니었다.

"네가 진짜 똑똑한 것 같으니까 하는 말이야. 그리고 원래는 7학년 올라가야 하는 거잖아, 맞지? 그러니까 네가 그 시험 통과하면 우린 같은 학년으로 올라가는 거지. 중학교를 같이 다닐 수도 있어."

말하고 보니, 정말이지 그렇게 되었으면 좋겠다.

눈을 들어 나를 보며 리키는 말한다.

"만약 같은 반 되면 같이 놀 시간도 많겠다. 같이 호랑이 덫도 엄청 많이 만들 수 있고."

"음, 호랑이 덫은 좀 그렇고…… 뭐 다른 것들."

리키가 잠시 조용하다가 희망이 그려진 얼굴로 묻는다.

"너 진짜 내가 똑똑한 것 같아?"

나는 또 민망한 기분으로 고개를 끄덕인다.

"너는 제일 좋아하는 음식을 20위까지 순서대로 외우는 애잖아. 나 호랑이 덫 만드는 것도 도와줬고, 이 떡이 나쁘지 않다는 네 말도 맞았잖아."

리키가 빙긋 웃고는 고개를 갸웃하며 말한다.

"음, 떡은 일단 다 될 때까지 기다려 보고 판단하자."

그래서 우리는 다 될 때까지 기다린다. 그리고 나온 것은 내가 아는 것과는 다른 떡이다. 할머니의 떡이 아니다.

그래도 맛있다.

호랑이에게도 충분히 먹을 만하기를 바랄 뿐이다.

26

잠을 깨운 휴대전화 알람을 재빨리 끄고, 나는 어서 호랑이를 만나려고 침대에서 내려선다. 길고 좁은 유리 단지와 떡 한 접시를 침대 밑에서 꺼내 들고 계단으로 발소리 없이 다가가던 나는 방 구석에서 들리는 부스럭 소리에 멈춘다.

뒤돌아보니 창가에서 언니가 무언가를 만지작거리고 있다.

"새벽 두 신데 방금 네 알람 울린 거야?"

리키네에 갔다 왔을 때 언니는 내게 아무 말도 하지 않았다. 끔찍했던 점심 이후로 언니는 말 자체를 그다지 하지 않았다.

"아니."

나는 거짓말한다.

"그래애."

언니는 다시 뭔가를 만지작거린다. 아직 나한테 화가 났다는 게 느껴진다. 하지만 이유는 모르겠다. 이 일에서 내 잘못은 하나도 없는데.

더 추궁받으리란 생각에 나는 잠시 그대로 서 있지만 언니는 제 일로 바쁘다. 나는 접시와 유리 단지를 내려놓는다.

"뭐 해?"

언니는 나에게서 고개를 돌리며 대답한다.

"아무것도."

언니 목소리에 뭔가 이상한 것이 있다. 흔들거리고 불확실한 것.

다가간 나는 언니가 침대 틀에다 밧줄을 묶고 있다는 것을 깨닫는다.

게다가 그냥 밧줄이 아니다. 리키와 내가 호랑이 덫을 만들 때 썼던 바로 그 밧줄이다.

"그거 어디서 났어?"

나는 밧줄을 빼앗으려 당겨 보지만 오히려 언니가 내 손아귀에서 밧줄을 당겨 뺀다. 나는 밧줄이 스쳐 화끈거리는 손바닥을 잠옷 바지에 비빈다.

"네가 내 침대 옆에 놔뒀잖아. 그래서 다 쓴 줄 알았지."

"내가 안 놔뒀······."

리키와 나는 호랑이 덫을 만들 때 상자를 밧줄로 감았다. 하지만 되짚어 보면 어젯밤 호랑이를 만났을 때 밧줄은 보이지 않았다. 상자뿐이었다.

언니가 어깨를 으쓱하고는 그 밧줄 한쪽 끝을 창문 밖으로 던진다. 다른 쪽 끝이 침대 틀에 묶인 그 밧줄은 팽팽하게 당겨지고, 창밖을 내려다보니 대롱대롱 늘어져 땅에 거의 닿는다.

"아니 도대체······ 뭐 하는 거야?"

언니가 나를 노려본다.

"조용히 해."

나는 속삭여 묻는다.

"뭐 하는 건데?"

언니가 어깨를 으쓱하더니 뻔한 것 아니냐는 듯 대답한다.

"몰래 빠져나가는 거지. 이 집 숨 막혀."

나는 언니를 빤히 보며 묻는다.

"도망치는 거야?"

할머니는 한국에서 도망쳤다. 엄마는 할머니에게서 도망쳤다. 그리고 언니는 우리 모두에게서 도망치려 한다. 어쩌면 언니도 어쩔 수 없는지 모른다. 어쩌면 떠나는 것이 우리 집안 내력인지 모른다. 우리의 초능력인지도 모른다.

"도망은 무슨. 아침 되기 전에 돌아올 거야."

배낭을 챙긴 언니는 창틀에 올라가 앉는다. 언니 등 뒤로 보이는 허공에 나는 가슴이 조인다. 상체를 뒤로 기울이면 언니는 창문 밖으로 떨어질 것이다.

그런데 심장에서 무언가가 당기는 듯한 느낌이 든다. 호랑이가 아래층에 와 있는 것이다. 그냥 알 수 있다. 호랑이가 나를 기다리고 있다. 내가 안 와서 짜증이 나 있다. 배고파하고 있다.

하지만 나는 언니를 두고 가기 싫고, 언니가 날 두고 가는 것도 싫다.

"어디 가는데?"

"너는 어디 가는데? 너 아래층 몰래 내려가는 거 다 봤어."

우리는 서로를 가만히 본다. 우리 둘 다 답을 듣고 싶고, 우리 둘 다 비밀을 포기하기 싫다.

언니가 고개를 젓고는 말한다.

"그냥 엄마한테는 말 안 하는 걸로 합의하자."

나는 망설이다 묻는다.

"언니 무사할 거라고 약속할 수 있어?"

"무사해. 아침 되기 전에 올 거라니까."

좀 부드러워진 눈으로 언니는 덧붙인다.

"너도 무사히 있어."

나는 새끼손가락을 내민다. 손가락 걸고 약속.

옛날 옛날에 여동생이 "나는 어둠이 두려워." 하면서 울었다.

그래서 언니가 말했다. "내가 달이 될게. 내가 너를 지켜 줄 테니까 너는 이제 다시 두렵지 않을 거야."

언니가 새끼손가락을 내 새끼손가락에 감고, 우리는 서로의 손가락을 꽉 조인다. 그런 다음 언니는 밧줄을 잡고 창틀 너머 미지의 세계로 내려간다. 나는 계단으로 내려간다.

옛날 옛날에 호랑이 한 마리가 온 세상을 가로지르며 두 자매를 쫓아갔다. 그러다 세상 끝에 다다랐을 때, 호랑이가 자매를 잡아먹으려고 뛰어올랐을 때, 하늘 한쪽 끝에서는 마법의 동아줄이 내려오고 반대쪽 끝에서는 마법의 계단이 내려왔다.

그 이야기에서 두 자매는 언제나 안전한 곳으로 올라간다. 내려오는 법은 없다. 그들이 다시 땅으로 내려온다면 어떻게 될까? 함께가 아니라 각자 내려온다면? 아래에서 호랑이들이 기다리고 있다는 것을 알게 된다면?

211

27

호랑이가 서성거린다. 자기를 가두지 못했던 덫 안을 돌면서 근육이 파도친다. 오늘은 호랑이가 더 커다란 것 같다. 창문으로 들어오는 가느다란 빛줄기를 지나칠 때는 털이 빛나 보인다, 마치 달빛에 호랑이 줄무늬가 불붙기라도 할 것처럼.

보자마자 숨을 헉 들이마시긴 했어도, 나는 이제 호랑이가 그리 두렵지 않다.

"너 그런 말 못 들었니?"

내가 계단 맨 아래 칸에 다다르자 호랑이가 두 뒷다리를 바닥에 대고 앉는다.

"절대로 호랑이를 기다리게 하지 말라는 말."

"미안해."

말해 놓고 나는 속으로 스스로에게 혀를 찬다. 사과해선 안 돼. 힘을 좀 되찾아야 해.

우리 할머니가 '쯧' 하는 소리와 신기하리만치 비슷한 소리를 내더니 호랑이는 말한다.

"내 떡은 어디 있어?"

"달라고 부탁해 봐."

나는 자신 있게 명령하려 해 보지만, 호랑이가 제 이빨만큼이나 날카로운 눈빛으로 노려본다.

"아니야."

나는 중얼거리며 접시를 내민다.

떡을 한꺼번에 다 집어삼킨 호랑이는 입술을 핥고 고개를 갸우뚱한다.

"맛이 이상한데. 나라면 이렇게는 안 만들어. 하지만 먹어 줄 만은 해. 그럼 이제는 이야기를 줘."

나는 숨을 내뱉고, 호랑이 말대로 별이 든 유리 단지의 뚜껑을 열어 하늘을 쏟아 낸다.

***

옛날 옛날, 사람이 호랑이처럼 으르렁거리던 시절, 몸이 둘이던 존재가 하늘로 올라가 별을 만든 후로 만 날 만 밤쯤 지난 시절, 바닷가 작은 오두막에서 한 어린 여자아이가 할머니와 함께 살았지. 단둘이 살아가는 조용한 삶이었어.

매일 밤 할머니는 손녀에게 가족의 이야기를 들려주겠다고 했지. 그러나 손녀는 두려웠어. 그 이야기들이 꼭 침대 밑에 숨고 계단 아래에 도사리는 어둠 같다고 느꼈거든. "안 들을래요, 할머니. 그 이야기는 나중에 해 주세요. 대신 노래 불러 주세요."

그러면 할머니는 한숨을 내쉬며 그 이야기들을 밀어젖혀 두고, 노래를 불러 주었지.

> "잘 자려무나, 별들아
> 잘 자려무나, 공기야
> 잘 자려무나, 소리들아……."

할머니가 노래 부를 때 손녀는 밤의 차를 우려내면서 하늘을 올려다보았어. 이유는 알 수 없었지만 이따금씩 그 하늘 별들이 꼭 자신을 위해 맺혀 있는 것 같다는 느낌이 들었지.

차가 우러날 때 손녀는 그 별들에게 이끌림을 느끼면서 목에 걸린 진주 목걸이를 만지작거렸어. 기억도 나지 않는 엄마가 물려준 것이었어.

그러던 어느 밤, 손녀가 차를 따르다 손에서 찻잔이 미끄러졌어. 찻잔은 깨어지고 호박색 액체가 식탁에 쏟아졌지. 무언가가 달랐어.

"할머니, 나 몸 상태가 좋지 않아요."

"가까이 와 보렴."

손녀는 탁자로 다가와 할머니에게로 몸을 숙였고, 할머니는 손녀의 손목을 쥐어 보았어.

손목이 평소보다 훨씬 뜨거웠어. 또한 보기엔 전과 다름없는 손녀의 피부가 만져 보니 거칠었어, 마치 짐승의 털이 누워 있는 것처럼.

"아이고, 너무 늦었구나. 네가 알아야 하는 이야기를 좀 더 일찍 들려줄걸.”

손녀는 몸을 비틀어 할머니 손에서 놓여났고, 그때 달빛을 받은 손녀의 까만 머리카락에서 새하얀 머리카락 한 다발이 보였어.

손녀가 할머니의 눈앞에서 반인간, 반호랑이로 변해 가고 있었던 것이야.

어둠의 마법이었어. 할머니의 딸이 걸렸던 것과 똑같은 저주.

“저주를 이겨 내 봐.” 하고 할머니는 말했어.

하지만 이길 수 없었어. 여자아이는 계속 변했어.

여자아이는 마치 제 가죽에 갇힌 것 같은 기분이었지. 탈출하고만 싶었어. 호랑이 심장이 화가 났어. 끔찍한 두 눈을 사납게 뜨고 끔찍한 이빨을 악물며 거칠어졌어.

바다가 자기 안의 호랑이를 부르자 여자아이는 견딜 수 없었어. 바다의 자유와 소금기를 혀끝에 맛보고 싶어서. 무한한 지평선을 응시하고, 별들을 따고 싶어서. 세상을 집어삼키고 싶어서.

마음 한구석에서는 이것이 엄마의 마법이라는 것을 알고 있었어. 이제 자기와 하나가 되어 버린 이 거친 존재를 엄마는 이해할 것이 분명했어.

할머니는 어찌해야 할지 몰랐어. 그래서 손녀를 가둬 두었지.

하지만 어떤 노력도 소용이 없었어.

어느 밤, 그 호랑이 소녀는 달아났어. 엄마 이야기의 냄새를 쫓아서 떠났지.

바다로 달려가자 바다는 호랑이 소녀를 위해 갈라져 길을 내어 주었고, 호랑이 소녀는 그렇게 바다를 건넜어. 세상을 건넜어.

하지만 할머니가 바다에 뒤따라오자 바다 길은 다시 닫혀 버렸고 할머니의 가슴은 무너졌어. 한편으로는 손녀가 곁에서 떠나 버렸기 때문에. 또 한편으로는 자신이 손녀를 도울 수 없었기 때문에.

하지만 무엇보다, 자신이 얼마나 사랑하는지를 손녀가 결코 모를까 봐 걱정되었기 때문에.

그래, 가슴이 무너지기는 했으나 할머니는 포기할 뜻이 없었어.

할머니는 여전히 그 아이를 사랑했어. 여전히 그 아이가 집에 오길 바랐어. 호랑이건 아니건.

그래서 보름달이 뜨는 밤마다 선반에 있는 단지를 꺼내어 그 속에 대고 마음을 속삭였지. 할머니가 그 단지를 채운 것은 새로운 종류의 마법, 바로 사랑이었어.

할머니는 손녀가 어디로 갔는지 알지 못했지만 보름달이 뜰 때마다 그 단지 하나를 바다로 띄워 보냈어. 넓은 바다가 세상 저편으로 실어다 주기를 바라면서.

한 달에 한 번씩 계속해서 보내다 보니 단지는 동이 났지. 그런데도 희망은 어째서인지 동이 나지 않았어. 희망이란 참 재미있는, 사라지지 않는 것이야.

할머니는 믿었어. 자신의 사랑이 어떻게든 손녀에게 닿을 것이라고.

손녀가 결국 집으로 향하는 길을 찾을 것이라고.

***

이야기는 끝나고, 나는 묻는다.

"손녀한테 진주 목걸이가 있었다고 했지? 그럼 이 손녀가 첫째 이야기에 나온 호랑이 여인의 딸이야?"

호랑이가 작은 창문 밖을 내다보고 있다. 빛 속에서 멀어 보이고 어쩌면 슬픈 것도 같은데, 다시 나를 쳐다볼 때는 그림자 진 두 눈이 맹렬하다.

"아마도. 그런 것 같네."

"그러면 그 손녀는 저주에 걸리지 않았어야 하잖아! 하늘 신이 낫게 해 주겠다고 약속했잖아. 거짓말이었어!"

배신감을 느낀다. 이야기는 행복하게 끝나야 하는 법이다.

호랑이가 한숨을 쉰다.

"안타깝게도 하늘 신들은 그다지 믿을 만하지 않아. '낫는다'는 것의 의미를 다르게 생각했을 수도 있고. 실수를 했을 수도 있고. 그것도 아니면 하늘 신 스스로가 주장한 것만큼 능력 있지 않았는지도 몰라. 그 아이 심장까지는 조종할 수 없었다든가 말이야."

나는 호랑이를 뚫어져라 본다.

"그래서 그 손녀는 결국 어떻게 됐어?"

호랑이가 고개를 숙이고 답한다.

"떠났지."

"언젠가 집에 돌아오긴 했어?"

호랑이가 다시 입을 열었을 때, 목소리가 어딘지 날카롭다.

"이 이야기는 끝났어."

"그래도 할머니가 더 열심히 노력할 수도 있었잖아, 어? 어떻게든 호랑이 저주를 푸는 방법을 알아내서, 다 잘되게 만들 수도 있었잖아."

으르렁 소리가 호랑이 몸을 타고 흐른다.

"문제는 호랑이 피를 물려받은 게 아니야. 넌 아직도 그렇게 생각하니?"

"당연하지."

창문을 넘어 밖으로 나가던 언니. 언젠가 나도 그렇게 달아날까? 내 안에도 그렇게 통제할 수 없는 마음이 살고 있을까? 그럴지도 모른다. 가끔씩 내 안에서 끓어오르는 걸 느낀다. 그리고 이 이야기가 그걸 알아서 화가 난다.

"호랑이 저주를 물려받았으니 그렇게 통제불능이 되었고, 그래서 할머니한테서 달아난 거고, 그래서 둘 다 슬퍼진 거잖아. 뭐 이런 이야기가 다 있어?"

"위험한 이야기지."

호랑이의 말이 내 두 귀 사이를 두드린다.

"이 이야기가 어떻게 우리 할머니를 치유한다는 거야?"

호랑이는 고개를 숙인다.

"치유에서 중요한 건 우리가 원하는 게 아니라 우리에게 필요한 거야. 이야기도 마찬가지."

가슴속이 꽉 차는 이상한 느낌, 마치 내가 터져 버릴 것 같은 느낌이 든다. 하지만 나는 이렇게만 말한다.

"나한테 필요한 건 우리 할머니가 낫는 거야."

호랑이 표정이 읽히지 않는다. 어쩌면 부드러워 보이기도, 어쩌면 화가 나 보이기도 하고, 또 다른 표정도 있다.

"그럼 내일 다시 보자. 그리고 그런 엉터리 떡은 굳이 또 가져올 필요 없어."

한 걸음씩 가까이 다가온 호랑이의 숨결이 내 피부에 느껴진다. 마른오징어 냄새, 희미한 포도 잼 냄새.

"마지막 별 단지를 가져와. 그리고 늦지 마. 너 시간이 없어."

28

똑딱똑딱 괘종시계 돌아가는 소리뿐, 거실은 조용하다. 잘 삐걱거리는 마루판은 디디지 않으려 애쓰면서 나는 살금살금 엄마 옆을 지나간다.

한 손에는 유리 단지, 다른 손에는 빈 떡 접시를 들고 부엌 싱크대에 다다라 접시를 내려놓는다. 조심조심, 조용히.

접시가 달각거리는 소리에 나는 숨죽이지만 엄마는 깨지 않는다. 이제 서둘러 위층으로 올라가야 하는데, 나는 잠시 그 유리 단지를 창문 가까이로 들어 올려 본다.

달라진 것 같다. 조금 전보다 가볍다. 그리고 마치 달빛을 모으는 것 같다. 모아서는 곧장 내 가슴속으로 쏘아 보내는 것 같다.

"릴리?"

거의 그 단지를 떨어뜨릴 뻔하고는 돌아보니 엄마가 소파에 누운 채 눈에서 잠을 비벼 내고 있다.

"너 안 자고 뭐 해?"

"그냥…… 배가 고파서."

떨리는 손으로 나는 그 단지를 조리대에 올려 둔다.

나는 이제 엄마가 그 유리 단지는 뭐냐고 물어보길, 지금 몇 시인 줄 아냐고 말하기를, 감정적 스트레스가 큰 시기에 규칙적 수면이 얼마나 중요한지 설명하기를 기다린다. 하지만 엄마는 하품하며 일어선다.

안경을 집어 쓰고 뚝뚝 소리를 내며 허리 스트레칭을 한 엄마는 유리 단지 바로 앞을 지나쳐 냉장고 문을 활짝 연다.

"뭘 먹고 싶은데?"

"음……."

엄마는 잠을 깨려고 눈을 깜박거리면서 냉장고 속 음식들을 훑어보다가, 할머니의 플라스틱 김치 통을 꺼내 들어 보인다.

"어때?"

나는 말을 하면 실수할 것 같아 고개만 끄덕인다. 나는 유리 단지를 흘깃 보지만, 너무 피곤한 엄마는 그게 거기 있는 것도 알아채지 못한다.

엄마가 조리대에 올라앉더니 나한테도 올라와 앉으라고 손짓한다.

우리 엄마다운 행동이 아니라서 망설이지만, 나는 결국 엄마 옆에 올라앉는다. 한편으론 여전히 엄마가 꾸짖을 거라 생각하면서.

엄마가 뚜껑을 돌려 열고 손가락으로 김치 한 조각을 집어 올리더니, 그대로 입속에 떨어뜨리고는 쩝쩝거린다.

김치 통을 내게 내미는 나의 엄마를 나는 빤히 본다. 엄마가 당장에라도 깨어나 지금까지 자면서 움직였다는 것을 깨달을 것 같다. 자면서 음식을 먹었다는 것을. 자면서 규칙따위 던져 버렸다는 것을.

엄마가 소리 내어 웃는다.

"계속 그렇게 내가 머리 셋이라도 달린 듯 쳐다볼 거야?"

"아니, 난 그냥……."

엄마가 김치 통을 더 내민다.

"먹어."

나는 김치 한 조각을 집어서 입에 넣고 씹는다. 그 맵고 시고 짠 맛이 내 배 속에 자리 잡는다.

어쩌면 한밤중엔 지나치게 이상한 일이란 없는지도 모른다. 깨어 있는 시간과 꿈꾸는 시간 사이에 있는 이때로 영혼들이 스며드는지도 모른다. 하지만 사랑도 스며든다.

엄마가 나를 한 팔로 감싸 끌어당긴다. 귀에 대고 속삭인다.

"미안해, 릴리. 할 수만 있다면 내가 온 세상의 방패가 되어 줄 텐데. 아픔도 다 없애 주고. 그런데 너는 이미 너무 힘들었네. 엄마가 보호해 주지 못해서 미안해."

나는 볼 안쪽을 깨문다. '왜 보호해 주지 못했어?' 하고 묻고 싶어진다. 온당하지 않은 물음인 줄 알면서도.

하지만 아기에게서 멀리 떠남으로써 아기를 보호하려 했던 호랑이 여인이 떠오른다. 손녀한테 숨으라고, 저주에 저항하라고 말했던 할머니가 떠오른다.

보호하려고 한 그 일들은 소용이 없었다. 결국 상황을 더 나빠지게 했다.

엄마가 나를 쳐다보다가 눈썹을 조금 올린다. 무언가 놀라운 것이, 새로운 것이 보이는 것처럼 말이다.

그런데 내게 무슨 말을 하려던 엄마가 다른 데 시선을 뺏긴다.

"저 유리병 어디서 찾았어?"

내 심장이 버벅댄다.

"어…… 그냥 할머니 옛날 물건들 사이에서."

"그래? 낯익어 보여."

엄마가 조금 얼굴을 찌푸린다. 알아보는 것 같은 표정이 떠올랐다가는 사라져 버린다.

"뭐, 어릴 때 주변에서 봤나 보다."

엄마가 이렇게 말하고 조리대에서 스르르 내려가 김치 단지 뚜껑을 닫는다.

"가서 좀 자."

엄마 목소리가 부드럽다.

"뭐든 아침에는 더 쉬워지는 법이야."

29

다음 날, 나는 호랑이에게 뺏긴 잠을 다 자느라고 늦잠을 잔다. 일어나 보니 언니는 방에 없지만, 창문이 닫혀 있고 밧줄이 언니 침대 밑에 돌돌 말려 있으니 좋은 신호다.

옷을 입고 머리를 땋고, 침대 밑 별 단지들을 확인한다. 어젯밤에는 내가 길쭉한 단지를 호랑이에게 가지고 갔었는데 지금은 모두 다시 함께, 조그만 가족처럼 한 줄로 모여 있다.

아래층으로 계단을 몇 칸쯤 디디다 보니 맨발바닥에 무언가 날카로운 것이 눌린다. 발을 들어 보니 쌀이다. 생쌀이 계단에 흩뿌려져 있다. 이상한 일이다.

나는 발에서 쌀을 털어 내지만 왜 이런 데 쌀이 있는지 생각할 틈이 없다. 1층에 다다르자 할머니가 부엌이 꽉 찰 정도로 많은 한국 음식을 만들어 두었기 때문이다.

언니가 할머니를 도와서 다 된 요리들을 식탁에 갖다 놓으며 콧노래를 하고, 나는 언니를 보아 마음이 놓인다. 만두(mandoo)

를 식탁에 놓는 언니가 미소를 짓는 것도 같다. 하지만 언니의 행복은 나타날 때처럼 순식간에 사라져 버리고, 언니는 고개를 절레절레 젓는다.

언니가 무슨 생각을 하는지 알 수만 있다면. 그럴 수 있다면 나는 언니 미소가 바닥으로 떨어져 산산이 깨지기 전에 붙잡을 수 있을지도 모른다.

엄마도 늘 하던 부엌 청소를 할 뿐인데 언니 전화기에서 나오는 음악에 몸을 앞뒤로 흔들거리며 행복해 보인다. 현악기로 연주하는 록 음악 멜로디가 나오는, 언니만 좋아하는 그런 노래다.

할머니가 행복하고 건강해 보인다. 분홍색과 보라색이 들어간 스카프를 머리에 두른 채 웃는 얼굴로 내가 가장 좋아하는 면 요리인 냉면(naengmyeon)에 양념을 하고 있다. 할머니가 요리를 할 때면 이 집이 팽창하는 것 같다. 마치 이 집이 깊은숨을 들이쉬어 할머니 음식의 냄새를 음미하는 것 같다.

천장이 더 높아 보이고 벽이 더 넓어 보이고, 내가 할머니를 향해 부엌으로 들어가며 디디는 마룻바닥은 배고픈 위처럼 요란한 소리를 낸다.

"고사 지내는 거예요?"

언니가 고개를 젓고 답한다.

"아니. 그냥 우리끼리 먹을 점심이야. 영혼들은 알아서 하라고 해."

할머니가 나를 보고 미소를 지으며 묻는다.

"배고파?"

나는 아직 대답하지도 않았는데 할머니가 두 손가락으로 김치 한 조각을 집어 내밀고는 속삭인다.

"영혼들 안 볼 때 빨리 먹어."

이 순간 할머니가 너무 엄마 같아, 나는 싱크대에서 그릇을 문지르는 엄마를 흘깃 본다. 엄마도 그 비슷함을 느낀 모양인지 내게 윙크를 한다.

마음이 차오른다. 어젯밤 일이 마치 우리만의 비밀 같아서. 게다가 내가 엄마와 이렇게 비밀을 나누는 건 처음이다.

김치를 받아먹는 나에게 엄마는 말한다.

"너 일어나길 기다렸다, 릴리. 사실 오늘 아침 리키네 아버지하고 이야기했는데 말이야……."

"이제 네 차례야, 존."

할머니가 소고기 갈비(kalbi) 한 조각을 엄마 입속에 넣으려한다. 엄마는 고개를 뒤로 빼지만 할머니는 물러서지 않고 고기를 들이민다.

"아, 왜 이래요?"

엄마는 놀라서 웃음까지 내뱉으면서 거실 저쪽으로 달려간다. 할머니가 신기하도록 빠르게 움직여 엄마를 쫓아간다. 할머니 손끝에서 갈비가 달랑거린다.

"너 먹어! 먹어!"

언니가 어쩔 수 없이 싱글거리며 말한다.

"아 시끄러워. 이 동네 귀신들 다 오겠네."

나는 웃음을 내뱉는다.

마침내 포기하고 입을 연 엄마는 갈비 가득해진 입으로 말한다.

"엄마는 진짜……."

"들어 봐. 영혼들이 너 쉬어야 한대. 걱정 그만해야 한대."

엄마가 눈썹을 찌푸린다. 폭풍 구름이 밀려오는 것까진 아니지만 공기가 변한다.

"내가 왜 걱정 많은지 엄마도 알면서."

할머니는 방어하듯 두 손을 들어 올리고 말한다.

"내가 하는 말 아니야. 영혼들 하는 말이야."

엄마가 어이없단 표정을 짓고, 언니와 나는 서로를 쳐다본다. 언니가 고개를 까딱하여 다락방을 가리키고 입 모양만으로 "가자."라고 한다.

하지만 나는 가고 싶지 않다. 나는 그냥 여기에 있으면서 행복한 순간을 다시 불러오고 싶다.

"할머니, 음식 만드시는 데 더 도울 일 있어요?"

나는 할머니의 관심을 돌리려고 묻는다. 그러자 할머니는 거실을 가로질러 다가와 내 손목을 잡는다.

"릴리, 영혼들이 자꾸 말해. 너 조심하라고. '조심해! 조심해!'"

나는 마른침을 삼키고 거짓말한다.

"저 조심해요."

언니가 옆에서 빤히 쳐다보는 게 느껴지지만 나는 언니를 쳐다보지 않는다.

할머니가 몸을 더 숙이더니 내 목을, 내 심장 바로 위에 매달린 진주 목걸이를 본다.

"그거 어디서 났어?"

나는 물러서려 하지만 할머니가 손목을 세게 잡는다.

227

"네? 저 주셨잖아요."

"아니야. 내 거야. 누가 나 준 거야, 옛날에. 나 기억해."

할머니가 고개를 절레절레 흔든다.

"나 너 안 줬어. 왜 그런 소리를 해?"

나는 대답할 말이 떠오르지 않는데, 언니가 말한다.

"할머니, 릴리한테 그 목걸이 주셨잖아요. 기억나시죠?"

할머니가 언니를 보더니 다가선다. 그러고는 언니의 흰 머리카락을 쓰다듬는다.

"이거 나랑 똑같네. 나 옛날 우리 집 살 때랑 똑같아. 옛날, 나 잊고 싶은 옛날."

나는 팔다리가 차가워진다. 목걸이도, 흰 머리카락도 다 별의 이야기에 나온 것들이다.

그러니까 지금 이 상황도 그 '대가'일 것이다. 이런 대가를 나는 몇이나 더 감당할 수 있을까? 할머니는 얼마나 더 감당할 수 있을까?

엄마가 할머니를 언니에게서 떼어 데려가며 속삭인다.

"애들 겁먹잖아. 그러지 마요, 엄마. 이제 밥 먹어요."

할머니가 어리둥절한 표정으로 언니와 나를 번갈아 가며 본다. 그 눈의 초점이 흐려 보인다. 마치 할머니가 다른 세계를 보고 있는 것 같다.

하지만 내 눈을 들여다본 할머니가 움찔하더니, 날카롭게 내뱉는다.

"호랑이."

나는 한 걸음 물러선다.

228

"네? 아니에요, 할머니. 저예요."

내 심장이 귀에서 으르렁거린다. 온 세상이 뒤집힌다. 나는 할머니에게서 달아나고 싶다.

할머니는 어지러운 듯 몸이 흔들린다. 불안정해 보인다.

나는 할머니가 알아보기를, 할머니 눈에 내가 보이기를 기다린다. 나는 할머니의 '애기'다. '우리 릴리'다.

하지만 할머니는 인상을 쓰고 입을 연다.

"너는……."

나는 할머니가 뭐라고 할지 기다린다. 기다리고 기다린다. 하지만 할머니는 이 문장을 끝맺지 않는다.

할머니는 기억나지 않는 것이다.

그뿐 아니다. 더 나쁜 건 할머니 눈 속 커다란 두려움이다. 할머니는 단지 나를 뭐라고 부르는지만 기억 못 하는 것이 아니다. 내가 누구인지를 기억 못 하는 것이다.

할머니가 나를 모른다.

할머니에게 내가 '보이지' 않는다.

더 내려갈 곳이 없다는 기분이 가슴을 두드린다. 내 앞에 있는 것은 할머니 몸에 있는 낯선 사람이기 때문이다.

기억이 없다면 할머니는 누구일까?

할머니가 없다면 '나는' 도대체 누구일까?

"저예요, 우리 릴리."

나는 갈라지는 목소리로 속삭인다. 그러자 할머니가 진심 없이, 엄마처럼 가짜로 미소를 짓는다.

"그래, 우리 릴리. 나는 그……. 나는 가서 쉰다."

229

할머니가 내 이마에 입을 맞출 때 나는 움찔한다.

"가요, 엄마."

엄마가 할머니를 방으로 데리고 들어가, 등 뒤로 방문을 닫는다. 우리를 차단한다.

"괜찮아."

언니가 떨리는 숨을 들이쉬고는 덧붙인다.

"일시적인 일일 거야. 곧 평소처럼 돌아오실 거야."

나는 고개를 끄덕이지만 말은 도무지 나오지 않는다.

"도서관!"

언니가 갑자기 외치고, 나는 눈을 깜박깜박하며 언니를 본다. 세상을 이해하려 애쓴다.

"오늘 젠슨이 안내판 뭐 그런 것들 만드는 날이야."

비옷을 집어 입고 언니는 말한다.

"가자."

언니 말이 맞는다. 리키가 오늘에 관해 말한 적이 있는 것 같다. 하지만 언니가 어떻게 아는 걸까?

"언니 진짜 그걸 돕고 싶다고?"

언니는 마치 '언제나' 지역 사회 활동에 참여하는 사람이어서 내 질문을 이해하지 못하는 것처럼 어리둥절한 표정을 짓는다.

"당연하지. 내가 그동안 젠슨이랑…… 이야기를 좀 했어. 그리고 뭐…… 도우면 좋지."

마주친 언니의 두 눈에서 무력함이 보인다.

"그리고 지금은 여기 있기 싫어서."

그리고 내가 대꾸할 틈도 없이 언니는 문을 나섰고, 난 당장

결정해야 한다. 남을 것이냐, 따라갈 것이냐?

지금은 사람들을 만나 행복한 연기를 할 기분이 아니지만, 닫힌 할머니 방문을 한 번 쳐다보는 것만으로도 마음이 정해졌다.

여기 더 있을 수가 없다.

30

언니와 도서관에 도착해 문을 열자 음악 소리가 들린다. 웃음소리도 들린다.

집과는 너무 다른 분위기…… 어지럽다.

도서관 한편에선 젠슨이 또래로 보이는 남녀와 자기 노트북 컴퓨터 앞에 모여 있고, 다른 쪽에서는 리키가 나를 등진 채 두 남자아이와 탁자에 앉아 있다. 갑자기 이곳이 버거워진다. 그대로 뒤돌아서 나가고 싶은데 조가 내 발길을 잡는다.

"릴리!"

팝송 소리를 뚫고 나를 부른 조가 미소 같기도 한 표정을 짓는다.

조에게 다가가 언니를 소개하자, 언니는 문제 따위 없고 삶이 편안하기만 한 것처럼 웃음을 지으며 조와 악수한다.

조는 책상 뒤에서 컵케이크를 하나 슥 꺼내 건네고, 나는 받아서 뭘 해야 하는지 모른 채 받는다.

"내가 시식용으로 한 판 만들어 봤거든. 먹어 보고 의견 줘."

그의 미소 위로 콧수염이 실룩실룩한다.

조는 좋은 마음으로 건넸지만 나는 먹을 수 없을 것 같다. 불안해서 음식이 넘어가지 않을 것 같다. 마치 내 이마에 '아픈 할머니'라고 적혀 모두에게 보이는 것 같고, 세상을 마주할 자신이 없다.

젠슨이 우릴 발견하고는 음악에 맞춰 엉덩이를 흔들면서 다가온다.

"샘!"

젠슨이 어찌나 활짝 웃는지 양 볼에 괄호가 두 겹 생긴다.

"릴리! 너희 와서 정말 좋다."

젠슨이 언니를 잠시 가만히 쳐다보다 말한다.

"샘, 너 컴퓨터 좀 다뤄? 우리 도서관에서 이메일 뉴스레터 발행하려고 하는데 이 최신식 기술에 조가 겁을 먹어서 말이야."

언니가 소리 내어 웃는다. 긴장된 언니의 어깨만 아니었더라면 나는 언니가 조금 전 일들을 다 잊은 줄 알았을 것이다.

젠슨이 언니를 데려가니, 나는 조의 책상 앞에 혼자 서 있다.

이래서 언니가 여기 오는 게 싫었다. 언니가 여기 오면 내 공간은 없다. 나는 집에도 있을 수 없고, 여기에도 있을 수 없다. 갈곳이 없다.

"릴리."

조가 걱정되고 불편해 보이는 얼굴로 헛기침을 한다.

"무슨 일이야?"

"아무것도 아니에요. 저 가야겠어요."

집에는 가기 싫으면서도 나는 이렇게 말한다. 그러자 조가 얼굴을 찌푸리고 묻는다.

"저기 저 말 많은 녀석이랑 그 친구들 안 만나고?"

나는 리키와 그 무리를 보고는 고개를 젓는다. 그러자 조가 한숨을 쉬더니, 자신이 할 말을 미리 후회하는 것 같은 얼굴로 말한다.

"나한테 털어놔도 돼."

마치 이 말이 마법의 주문이라도 되는 것처럼, 나는 할 생각도 없던 말을 술술 털어놓기 시작한다.

"어릴 때 저희 할머니가 이야기를 많이 들려주셨거든요. 전 그 얘기들이 정말 좋았어요. 그런데 이제 제가 새로운 이야기들을 알아 가고 있어요. 그 이야기들은 좀 다르고, 무서워요. 그리고…… 위험한 것 같아요. 그 이야기들 때문에 변화가 생기는데, 좋은 변화 같지가 않아요. 사실 모든 게 더 나빠진 것 같아요, 제가 그 새로운 이야기들을 듣기로 결정했기 때문에요. 그리고……"

이해할 수 없는 소리를 하고 있다는 것을 깨닫고, 나는 숨을 한 번 쉬고는 덧붙인다.

"……예전 그대로가 좋았어요. 아무것도 안 변했으면 좋겠어요."

너무 많은 걸 말했다는 끔찍한 기분으로 나는 입을 꾹 다문다. 하지만 털어놓아 후련하기도 하다. 언니와 젠슨, 리키를 슬쩍 쳐다보지만 모두가 바빠 보이고 어차피 음악 소리 때문에 내 말을 들을 수 없다.

조가 천천히 고개를 끄덕이고 말한다.

"나이가 들수록 정보가 쌓이고 세상이 여러 다른 관점으로 보이지. 그러니까 사람이 자기 스스로한테 하는 이야기들도 자연히…… 변화할 수 있지."

나는 모아 잡은 두 손을 비튼다.

"그런데 그 이야기들이 자기가 원하는 대로가 아니면요?"

조의 눈빛이 부드럽다.

"내가 왜 도서관 사서가 된 줄 알아?"

당연히 모르는 나는 조가 말해 주기를 기다린다.

"듀이. 도서 십진분류법 창시한 사람."

나는 농담인지 아닌지 판단이 안 되는데, 조는 이야기를 계속한다.

"나는 질서를 좋아해. 정리를 좋아하고. 세상 모든 정보가 정리되어 있고 제자리에 있다는 걸 생각하면 참 좋아."

조는 목을 가다듬는다.

"그런데 내가 도서관 일을 아주 오랫동안 했거든. 그러면서 배운 거 하나, 이야기에선 질서와 정리가 그렇게 중요하지 않다는 거야. 감정이 중요하지. 그리고 감정이 늘 이해가 되는 건 아니거든. 그러니까, 이야기란……"

조가 두 눈썹을 모은 채 잠시 있다가 적당한 비유를 찾아 만족스러운지 고개를 끄덕인다.

"……물 같아. 비 같고. 이야기는 우리가 꽉 잡아 보려 해도 언제나 손가락 사이로 빠져나가 버리거든."

나는 충격을 감추려 입술을 깨문다. 조가 '시적인' 사람일 줄

이야. 송충이 같은 그의 두 눈썹이 가운데로 모인다.

"그게 무서울 수도 있지. 그래도 생각해 보면 물은 우리한테 생명을 주거든. 물이 대륙을 연결하지. 사람도 연결하고. 그리고 물이 가만 멈춰 있는 조용한 순간들이면 우리 스스로를 비춰 볼 수도 있고. 무슨 말인지 이해되니?"

"어느 정도는요."

아주 잘은 모르겠지만 말이다.

조의 두 눈이 거의 반짝인다. 그의 손가락 사이를 빠져나갔던 것은 무엇일까? 지금까진 그저 불평 많은 도서관지기라고만 생각했었는데, 그건 이 사람의 한 조각만을 보았던 것이다. 조의 이야기는 그 조각보다 훨씬 크다. 조에게는 내가 영영 모를 수도 있는 지금까지의 삶이 있었다.

"고마워요, 조."

조가 내 어깨 너머를 보더니 말한다.

"음, 저 말 많은 녀석이 좀 미친 듯이 손을 흔드는데."

리키 목소리가 뒤에서 들려온다.

"릴리!"

돌아보니 아까 그 남자아이들과 함께인 리키가 활짝 웃는다.

"안녕? 얘들은 내 친구들이야. 그러니까 이제 네 친구들도 되는 거야."

리키가 그 아이들을 소개한다. 초록색 플라스틱 안경을 쓰고 피부가 새하얀 남자아이는 코너, 적갈색 곱슬머리에 얼굴에 주근깨가 많은 남자아이는 애덤이다.

세 아이는 서로 아주 닮았다. 다 남자애들이고 피부색도 키도, 기운이 넘칠 듯한 것도 비슷하다.

내가 이 애들 사이에 끼는 건 과일 샐러드에 당근을 넣고 아무도 차이를 눈치 못 채기를 바라는 것과 같다.

나는 평범한 아이처럼 행동하려 해 본다. 투명 인간이 되지 않으려, 우리 집에 아무 문제가 없는 것처럼 행동하려 애써 본다.

하지만 너무 애쓰느라 인사조차 잊어버린 나는 억지 미소를 지으며 한 박자 늦게 중얼거린다.

"안녕?"

코너와 애덤이 리키를 중심으로 양쪽에 선다. 리키에게 사람이 착 붙는다는 내 짐작이 맞았던 모양이다.

"우아, 조가 만든 컵케이크다. 어디서 났어?"

리키의 물음에 나는 내 손을 내려다본다. 들고 있다는 것도 잊었던 그 컵케이크를 나는 리키에게 먹으라고 내민다.

"네가 최고야."

리키는 이렇게 말하며, 받자마자 베어 먹는다.

"이거 진짜 맛있어. 그런데 여전히 푸딩이 엄청 먹고 싶긴 하다."

코너가 코웃음을 치고 말한다.

"푸딩? 진심으로? 푸딩은 토할 것 같은데."

그러자 리키가 기분 상했다는 표정으로 고개를 흔든다.

"초콜릿 푸딩은 세상에서 네 번째로 맛있는 음식이야. 모두가 그걸 알아야 해. 젠슨한테 푸딩 있는지 물어봐야겠다."

리키는 젠슨 또래가 모인 탁자를 넘겨다보고, 주근깨 난 아이 애덤은 고개를 절레절레 저으며 말한다.

237

"야야, 진정해."

이제 애덤은 나와 눈을 맞추더니 눈웃음을 짓는다. 이 아이가 낯익은데 어디서 보았는지 모르겠다.

"릴리, 넌 어디서 왔어?"

애덤이 묻자 난 잠시 머릿속이 하얘진다.

"길 건너에서 왔어."

어쩐지 이런 대답을 바란 질문이 아니었다는 느낌이 들지만 애덤은 턱을 끄덕하고 묻는다.

"언덕에 있는 집 말이야? 그 할머니 사시는?"

"우리 할머니셔."

그때 두 눈이 휘둥그레진 코너가 묻는다.

"그 미친 마녀 할머니가 너네 할머니라고?"

미치다니, 그건 '생각하는 말' 아니야, 하고 지적하고 싶다. 하지만 내 입은 그저 바싹 마를 뿐이다. 코너는 계속 떠든다.

"대단한데. 그 할머니 사람들한테 막 주문도 걸고 저주도 걸고 그런다던데. 너한테도 그 방법 가르쳐 주셔? 너, 사람한테 저주 걸 수 있어?"

나는 리키를 쳐다본다. 친구들에게 우리 할머니를 변호해 주길 바라며. '나를' 변호해 주길 바라며. 하지만 리키는 그저 컵케이크를 베어 물고 고개를 끄덕일 뿐이다.

애덤이 말한다.

"아냐, 저주 거는 게 아니라 치료해 주는 거야. 우리 엄마는 본인 천식 나은 게 릴리네 할머니 덕분이라고 믿어. 하긴, 우리 엄마는 티브이에 나오는 영매 같은 사람들도 믿고 그러긴 하지만.”

이제 나는 애덤이 왜 낯익었는지를 깨닫는다. 애덤의 엄마를 마트에서 만났다. 똑같은 적갈색 머리카락과 주근깨. 할머니 친구들 중 한 명이었다.

코너는 마음을 바꾸지 않는다.

“몰라. 난 그 마녀 할머니 무섭다고.”

나는 목걸이를 만지려고 손을 올리다가 재빨리 내린다. 이제는 마음 놓고 그럴 수가 없다.

“난…….”

말이 나오지 않는다. 죄책감이 속을 할퀸다. 할머니를 변호해야 하는데, 말이 입에서 다 증발해 버린다.

잠시, 나는 할머니 변호를 하고 싶지 않다. 잠시, 나는 우리 할머니가 보통의 할머니였으면 좋겠다. 김치가 아니라 브라우니를 만들고, 이상한 한국 약초들을 섞는 것이 아니라 털실로 목도리를 뜨는 할머니였으면 좋겠다.

리키가 마침내 케이크가 가득 든 입으로 말을 한다.

“야, 릴리네 할머니 안 무서워. 릴리네 할머니가 그러신 건 할머니 잘못이 아니야. 아프셔. 그래서 환각이 보이니까 그렇게 행동하시는 거야. 귀신이랑 호랑이 같은 거 막 무서워하시고. 맞지, 릴리?”

도서관 바닥이 블랙홀로 변한다. 아니, 쩍 벌린 호랑이의 입으로 변한다. 나는 통째로 삼켜져 그 속으로 떨어진다.

리키는 그걸 말해선 안 되었다.

하지만 더 나쁜 건 따로 있다.

리키가 그렇게 이야기하는 걸 들으니 마치 아프다는 사실이 우리 할머니의 전부처럼 느껴졌다는 것이다, 모든 할머니다움의 이유처럼 느껴졌다는 것이다.

하지만 병 때문이 아니다. 우리 할머니가 우리 할머니다운 것은 원래 그런 사람이기 때문이다. 마법이 있는 사람이기 때문이다. 할머니는 늘 그랬다.

지금은 그게 나쁜 일이기라도 한 것 같다.

할머니는 쌀과 잣과 약초를 사서 마법을 부리고, 영혼들에게 음식을 주고, 사람들 눈에 보이지 않는 많은 것들을 믿는다. 할머니가 사는 곳은 담쟁이덩굴에 뒤덮이고 창문들이 눈 깜박이지 않고 바라보는 언덕 꼭대기 집이다.

할머니는 이야기에서 튀어나온 것 같은, 마을을 내려다보는 마녀다.

할머니는 정상이 아니다.

나는 정상이 아니다.

그리고 리키가 내 편이라는 건 착각이었다. 리키는 끔찍하다, 같이 있는 그 끔찍한 남자애들과 다를 바 없이. 우리가 친구가 될 수도 있겠다는 내 생각은 틀린 거였다.

마치 스포트라이트가 나를 비추는 것 같고, 눈이 따끔거리기 시작한다. 나는 제발 울지 말라고 나에게 빌며 바닥을 본다.

코너가 불편한 표정으로 리키와 나를 자꾸 번갈아 쳐다보다가 불쑥 말한다.

"맞다, 푸딩! 리키 너 젠슨한테 푸딩 있냐고 물어본다며…… 지금 물어봐."

"내가 갖다줄게."

내가 나선다. 탈출 핑계가 생겨 다행스럽다. 나는 빠르게 걷는다. 뒤에서 부르는 리키 목소리가 들리지만 난 그 아이들에게서 멀어지지 않고는 견딜 수 없다. 젠슨과 우리 언니 무리와 줄지은 책들을 지나 도서관 뒤 직원 휴게실로 들어간다.

직원 휴게실의 고요함이 안도감으로 들려온다. 포스터 속 고양이가 내게 조금만 버텨 보라고 한다.

나는 깊은숨을 들이쉬고 냉장고를 열어 초콜릿 푸딩을 꺼낸다. 그리고 가만히 멈춘다.

이건 웃기는 일이다. 리키가 나를 나쁘게 대했는데 나는 할머니나 나를 변호하지도 않은 데다가 이제는 리키가 먹을 푸딩까지 손수 갖다주고 있다.

내가 한심하다. 그야말로 '조아여'다운 행동이다.

그때 생각 하나가 불청객처럼 머리에 든다. 내가 품어서는 안 되는 생각이다. 마치 완전히 다른 곳에서 날아온 것 같은 생각이다. 하지만 내가 푸딩을 빤히 내려다보며 거기 서 있는 사이, 그 생각이 내 속에 진흙처럼 걸쭉하고 무겁게 자리 잡아 버린다.

31

결심을 다시 생각할 틈 없이, 나는 초콜릿 푸딩을 집어 들고 투명 인간으로 변한 다음 직원 휴게실 뒷문으로 나간다. 밖으로, 빗속으로.

빗물에 부드러운 진흙이 된 땅이 사실상 푸딩을 많이 닮았다.

나는 알루미늄 포일로 된 뚜껑을 조심스럽게, 아주 자세히 보지 않으면 열었다는 걸 모를 만큼 조금만 뜯는다. 그러고는 푸딩을 땅에 조금 버리고, 진흙을 떠 넣는다.

할머니는 생각 없는 말을 많이 한다는 이유로 우리 아빠에게 진흙을 먹였다. 그렇게 원한다면 리키 너에게도 저주를 걸어 줄 게. 나는 두 손을 푸딩 컵 위에 대고 나의 모든 기운을 집중시킨다. 우스운 짓 같으면서도 한편으론 커다란 힘을 지닌 기분이 든다.

나는 약하고 조용한 여자애가 아니다. 할머니를 위해 맞설 것이다. 나는 용감하다. 나는 믿는다.

푸딩을 노려보며 속으로 말한다. '예의를 지켜, 리키. 말하기

전에 생각을 해.' 그리고 덧붙인다. '배앓이도 해라.'

심장이 내 귀에서 요란법석을 떤다. 나는 이러다 젠슨이나 조에게 들켜 버릴 것도 같은데 주위를 둘러봐도 아무도 없다, 아니…… 없는 줄 알았다.

내 앞에 호랑이가 앉아 있다. 빗속에서 꼬리가 춤을 춘다.

나는 눈에서 빗물을 닦아 내며 묻는다.

"여기서 뭐 해?"

"왜, 호랑이는 도서관을 즐기면 안 되나? 도서관은 내가 아주 좋아하는 장소야."

나는 호랑이를 빤히 보다 묻는다.

"뭘 원해?"

호랑이가 한쪽 어깨를 으쓱하자 호랑이의 줄무늬들이 파도처럼 출렁인다.

"난 그냥 관찰하고 있단다. 너희들이 동물원에서 우리를 관찰하는 것처럼."

나는 푸딩을 든 손을 내리고 입속으로 들어가는 빗물을 아랑곳 않고 말한다.

"할머니가 오늘 목걸이도 잊어버리고, 우리 언니 하얀 머리카락도 잊어버리셨어."

"잊어버린 걸까, 아니면 기억하고 있었던 걸까?"

이제 수수께끼가 지긋지긋한 나는 호랑이를 노려본다.

"이야기 끝까지 가야지만……."

"끝에 가면 어떻게 되는데? 우리 할머니가 나아? 그 이야기들이 안 무서워져? 말해. 어떻게 되는지."

호랑이는 대답하지 않는다.

"다들 나한테는 숨기는 거 지긋지긋해. 내가 눈앞에 없는 것처럼 대하는 거. 나는 중요하지 않은 것처럼, 나는 아무것도 못하는 것처럼 대하는 거."

내 두 손에 쥔 푸딩이 떨린다.

"나 투명 인간 아니야. '조아여' 아니야."

나는 돌아서서 도서관 뒷문으로 걸어간다.

호랑이가 말한다.

"내가 널 잘못 봤네."

나는 멈추어 서지만, 돌아보지는 않는다. 목 뒷덜미에서 털이 곤두선다.

"이제 보니 너도 속에 호랑이가 있는 모양이야."

내가 돌아서서 마주 보자 호랑이는 바닥에 앉는다. 꼬리를 탁탁 치며 나를 쳐다본다.

잠시, 그 말이 거의 사실처럼 느껴진다. 내 자신이 맹렬하고 강한 것 같다. 천하무적 같다. 내 이빨이 칼날이 되고 내 손톱이 호랑이 발톱으로 변할 수 있는 것처럼. 내가 스스로를 위해 일어설 수 있고 누구도 감히 날 무시할 수 없는 것처럼.

하지만 나는 호랑이와 같지 않다. 이 호랑이는 악당이고 나는 영웅이기 때문이다. 리키의 무례함이건 할머니의 병이건, 나는 잘못된 것을 바로잡는다. 상황이 나아지게 한다. 남을 속이지도 않고, 나쁜 일들이 자꾸 일어나는데 '결말까지 기다리게' 하지도 않는다.

"나는 괴물 아니야. 내 일에 간섭 마."

쯧, 하고 혀를 차는 날카로운 소리.

"네가 원한다면야."

그리고 눈 깜짝할 사이에 호랑이는 없다. 나는 다시 혼자다. 빗속에서, 꼭 쥔 푸딩 컵만 가슴에 댄 채.

호랑이를 머리에서 떨어내고 다시 도서관으로 들어와 문에 기대어 서니 심장이 세차게 뛴다.

나는 그 호랑이 때문에 동요하지 않을 것이다. 내 결심을 다시 생각하지 않을 것이다.

나는 머리카락에서 빗물을 짜고 비옷에서 빗방울을 털고 종이 타월로 얼굴을 닦는다. 종이 타월을 또 한 장 뽑아서는 푸딩 컵을 닦고 은박 뚜껑을 매끈하게 편다. 내 솜씨에 스스로 놀란다. 누가 푸딩을 건드렸다는 티가 거의 안 난다.

나는 휴게실 서랍에서 플라스틱 숟가락을 챙겨서 리키와 아이들에게로 돌아간다. 호랑이는 사라졌고 초콜릿 진흙 푸딩이 내 손에 있으니 훨씬 좋아진 기분으로.

"야, 너 다 젖었네!"

이렇게 말하는 리키에게 나는 푸딩 컵과 숟가락을 건넨다. 애덤은 얼굴을 찌푸리고 묻는다.

"너 괜찮아?"

"그냥 바깥 공기 좀 쐬고 싶었어."

내 목소리에 숨은 긴장감을 리키는 눈치채지 못한다.

리키는 나를 믿는다.

리키는 숟가락을 들어 올리더니 아무런 눈치도 채지 못하고 은박지를 벗긴다.

이제서야, 나는 내 결정을 다시 생각한다. 최소한 배앓이 부분은 더하지 말 걸 그랬는지도 모르겠다.

하지만 나는 리키를 말리지 않는다. 리키가 그 푸딩을 한 숟가락 뜨는 걸, 입으로 가져가는 걸, 삼키는 걸 그냥 서서 본다.

그 순간이 영원으로 늘어진다.

"이 푸딩 뭔가 이상한데."

리키가 코를 찡그리며 말한다. 그러자 애덤은 충고한다.

"맛 이상하면 먹지 마."

"있어 봐."

리키가 한 숟가락을 더 떠먹고 고개를 끄덕인다.

"맞아, 맛 확실히 이상해."

나는 조금 어지럽다. 자리를 떠야 하지만 범인처럼 보일 테니 그럴 수 없다.

"안에 뭐가 든 것 같은데."

리키가 한 숟가락을 더 떠먹고 고개를 젓는다.

"뭔진 모르겠는데 말이야……."

이때 코너가 리키 손에서 푸딩을 낚아채어 직접 맛을 보더니 말한다.

"이상해. 확실히 이상해."

애덤은 푸딩을 보고 인상을 찌푸리며 말한다.

"이상한 것 같으면 먹지 말라니까. 농도가 좀 그러네. 똥 같기도 하고."

리키의 눈이 튀어나온다.

"나 똥 먹은 거야?"

도서관 저편에서 젠슨이 의아한 얼굴로 우리를 보고, 세 남자아이는 동시에 똥 이야기를 하기 시작한다.

"그냥 진흙이야!"

내가 불쑥 말한다.

아이들이 조용해져서 나를 멍하니 본다. 어쩔 줄 모르게 당황한 나는 투명 인간이 되려 해 보지만 모두가 나를 계속 쳐다본다.

나는 더 작아진 소리로 말한다.

"진흙일 뿐이야. 진흙은 그렇게 안 나빠."

아이들은 충격에 싸여 눈만 깜박거리고, 두려움과 놀라움이 섞인 표정으로 리키가 내게 속삭인다.

"너 나한테 '저주' 걸었네."

나는 이제 견딜 수 없다. 돌아서서 도서관에서 뛰쳐나가, 양쪽을 살피지도 않고 달려서 길을 건넌다.

뒤에서 쾅 하고 도서관 문 닫히는 소리가 나고 언니가 내 이름을 부르지만 나는 돌아보지 않는다. 멈추지 않는다. 계단을 한번에 세 칸씩 뛰어오르고 오르고 또 올라서 간다, 마녀의 집으로.

32

할머니 집 안으로 달려 들어와 거친 숨을 쉬다 보니 엄마가 부엌 찬장을 뒤지고 있다.

"너 쌀 못 봤어?"

엄마가 돌아보지도 않고 내게 묻는다.

"분명 쌀 한 봉지 큰 걸 봤는데, 아무리 찾아도 없어. 할머니 속 편할 만한 음식을 해야 하는데……."

내 뒤로 언니가 벌컥 문을 열고 들어온다. 눈을 커다랗게 뜨고, 역시 거친 숨을 몰아쉬며.

"너 무슨 짓 한 거야, 어? 나 아이가 없어서. 너 땜에 내가 얼마나 창피한 줄 알아?"

"나 때문에 '언니가' 창피해? 뭐든 자기 중심으로만 생각하지 좀 마!"

엄마가 가장자리가 빨간 눈으로 우릴 빤히 본다. 엄마가 울고 있었다는 것을 나는 깨닫는다.

"자자, 무슨 일이야?"

엄마의 물음에 나와 언니가 동시에 대답한다.

"아무것도 아냐."

"릴리가 어떤 애 푸딩에다가 진흙을 넣었어."

"언니!"

배신감이 날 후려친다. 자매는 비밀을 지킨다. 자매는 서로의 비밀을 지킨다.

엄마는 좀 더 듣고 싶어 하지만 언니와 나, 누구도 입을 열지 않는다. 결국 엄마는 묻는다.

"뭐라고?"

언니가 입술을 깨물고 내게 말한다.

"미안. 그냥 말이 나와 버려……."

언니의 말을 끊으며 엄마가 내게 묻는다.

"릴리, 샘 애기 무슨 소리냐니까? 어떤 애라니 누구?"

나는 언니를 노려본다. 언니가 제 말을 도로 가슴속으로 빨아들여 코르크 마개로 꽉 막을 수 있었으면 좋겠다.

하지만 이미 밖으로 나온 말을 나는 어떻게도 할 수 없다. 나는 작게 대답한다.

"리키야."

엄마가 멈칫한다. 얼굴이 창백해진다. 그리고 너무나 조용한 목소리로 말한다.

"샘, 할머니 오늘 몸이 안 좋으셔. 네 견과 크래커 좀 가져다 드리면 어떨까? 릴리하고 나하고 둘이 이야기 좀 하게."

나와 눈을 마주치려 애쓰는 언니를 나는 쳐다보지 않는다.

249

언니가 크래커를 챙겨서 할머니 방으로 들어간다.

나는 엄마와 단둘이 남았고 엄마는 매우 화가 나 있다.

엄마가 화난 모습을 처음 보는 것은 아니지만, 그 화의 대상은 언제나 언니다. 나는 문제를 일으키지 않는 아이다. 엄마가 내게 화를 내는 법은 없다.

"도대체 무슨 생각으로 그랬어? 뭐에 씌었니?"

나는 대답하지 않는다. 어디서부터 말해야 할지 알 수도 없다.

"아냐, 아냐. 됐다. 진흙을 넣는다는 발상이 어디서 온 건지 내가 정확히 아니까. 내가 눈치 못 챌 거라고 생각하지 마. 아, 세상에…… 내가 어쩌다 일을 이 지경으로 만들어 버렸을까?"

다들 그 일을 자기 일로 만들고 있는 것이 너무 싫다. 그 일을 한 사람은 난데, 모두가 나를 지워 버린다.

"잘못된 걸 봤기 때문에 바로잡으려고 한 거야."

"알았다. 그런데 릴리, 친구한테 진흙 먹이는 것도 아주 잘못된 거야."

엄마가 긴 숨을 내뱉는다.

"요즘 너 힘들었던 거 엄마도 알아. 그래도 네가 이렇게 함부로 행동할 거라곤 생각도 못 했다. 네 언니나 할 법한 짓이잖아, 이건."

'샘과 릴리'에 관한 엄마 판단이 그리 정확하지 않을지도 모른다고 말해 주고 싶다. 엄마가 아는 이야기에서 언니는 늘 함부로 행동하는 아이, 나는 늘 투명 인간이다.

하지만 온 세상 화를 언니만 낼 수 있는 것은 아닐 테다. 그리고 어쩌면 나는 투명 인간이기를 '원하지' 않을 것이다.

"릴리, 너 속상한 거 이해는 해. 그런데 이건 '진짜 너' 아니잖아."

아니, 진짜 나다.

나는 변했다. 어쩌면 정말로 그 별들의 이야기 때문에 내가 변했는지도 모른다. 아니면 나 스스로 변했거나. 그건 짜릿한 동시에 두려운 일이다.

엄마가 두 손으로 자신의 얼굴을 비빈다.

"리키네 아빠가 나한테 일자리를 제안했어. 오늘 아침에 너한테 말하려던 게 그거야."

나는 숨을 들이쉬며 놀란다.

"뭐?"

"그 애 아빠가……"

엄마가 한숨을 쉬고 나서야 말을 잇는다.

"……내가 전에 대화 중에 일자리 구하고 있다는 말을 했더니 자기 제지 공장에 회계 담당자 자리가 났다며 전화를 했어. 그게 참…… 일자리가 생겨서 정말 안도했는데 말이야……. 뭐, 여기서 그게 초점은 아니지."

이제 나는 죄책감이 든다. 하지만 몰랐던 일이다. 내 잘못이 아니다. 그리고 리키네 아빠는 '내가' 한 일로 '엄마를' 해고하진 않을 것이다.

"어쨌든 간에, 너 그 애한테 사과해야 돼. 너도 알지?"

캘리포니아의 릴리였다면 그저 고개를 끄덕이고 하라는 대로 했을 것이다. 하지만 나는 이제 그저 명령을 따르지 않는다. 누구도 내게 명령할 수 없다. 호랑이조차도.

"엄마, 걔가 우리 할머니 얘기를 나쁘게 했단 말이야! 걔 말하는 거 엄마는 못 들었잖아. 걔랑 걔 친구들이 우리 할머니를 마녀라고 했어. 미쳤다고, 무섭다고 했어. 그게 정말 나쁜 거야, 진흙이 나쁜 게 아니라."

엄마가 나를 식탁으로 데려가서는 함께 앉는다. 아직도 가느다란 일자로 꼭 다문 엄마 입술이 창백하다. 엄마 얼굴과 목은 아직도 열이 올라 붉다. 하지만 엄마 눈 속의 화가 어느 정도는 빠져나가고 있다.

"릴리, 엄마 말 들어 봐. 직접 들은 건 아니지만 그 애들이 어떤 식으로 말했을지 나도 아주 잘 알아. 나도 크면서 '내내' 그런 소리 들었으니까. 할머니는 특이하고 이상한 분이시고, 세상 모두가 그런 할머니 개성을 이해하는 건 아니야."

손톱을 식탁에 쓰르륵 긁으며 나는 말한다.

"특이한 거나 이상한 건 나쁜 게 아니야."

엄마는 한숨을 쉬고 말한다.

"나도 알지. 너도 알고. 그런데 다른 사람들이 늘 그렇게 친절한 건 아니라는 거지. 그러기가 어렵고, 특히 지금은. 할머니 위하는 일은 할머니와 함께 있는 거, 초점을 할머니한테 맞추는 거지 누구 푸딩에 진흙 넣고 그러는 게 아니야. 그런 일 할 땐 할머니가 아니라 할머니를 이해 못 하는 사람들한테 더 기운을 쓰게 되잖아."

그 순간에는 내 행동이 옳다고 느꼈다. 할머니를 지키는 일이라고. 하지만 엄마의 이야기를 들으니 내가 잘못한 것 같다. 오히려 내 행동에 할머니가 다친 것 같다.

마치 진흙 푸딩을 먹은 사람이 나인 듯 배가 뒤틀린다.

두 손으로 자기 얼굴을 쓸어내린 엄마는 예민한 숨을 내쉰다.

어째서인지 조가 한 말이 떠오른다. 물이 가만 멈춰 있는 조용한 순간들이면, 우리 스스로를 비춰 볼 수도 있다는 말.

"엄마는 할머니가 엄마라서 부끄러웠던 적 있어?"

내 입에서 빠르게 흘러나온 질문이다. 거의 호랑이와 대화할 때만큼이나 세게 심장이 뛴다. 질문을 하는 것이 야수를 마주하는 것만큼이나 무서운 일 같다.

"할머니 때문에 창피하다고 느낀 적 있었냐고, 어릴 때."

엄마가 부드러워진다.

"당연히 있었지. 누구든 가족 때문에 부끄럽다고 느낄 때가 있을 거야. 그런데, 그 부끄러움에 비교가 안 될 만큼 자랑스러움도 많이 느꼈지. 네 할머니 참 대단한 분이시니까. 안 그래?"

나는 고개를 끄덕인다. 조가 한 다른 말이 생각난다. 처음 만났을 때 한 말.

"도서관의 조가 나한테 그러셨어. 엄마하고 할머니 사이가 아주 좋았다고."

나는 식탁의 벗겨지는 보라색 페인트를 긁는다.

"그런데 지금 사이는 왜 그래? 무슨 일이 있었던 거야?"

"나쁜 일 같은 건 없었어. 우린 지금도 사이 좋아."

하지만 우리 둘 다 그게 거짓말이란 걸 알기 때문에, 엄마는 이렇게 고쳐 말한다.

"난 지금도 너희 할머니 '사랑'해."

엄마는 손끝으로 자신의 무릎을 두드리며 말한다.

"너희 할머니 일을 참 많이 하셨어, 나 어릴 때. 우리가 여기로 이사 오고 나서 이상한 일자리를 많이 구하셨지. 사람들이 필요로 하는 일들을 찾고는 그 일을 하는 방법을 알아내시곤 했어. 나는 그런 엄말 돕고 싶었고. 그래서 같이 있었어. 나는 엄마를 졸졸 따라다니면서 통역도 해 주고 모든 말을 영어로 옮겨 적어 주기도 하는 작은 조수였어."

엄마가 그렇게 할머니를 따라다니는 모습이 상상되지 않는다. 아니 사실, 엄마의 어린 모습이 전혀 상상되지 않는다. 그때 엄마는 어떤 아이였을까? 엄마도 '조용한 아시아 여자애'였을까? 만약 그랬다면, 엄만 어떻게 해서 바뀔 수 있었을까?

"너희 할머닌 자기에게 벽이 둘러쳐진 세상에서 삶을 꾸리는 데 성공하셨어. 하지만 늘 아주 바쁘셨지. 날 홀로 키우셨으니까 바쁠 수밖에 없었어. 난 그 부분이 가장 힘들었어. 우리 엄마가 나한테는 시간을 못 낼 때가 많다는 게."

할머니는 내가 투명 인간이 아니라고 느끼게 해 주는 유일한 사람인데, 엄마한테는 잊힌 기분을 느끼게 했다니. 어떻게 그럴 수 있을까? 어떻게 한 사람이 그렇게 반대되는 두 가지 일을 할 수 있을까?

"그러다가 무슨 일이 있었는데?"

내 목소리가 갈라진다. 다음 이야기가 두렵다.

하지만 엄마는 고개를 젓고 말한다.

"나쁜 일은 없었어, 릴리. 할머니 이야기 속처럼 마법 같거나 흥미롭거나 한 일도 없었고. 그냥…… 현실이었어. 어렸던 내가 자란 거야."

나는 자라서 그렇게 되고 싶지 않다. 멀어져 버리거나 떠나 버리고 싶지 않다. 나는 두 무릎을 가슴에 끌어안는다.

"릴리, 나랑 할머니 관계는 끝난 게 아냐. 변했을 뿐이지."

"나는 뭐든 안 변했으면 좋겠어."

엄마가 내가 꼭 이해했으면 좋겠다는 듯 나를 골똘히 쳐다본다.

"릴리, 모든 게 변해. 그건 정상이야. 우리 사이가 변했다고 해도 내가 네 할머니를 그만 사랑한 적은 없어. 그래서 우리가 여기 살러 온 거야. 내가 우리 엄마를 아주 많이 사랑하니까. 우리 모두가 할머니를 사랑하고. 그리고 할머니가 병 때문에 잠깐씩 보이시는 행동들이 무서울 수 있다는 거 알지만, 할머니도 너희 사랑하셔. 그 잠깐씩의 낯선 모습들, 할머니가 아니고 할머니 병이야."

진흙이 다시 생각나 가슴속 부끄러움의 구덩이가 커진다.

"나 할머니가 실망하실 만한 일을 했네."

"나도 그랬어."

엄마의 목소리가 빗소리에 거의 묻힐 만큼 조용하다.

"그래도 우리 최선을 다하고 있잖아, 릴리. 그게 중요한 거야. 우리 모두 최선을 다하고 있어."

33

엄마 말대로 리키에게 사과하기로 했지만 반성의 시간부터 주어져, 사과는 내일 할 일이 되었다.

오늘 밤 할 일: "무슨 말 할 건지 생각해 봐.", "잠 좀 자.", "좀 쉬어."

어려운 일이 아닐 것이다. 막 밤이 내려앉았는데 벌써 너무 피곤하니까.

다락방에 오니 언니가 나를 기다리고 있다.

귀가 푹 파묻히는 헤드폰을 쓰고 침대에 책상다리로 앉아 있던 언니는 나를 보자마자 헤드폰을 벗어 던지고 말한다.

"일러바칠 뜻은 없었어."

나는 언니를 그냥 지나쳐서 내 침대에 털썩 눕는다.

"그래도 너, 솔직히 말도 안 되는 행동을 하긴 했어. 도대체 왜 그런 짓을 한 거야?"

나는 대답하지 않고 눈을 감아 버린다. 조금 있으면 호랑이를 만나야 하지만 지금은 내 침대가 따뜻하고 편안하다.

"릴리?"

언니가 포기하지 않고 몸을 내밀며 묻는다. 그 목소리에 두려움과 당황스러움 같은 것이 있다.

"너 왜 이래? 대답을 해. 내가 미안하다고 하잖아. 왜 대답을 안 해?"

나는 언니가 된 것처럼 해 본다. 헤드폰에 귀가 막힌 척, 빛나는 화면만 보며 주변 세상을 다 무시하는 척해 본다. 대답하지 않아 본다.

비밀을 지키리라 믿지 못할 사람에게는 한 톨의 비밀도 말할 생각이 없다.

나는 침대에서 몸을 웅크리고 머리 끝까지 담요를 덮는다.

옛날 옛날, 호랑이가 사람처럼 걷던 시절에 두 자매가 있었다…….

언니가 날 선 숨을 내뱉는다.

"너 진짜 나하고는 말도 안 할 거라 이거야?"

두 자매는 서로를 사랑했다, 세상 그 무엇보다도. 떡보다도. 땅보다도. 별보다도.

언니는 말한다.

"진흙 밀크셰이크를 먹인다고 걔가 진중해지거나 그러는 거 아니야. '마법'이란 건 없어. 진짜로. 어린애도 아니고 계속 그런 걸 다 믿어선 안 돼."

이불 속에 묻혀서 나는 퀼트 이불에 난 조그만 구멍들을 쳐다본다. 마치 별처럼 보이는 그것들 중 하나에다 소원을 빌어 본

257

다. 언니가 입을 좀 닫았으면 좋겠다고.

하지만 말을 쏟아 내기 시작한 언니의 입은 내가 아무리 소원을 빌어도 닫히지 않을 것 같다.

"넌 이게 다 '네' 일인 것 같지? 너 혼자만 속상한 것 같지? 나도 이 상황 싫어. 여기가 싫고. 할머니가 자기 인생도 잊어버리고 우리도 잊어버리는 걸 보고 있는 게 싫어. 할머니가 '죽어가는' 걸 우리가 보는 게 싫다고."

빠르게 말을 토한 언니는 숨을 한 번 쉰다.

"뭐, 어쩌겠어. 난 그냥 끝났으면 좋겠어. 어서 끝나 버렸으면 좋겠다고."

방 온도가 10,000도는 낮아진다.

내 심장이 마구 버벅대고 나는 덮었던 이불을 걷어 낸다.

"그 말 취소해. 취소하고 나무 두드려."

언니가 마치 깨진 유리처럼 거친 목소리로 대꾸한다.

"나 이제 그런 거 안 믿어."

"그래도 해. 어떻게 그런 말을 할 수가 있어?"

언니는 대답하지 않는다. 마른침을 삼키는 얼굴이 자신 없어 보이기도 한다, 마치 자신이 잘못했음을 아는 것처럼.

하지만 어깨를 으쓱하고 몸을 돌리더니, 언니는 이불 속으로 사라져 버린다.

***

언니가 잠들 때까지 숨만 세게 쉬며 가만히 기다리는 시간이 마치 몇 시간처럼 길게 느껴진다.

마침내 언니의 코 고는 소리가 때를 알리고, 나는 세 번째 유리 단지를 호랑이에게 전하러 살금살금 아래로 내려간다. 언니는 믿지 않을지 몰라도, 나는 믿는다.

그런데 문을 열고 끼익거리는 계단을 내려가 보아도 텅 빈 지하실뿐이다.

호랑이가 없다.

그곳은 그저 좁다란 창문으로 달빛이 들어오고 오래된 상자들이 가득한, 먼지 쌓인 지하실일 뿐이다.

"어디 있어?"

속삭여 불러도 대답이 없다. 오늘 밤 마법의 흔적은 없다.

호랑이는 할머니를 도울 수 있는 시간이 얼마 없다고 해 놓고 날 만나러 오지 않았고, 나는 그 이유를 모른다. 아니, 그 이유가…… 기억이 난다.

내가 호랑이에게 내 일에 간섭 말라고 했고, 호랑이는 내가 원하는 대로 하겠다고 했다.

하지만 난 영영 그러라는 말이 아니었다. 이제 호랑이는 없고, 나는 원한 것을 취소하는 법을 모른다.

34

잠에서 깨자 호랑이처럼 무거운 걱정이 가슴에 얹혀 있다.

지하실에서 거의 한 시간을 기다렸지만 호랑이는 결국 나타
나지 않았고, 내 심장 밑에도 신호가 오지 않았다. 호랑이가 짜
증을 내며 나를 기다린다는 걸 알 수 있는 그 불안한 느낌이 말
이다.

호랑이가 내 말에 화가 났다면, 가 버리란 내 말 때문에 지하
실에 안 온다면, 내가 호랑이를 찾으러 가야 한다. 호랑이를 다
시 만나, 이야기의 결말에 이르러야 한다. 더 많은 '대가'를 치르
기 전에. 가장 나쁜 대가를 치르기 전에.

나는 아침 내내 그 생각뿐이지만, 아침을 먹고 나자 엄마가
옷을 갈아입으라고 한다. 사과하러 갈 시간이라고.

"사과하고 나면 기분이 나을 거야."

그 말이 맞겠지만 나의 준비 시간은 자꾸만 길어진다. 양치
질을 5분은 하고, 머리카락을 땋았다 풀었다 또 땋고.

미안하다는 말을 하고 싶지 않은 것은 아니다. 다만 하필 지금 해야 하는 것이 어렵다, 다른 생각을 할 시간도 모자라는 지금. 아래층으로 내려가기 전에 나는 쑥 한 조각을 새로 뜯어 주머니에 넣는다. 그게 호랑이를 쫓아 주지는 못했지만, 어색한 대화로부터는 나를 지켜 줄지도 모른다.

그리고 위장 무늬 실크해트를 서랍장에서 꺼낸다. 리키에게 돌려주어야 한다.

그 모자를 두 손에 쥐고 가슴속 슬픔을 무시하려 애써 본다. 무언가가 변해 버렸으며 다시는 되돌아갈 수 없다는 기분을.

엄마가 리키네 집으로 차를 몬다.

"지금 해야 해, 릴리. 일을 나중으로 미루면 끝내 안 하게 돼. 더 어려워지고 더 겁나고, 그러다 어느 날 시간이 다 가 버렸구나 깨닫는 거지."

나는 대답을 하지 않고, 무심결에 주머니에 손을 넣어 쑥을 만지작거린다. 그 바스락거림에 마음이 조금은 편해진다.

엄마가 흘깃 보고는 묻는다.

"무슨 소리야?"

나는 그대로 멈춘다. 모르긴 하지만, 할머니 것 대부분에 대한 엄마 반응을 생각하면 그 쑥 역시 엄마가 반기진 않을 것 같다.

"아무것도 아냐."

엄마는 두 눈이 가늘어진다.

"릴리, 주머니에 든 거 보여 줘."

싸울 가치는 없다고 판단한 나는 그냥 쑥을 꺼내어 손바닥을 펼친다. 엄마가 얼굴을 찌푸리고 묻는다.

"그거 쑥이야?"

"응."

엄마는 다시 길을 보며 한숨을 쉰다.

"할머니 거 같네. 맞지?"

엄마의 목소리에 경고가 담겨 있어도 나는 대답한다.

"맞아."

"그거 할머니가 복용하시는 약초야. 메스꺼움에 좋은데, 그 약초가 유독 생생한 꿈이나 악몽을 일으킨다고 보는 사람들도 있어. 물론 확실한 근거가 있는 얘긴 아니고 위험한 것도 아니지만, 넌 스트레스 받을 일 더 안 만드는 게 좋잖아."

"으응."

나는 손바닥 위 마른 약초를 다시 내려다본다. 나는 아무 꿈도 꾸지 않았다. 그 호랑이가 다 꿈이었다면 모를까…….

아니다. 호랑이는 진짜였다. 내가 안다.

"난 괜찮아. 할머니가 이게 날 보호해 줄 거라고 하셨어."

엄마는 입술을 오므린다. 언쟁을 할지 기운을 아낄지 결정하는 표정이다.

"알았어. 그냥 조심해. 먹거나 그러지만 말고."

그리고 엄마는 말한다.

"다 왔다."

차를 댄 후 우리는 근사한 떨기나무들을 지나 근사한 초인종을 누르고, 리키의 근사한 아버지를 마주한다.

"존, 반갑습니다. '또' 뵙네요."

리키 아버지의 인사에 엄마는 괴로운 표정을 한다.

나는 정말 정말 그와 대화하고 싶지 않지만, 무언가 잘못되었다면 바로잡아야 한다. 그것도 나 때문에 잘못되었다면.

"엄마 잘못 아니에요. 엄마는 일할 때 아주 성실하시고……이상한 행동 같은 건 안 하세요."

엄마가 나를 안아 주고 싶은지 아니면 근처에 있는 노란 꽃나무 수풀 뒤로 달려가 숨고 싶은지 헷갈리는 표정이다.

거의 미소에 가까운 표정으로, 리키 아버지가 말한다.

"내가 보기에도 그래서. 이상한 아이를 키운다는 게 어떤 일인지 나도 잘 알지."

여기에 대답할 말은 떠오르지 않지만, 나는 잘되었다고 생각하기로 한다.

"이상한 아이 얘기가 나왔으니 말인데……."

리키 아빠가 집 안을 향해 외친다.

"리키, 네 친구 네 소굴로 데려가라."

'네 친구 네 소굴로 데려가라.'는 약간 범죄 영화 대사 같지만, 그 말에 나타난 리키는 무안해 보인다. 까만색 평범한 야구모자를 쓴 그 모습이 내가 본 리키 모습 중에서 가장 평범하다.

나에게 자신 없게 손을 흔들더니, 리키는 나를 여러 거실 중에서도 파란색이 주제 색인 거실로 데려간다. 빨간 거실과 기본적으로 같지만 몇 도쯤 온도가 낮다. 으스스 몸이 떨린다.

리키가 소파에 앉아서 나도 그 소파의 반대편 가장자리에 앉는다. 쿠션이 울퉁불퉁 단단하고, 나는 꼭 어깨를 뒤로 젖히고 바른 자세로 앉아야 할 것 같다.

"여기 네 모자."

나는 리키에게 실크해트를 건넨다. 리키는 눈을 마주치지 않은 채 모자를 받아 우리 둘 사이에 둔다.

"고마워."

리키가 발가락 하나로 러그를 파고, 천장을 보았다가 다시 볼 만한 것 하나 없는 바닥을 내려다본다.

나는 몇 번이나 목을 가다듬는다.

부모가 억지로 시킨 소통만큼 어색한 것도 없다. 내 스스로 사과를 하러 왔더라면 괜찮았을 것이다. 하지만 이건 이상하다.

어색한 침묵에서 바쁜 침묵까지를 나눈 등급 중에서 지금은 '사라져 버리고 싶을 정도'로 나쁜 침묵이다.

나는 애써 내뱉어 본다.

"진흙, 미안해."

리키가 큰 날숨을 쉬고 대답한다.

"나도 미안해. 우리가 너희 '하모니'를 그렇게 말한 거."

나는 알아들을 수 없어서 리키를 빤히 쳐다본다.

"할머니를 너처럼 한국말로 한 거야. 네가 좀 더 편안하게 느꼈으면 해서. 네가 싫으면 안 할게. 네가 뭘 원하는지 몰라서. 어떻게 했으면 좋겠어?"

"아, 그래? '하모니'가 아니라 '할-머-니'라고 발음해야 해. 그런데 응, 한국말로 불러도 돼. 너 좋을 대로 해."

리키가 사과할 줄은 몰랐던 나는 이제 어떻게 해야 할지 모르겠다.

리키가 마른침을 삼키더니 말한다.

"너희 문화를 함부로 평가하고 나와 다른 생각에 대해서 관용적이지 못해서 미안해. 내가 적대적인 환경을 만들었고, 그리고……."

마치 대사를 기억해 내려는 것처럼 인상을 쓰다가 리키는 한숨을 내쉬고 무너진다. 괴로운 얼굴로 나를 본다.

"정말 미안해. 내 친구들이랑 내가 가끔씩 좀 형편없어. 우리 아빠도 확실히 그렇게 생각하고. 학교 선생님들도. 그리고…… 다들 그렇게 생각해."

나는 입술을 깨문다. 리키 아빠는 마트에서 본 것보다는 나은 사람 같다. 그래도 리키가 그렇게 느낀다는 것은 슬프다.

리키는 큰 숨을 쉬고는 말한다.

"그런데 우리, 정말로 너희 '헐-머니' 멋지시다고 생각해. 동네 사람들 다 그렇게 생각하고. 그리고 편찮으신 거 정말 마음 아파. 그걸 내가 말해 버린 것도 정말 미안하고. 내 뇌는 말하지 말아야 한다는 걸 아는데 내 입이 맘대로 말을 막 할 때가 있어."

나는 미소를 지을 수밖에 없다.

"고마워."

나는 말한다. 그런 말을 얼마나 듣고 싶었는지 지금에서야 깨달으면서. 리키가 우리 할머니를 괴상하다거나 무섭다는 식으로 여기지 않는다는 사실에 이렇게 마음이 놓일 줄이야.

"나는 너 형편없는 애라고 생각 안 해, 리키. 그리고 너한테 진흙 먹인 거 잘못했어."

이 말은 대체로 진심이다. 하지만 마법의 주문에 관한 할머니의 말이 맞는다면, 그 진흙이 리키에게 나쁘지만은 않을지도 모른다.

리키가 어깨를 으쓱하더니 말한다.

"진흙에 비타민 들었을걸. 난 더한 것도 먹어 봤어."

"아, 그래?"

"벌레. 딱 한 번이지만. 그리고 한 번은 초콜릿 코팅된 건포도인 줄 알고 먹었는데 확실히 그게 아니었어. 뭐였는지는 아직 모르는데…… 뭐, 그랬다고."

나는 농담일까 해서 기다려 보지만 리키는 진지하다. 나는 웃음을 참으며 말한다.

"그래도…… 미안해. 나답지 않았어."

그리고 나는 고쳐 말한다.

"아니, 어쩌면 나다운 건지도 몰라. 그런데 지금까지는 나도 그걸 몰랐어."

"괜찮아. 우리 이제 사과 그만하자. 사과는 어색해."

나는 내 땋은 머리 한 가닥을 당기며 묻는다.

"네 친구들 나 싫어해?"

리키가 웃음을 내뱉더니 대답한다.

"걔네 네가 완전 멋지다고 생각해. 계속 너를 '그 마녀 여자애'라고 불러. 근데 절대 나쁜 뜻 아니고. 그런 일을 할 수 있는 사람이라면 알고 지낼 가치가 있다고 생각한다니까."

리키를 슬쩍 보니 나를 빤히 보다가 얼른 눈을 피한다. 리키의 뺨이 울긋불긋해진다.

이 순간, 나는 내가 투명 인간 같지 않다.

하지만 난 남의 푸딩에 진흙을 넣은 아이로 알려지고 싶지도 않다. 투명 인간이 아니면서도 좋은 사람일 방법이 있을까?

"학교 가면 다들 날 그 일로 기억할까?"

내가 묻자 리키는 고개를 갸웃하며 생각한다.

"뭐…… 그렇겠지. 그래도 다음 큰일이 있을 때까지만일걸."

그리고 잠시 후, 리키가 덧붙인다.

"네가 할머니를 위해서 뭔가 한다는 게 좋은 것 같아."

리키는 아직도 한국어로 '할머니'를 틀리게 발음한다. '헤일-머니'에 가깝게. 하지만 노력하고 있고, 난 그게 고맙다.

제 발을 가만히 내려다보던 리키는 말한다.

"나도 우리 엄마 위해서 뭔가를 더 했으면 좋았을 것 같아."

아. 리키가 과거형으로 표현하던 그 엄마. 전에는 내가 모른 척 넘어가는 게 리키를 위하는 일 같았다. 하지만 지금, 어쩌면 대화를 해 보는 것이 좋겠다는 생각이 든다.

"혹시 너희 어머니……."

"울 엄마 안 죽었어. 떠났지. 작년에. 그 후로는 우리한테 소식 없고."

어떤 면에서는 그게 더욱 나쁠까? 우리 아빠가 그냥 어딘가로 떠난 거였다면, 사고가 난 게 아니라 그저 차를 몰고 또 몰아서 결코 우리에게로 되돌아오지 않은 거였다면 내 기분은 나았을까, 아니면 더 힘들었을까? 하면 안 되는 생각 같지만 드는 것을 어쩔 수 없다. 내가 리키의 삶을 살았더라면 지금쯤 다른 아이가 되었을지도 모른다는 생각에 기분이 묘하다. 다른 삶을 살았더라면 나는 지금의 나와 얼마나 다르고, 또 얼마나 같았을까?

리키가 말한다.

"그런데 내 생각엔…… 어쩌면…… 내가 더 노력해서 우리랑

267

더 같이 있고 싶게끔 했더라면 엄마는 안 떠났을지도 몰라. 엄마는 집에 있는 엄마였는데 내 숙제랑 그런 걸 늘 도와줬어. 그런데 최근 몇 년 동안에 내가 성적이 좀 나아졌거든. 그래서 엄마 도움이 별로 안 필요하게 되니까, 엄마랑 뭘 같이 하는 시간이 그만큼 줄어들더라고. 어쩌면 엄마는 내가 자기 없이도 괜찮다고 생각했을지도 몰라."

"리키…… 많이 속상했겠다."

시험을 망치려고 작정이라도 한 것 같던 리키의 행동이 갑자기 다 이해가 된다.

리키가 어깨를 으쓱하고 말한다.

"위로 안 해도 돼. 다들 나한테 괜히 미안해하고 그러는데, 다른 사람이 어쩔 수 없는 일이잖아."

나는 말한다.

"음…… 내가 다 아는 건 아니지만, 사람이 꼭 자기 안에 갇힌 것 같은 기분이 들어서 떠날 수밖에 없을 때도 있다는 건 알아. 그것도 그 사람 일부고, 받아들일 수밖에 없는 것 같아."

나는 그 호랑이 여인과 딸을 생각한다. 우리 엄마와 우리 언니, 우리 할머니를 생각한다. 그리고 떨리지 않는 목소리로 말할 자신이 없지만, 그냥 말한다.

"내 맘 같아선 아무리 계속 함께 있고 싶어도, 누군가를 그냥 보내 주어야 할 때도 있는 것 같아."

슬퍼 보이지만, 리키는 진짜 미소를 지어 보이고 말한다.

"그걸 이해하는 친구 처음 만나 봐."

"나도. 위로가 되네."

그리고 이해라는 말이 나온 김에 나는 묻는다.

"혹시 너, 네 일부분들이 너도 잘 모르는 방향으로 변하고 있다는 느낌 받은 적 있어?"

리키가 짓는 표정을 보니 내 얘기가 끔찍하게도 '사춘기의 신체 변화' 얘기처럼 들렸다는 걸 알겠다. 나는 얼른 부연 설명을 한다.

"아, 그게 아니라…… 그러니까, 더는 내가 어떤 사람인지 잘 모르겠고 그런 거. 내가 진짜 어떤 사람인지 알고 싶은데 알아낼 방법을 모르겠고…… 만약 알아냈는데 그 답이 싫으면 어쩌나 겁나고, 그런 거."

리키가 목을 가다듬고 말한다.

"어, 심오한 질문이네. 모르겠어. 나는 아직 그런 걸 알아내야겠단 생각 안 들던데. 그런 건 한 서른 살 중년의 위기 때나 느끼는 거잖아."

속에서 민망함이 솟는데도 나는 "그렇지."라고 대답한다. 내 얘기는 얼마나 이상한 소리로 들렸을까?

리키가 어깨를 으쓱하더니 말한다.

"그런데 그거 내가 보는 만화책이랑 좀 비슷한 것 같아. 슈퍼히어로들이 원래는 그냥 평범했는데 어느 날 갑자기 막 세상이 필요로 하는 존재가 되거든. 그래서 능력도 엄청나고 멋진 슈퍼히어로 복장도 입고 그러면서도 속으로는 계속 나는 누구인가, 하고 고민해. 계속 겁내고."

땋아 내린 가닥에서 빠져나온 머리카락을 귀 뒤로 넘기며 나는 묻는다.

"그래서 그 영웅들은 어떻게 하는데?"

리키가 어깨를 으쓱하고 대답한다.

"마음의 준비가 안 됐어도 그냥 할 일 해. 세상 구해. 그렇게 하면서 더 강해지고 점점 자기가 누구인지 깨달아."

나는 고개를 끄덕인다. 초능력 영웅들조차도 방황을 한다는 게 위로가 된다. 하지만 생각해 보면 그들은 세상을 구한다. 슈퍼히어로다.

리키가 말한다.

"자기가 어떤 사람인지는 그렇게 알아내는 것 같아. 내가 안 하던 일, 용감한 일을 하면서. 그다지 '나 같지 않은' 상황에서 '나'를 발견하는 거지. 말 돼?"

"되는 것 같아."

리키가 빙그레 웃는다.

"그런데 어차피 그런 거 우리한텐 안 중요해. 뭐, '삶의 의미' 같은 거 꼭 걱정할 필요 없잖아. 내가 먹을 푸딩 안에 뭐가 들었나만 걱정하면 되지."

나는 소리 내어 웃는다. 너무 많은 시간을 걱정하며 보내고 나니 두려워하지 않는 사람과 함께 있는 기분이 좋다. 좋은 일이 일어난다고 믿는 사람.

"잠깐만. 나 물어볼 거 하나 더 있어, 리키. 가상의 호랑이 덫에 호랑이가 안 잡히면 다음으론 어떤 방법을 써야 할까?"

리키 두 눈썹이 휙 올라간다.

"네가 생고기는 안 쓰겠다고 말한 거 알지만 그래도 내 말 끝까지 들어 봐."

"으아."

나는 웃음을 참고 리키는 설명을 계속한다.

"현실적으로 생고기는 몇 시간 지나면 냄새가 고약해지기 시작하지. 그리고 현실적으로 그 고기에 호랑이가 아니라 쥐나 미국너구리 같은 다른 생명체가 꼬일 수 있고. 다 사실이야. 하지만 가상의 호랑이 덫을 좀 더 제대로 만들기 위해서 감수할 수 있지는 않을까? 어쩌면. 아마도. 그래, 그래, 감수할 만해. 난 그렇게 생각해."

하지만 나는 이미 별이 든 단지라는 미끼를 사용해 보았다.

"난 미끼가 답이라고 생각하진 않아."

리키가 눈이 가늘어지더니 말한다.

"저기, 나 여기서 '가상'이라는 대목이 상당히 의심스러워지기 시작하거든. 진짜 호랑이 있는 거면 나한테 말해 줘야 하는 거 알지? 친구 사이에 진짜 호랑이 있는데도 말 안 해 주고 그러는 거 아니야."

"하, 그래. 그런데 정말 그런 거 아니야, 유감스럽지만."

나는 미소를 짓고, 리키는 실망의 한숨을 내뱉는다.

"덫을 다른 데 놔 봐도 좋을 것 같아. 왜냐하면 솔직히⋯⋯ 기분 나쁘게 듣진 마. 호랑이가⋯⋯ 우연히 너네 지하실로 걸어 들어갈 확률은 낮잖아. 우리 증조할아버지만 해도 시베리아 황무지로 크게 사냥 여행을 떠나시고 그랬대. 호랑이들이 거기 있으니까."

나는 고개를 끄덕이며 생각한다.

"물론 네가 시베리아에 가야 한다거나 그런 얘긴 아니고. 그래도 혹시라도 가면, 나 데리고 가야 된다."

　나는 리키에게 웃어 보이며 답한다.

　"알았어, 데려갈게. 약속해."

　리키의 미소가 거실을 다 채운다.

　"우린 아주 많은 모험을 할 거야, 초능력 호랑이 소녀."

35

호랑이는 없다.

내가 한밤중에 내려와서 서 있는 지하실은 이번에도 텅 비었다.

"어디 있어?"

속삭여 묻지만 돌아오는 답은 없다.

마지막 유리 단지를 두 손에 쥐고 있는데, 이걸 어떻게 해야 하는지 모른다. 이제 거의 다 왔는데, 호랑이가 없으면 난 할머니를 구할 수 없고 호랑이는 없어졌다.

이야기란 이렇게 영웅이 모든 것을 해결하기 직전에 끝나지 않는다.

이런 법이 어디 있나.

리키 말대로 호랑이가 있는 데로 가는 것도 생각해 보지만, 거기가 대체 어딘데? 이 호랑이는 말 그대로 우리 집으로 걸어 들어왔다. 우리 집 말고는 있을 만한 장소를 생각해 낼 수가 없다.

답답한 기분으로 지하실에서 올라온 나는 화장실 앞을 숨죽여 지나가다 귀에 익은 소리에 그대로 멈춘다.

마치 천둥이 으르렁거리는 것 같은 소리.

화장실 문을 밀어젖히자 그 안에 할머니가 있다. 할머니가 또 구토를 한 것이다. 하지만 할머니는 물을 내리고 변기 뚜껑을 닫은 후 그 위에 앉는다.

"이리 와."

나는 할머니 말을 따른다. 별이 든 단지를 바닥에 놓고 할머니 옆 욕조에 걸터앉는다.

"진흙 얘기, 들었어."

할머니가 휴지 뭉치로 입술을 닦으며 말한다. 그 이야기는 이제 그만하고 싶은 나는 고개를 젓고 말한다.

"벌써 리키한테 사과했어요. 이제 괜찮아요."

할머니가 한숨을 쉰다.

"너 내 미니미 같아. 그거 안 좋아."

"저는 할머니처럼 되고 싶은데요."

할머니가 한지처럼 흰 손으로 휴지를 둥글게 뭉치며 말한다.

"할머니 가끔 실수해. 할머니 인생 따라 하면 안 좋아. 네 인생 더 좋아야 돼."

"그래도……."

할머니는 내 말을 끊는다.

"아니, 아니. 릴리, 할머니 옛날 옛날에 작은 마을에서 컸어. 아주 가난했어. 돈 없었어. 밥도 없었어. 아기 때 우리 엄마가 우리나라 떠났어. 그래서 내가 빨리빨리 엄마 찾으러 여기 왔어. 그런데 못 찾았어. 할머니 인생은 슬픈 이야기야, 아가."

살며시, 나는 할머니 손에서 휴지를 빼어 휴지통에 던져 넣는다.

"그래서 호랑이들한테서 이야기를 훔치신 거네요. 생각하면 슬프니까, 할머니 이야기들을 숨겨 버리신 거네요."

할머니가 자신의 빈 두 손을 내려다본다. 한없이 가녀리고 연약하다. 살이 너무 많이 빠졌다. 할머니가 너무 작아졌다.

"릴리, 내 이야기 하면 나는 슬퍼. 우리 가족 이야기도 슬픔 너무 많아. 그리고 한국 사람들 이야기도 슬픔 너무 많아. 옛날 옛날에, 일본 사람, 미국 사람들이 우리나라에 나쁜 일들 했어. 그런데 나는 슬픈 이야기, 화나는 이야기 주고 싶지 않아. 너희 한테 나쁜 기분 주고 싶지 않아."

할머니 이야기를 들으며 나는 내가 모르는 세상이 너무 많다는 걸 느낀다. 내가 모르는 내 역사가, 나 자신이 너무 많다는 것을. 하지만 배울 것이다.

화나고 슬프긴 했어도 호랑이가 해 준 그 이야기들을 들은 건 잘한 일이었기 때문이다. 그 이야기들 덕분에 나는 세상이 거대하다고 느끼고, 그래서 마음이 그득 차오른다. 마치 나도 별들의 이야기를 듣고 귀 기울일 수 있는 것 같다.

그러니 어쩌면 슬픈 것들을 숨기는 게 좋다는 할머니 생각은 틀렸는지도 모른다. 지금까지는 할머니가 틀렸다고 생각해 본 적이 한 번도 없었다.

"그래도요 할머니, 슬픈 이야기를 숨기는 건 안 좋은지도 몰라요. 말하지 않는다고 해서 그 일들이 일어나지 않은 게 되는 건 아니니까요. 숨긴다고 해서 과거가 지워지는 것도 아니에요. 갇혀 있는 것뿐이지."

할머니가 내 어깨를 문지른다.

"내 생각엔, 잊는 게 더 좋아."

"아니에요, 할머니. 저는 할머니 이야기 듣고 싶어요. 할머니가 그 이야기 별이랑 호랑이 동굴 찾아간 이야기 안 해 주셨다면……"

무언가를 깨달은 나는 말을 멈춘다.

"……할머니, 그 호랑이들 있는 곳 어떻게 찾아가셨어요? 어디로 가야 되는지, 호랑이들이 어딜 좋아하는지 어떻게 아셨어요?"

"호랑이가 이야기 모으는 데로 갔지. 산꼭대기."

나는 더운 숨을 내뱉는다. 시베리아. 산꼭대기. 다 나한테는 도움이 안 된다.

절박함이 소용돌이치는 마음으로 나는 할머니에게 더욱 다가가 앉는다.

"그 호랑이가 저한테 왔어요, 할머니. 제가 그 이야기들을 다 자유롭게 놓아주면, 그러니까 그 별 단지를 다 열면 할머니가 다시 괜찮아질 거라고 호랑이가 그랬어요."

할머니의 이마에 주름이 진다.

"무슨 말이야? '별 단지'?"

"이거요."

나는 벌떡 일어나 바닥에 두었던 유리 단지를 할머니에게 들어 보인다.

"할머니가 호랑이들한테서 훔친 별을 넣어 두신 단지요."

할머니가 고개를 젓고, 기억 속에서 잃어버린 뭔가를 다시 찾을 수 없을 때처럼 눈을 가느다랗게 뜬다.

"아니야, 아가. 그거 여기서 샀을 거야. 모기시장에서."

"모기시장이요?"

나는 눈을 깜박이며 할머니 말을 이해하려고 애쓴다.

"아, 벼룩시장? 벼룩시장에서 이걸 사셨다고요? 여기 선빔에서요?"

할머니가 고개를 끄덕인다.

"그래, 그래. 벼룩시장. 이 근처 바닷가에 있어."

"아니에요, 할머니."

나는 그 단지를 할머니 얼굴에 더 가까이 들이댄다. 마치 할머니의 기억을 억지로 불러올 수 있기라도 한 것처럼.

"이거 한국 거잖아요. 이 안에다 할머니가 마법의 별을 숨기셨잖아요. 그래서 상자에다가 감추셨고요. 그 상자 옮기는 것도 그래서 그렇게 불안해하신 거잖아요…… 이 단지들 안에 마법이 있으니까."

"마법은 어디에나 조금씩 있어."

할머니가 천천히 말한다.

"그런데 그건 그냥 유리 단지야."

나는 고개를 젓는다. 어쩌면 할머니가 잠시 기억을 잃어버린 때인지도 모른다. 이건 말이 안 되니까.

"이 이야기 단지들에 마법이 있어요. 분명 있어요."

"릴리……."

할머니가 나직이 나를 부른다. 기억을 잃었을 때처럼 잔뜩 안개 낀 눈빛이 아니라 맑은 눈으로 나를 보면서. 하지만 나는 이해할 수가 없다. 이게 어떻게 된 일인지 알 수가 없다.

"제가 다른 단지 두 개를 먼저 열었더니, 호랑이가 그 속의 이야기들을 들려줬어요. 이제 단지가 딱 하나 남았고, 제가 이야기를 끝까지 들으면 할머니 나으실 거예요. 제가 할머니를 구할 수 있어요."

"아이고."

할머니가 두 손으로 나의 한 손을 잡고 늘 그랬듯 내 생명선을 쓰다듬는다.

"릴리, 할머니 안 구해도 돼. 나는 이제 안 무서워."

"그래도 제가 할 수 있어요. 그 호랑이가 분명 말했……."

"호랑이는 말을 꼬아. 호랑이 말은 우리가 원하는 뜻 아닐 때 많아."

나는 고개를 젓는다. 할머니까지 호랑이처럼 수수께끼 같은 말을 하는 건 싫다. 내가 할머니에게 원하는 건 내 말을 '듣는' 것이다.

"이해를 못 하고 계세요. 이게 할머니 마지막 기회란 말이에요. 저 이거 해야 돼요. 할머니 나으셔야 해요."

할머니의 두 눈이 아주 까맣고, 아주 그늘져 있다.

"아니야. 하지 마. 너 내 말 들어. 여기가 끝이야, 릴리. 이제 때가 됐어."

"그렇게 그냥 포기하시면 안 되잖아요!"

나는 할머니 손에서 내 손을 잡아 뺀다. 그렇게 끔찍한 소리를 하면서 나를 위로하는 척할 수는 없는 거다.

할머니가 아래를 보며 말한다.

278

"나 어리고 엄마 보고 싶을 때, 엄마 괴물이라고 생각했어. 나를 떠났으니까. 아주 화가 났어. 그런데 이제 이해해. 아가들 두고 떠나야 할 때 있어. 원하지 않아도. 때가 됐다는 거 알아. 그럴 때 있어."

"아직 때가 되지 않았어요!"

목소리가 갈라지지만 나는 그냥 소리친다.

"병에 맞서 싸우셔야죠! 강하게요! 그러셔야 하잖아요!"

마치 이 대화 때문에 마음이 아니라 몸이 아프기라도 한 것처럼 할머니는 얼굴을 찌푸린다.

"지금도 나 너무 많이 싸워. 더 싸우기 싫어."

눈을 질끈 감으니 눈꺼풀 뒤에서 별들이 터진다.

"그래도 제가 정말 노력했단 말이에요. 이제 거의 다 왔어요. 지금까지 한 게 다 아무 의미 없을 리가 없어요. 분명 행복한 결말이 있을 거예요……."

"가서 자, 아가."

할머니가 부드럽게 말한다.

"이제 그만해."

36

나는 그 파랗고 작은 유리 단지를 두 손에 쥐고 방으로 올라온다. 단지가 무거운 것 같다. 나 자신이 무거운 것 같다.

나는 용감했는데. 강했는데.

그게 다 아무 의미가 없었다고? 호랑이는 떠났고, 할머니는 끝냈다.

할머니가 이미 포기해 버렸는데 내가 어떻게 힘껏 싸울 수 있을까?

"도대체 너 어디 있어?"

계단 꼭대기에서 나는 속삭인다. 언니는 오늘 밤에도 몰래 집을 빠져나갔다. 언니 코 고는 소리가 없으니 방이 조용하다. 호랑이가 없으니 집이 커다랗다.

대답이 없자 나는 나머지 유리 단지 두 개도 침대 밑에서 꺼내 세 개를 모두 품에 안는다. 가슴 속에서 심장이 세게 뛴다. 날 둘러싼 벽에서마저 쿵쿵거리는 것 같다. 집 전체가 할머니에게 화를 내며 박동하는 것 같다.

나는 없는 호랑이에게 외친다.

"내가 이거 다 가져왔잖아. 네가 도와준다며. 약속했잖아."

여전히 박동 소리뿐 대답은 없다. 나는 화가 나 견딜 수 없다. 더 크게 소리친다.

"어떻게 없어져 버릴 수가 있어! 어떻게 날 두고 가 버릴 수가 있냐고!"

쿵쿵 소리가 더 커지다가 어느덧 창문 쪽에서 들려와 나는 돌아본다. 그 호랑이를 기대한다. 그러나…… 언니다. 창문 너머에서 머리가 쑥 솟아오르더니 붉은 얼굴로 거친 숨을 쉬며 창틀을 넘어 들어온다.

그 쿵쿵 소리는 언니가 낸 소리, 언니가 밧줄을 타고 올라오는 소리였던 거다.

언니가 배낭을 어깨에서 벗어 바닥에 놓는다. 지퍼가 좀 열려 있어 안에서 비닐 봉지 하나가 빠져나오고, 그 속에 가득 든 것이 꼭 쌀 같은데 달빛만으로는 확실하게 보이지 않는다.

언니가 숨을 고르며 말한다.

"내가 말했잖아. 나갔다 와야 숨통이 트인다고. 너 두고 '가 버리는' 거 아니야."

"언니한테 한 말 아니야."

언니가 실눈을 뜨고 고개를 갸웃하며 내가 안은 유리 단지들을 빤히 본다.

"그 꽃병은 다 어디서 난 거야?"

"꽃병 아니야. 이건……."

언니는 한쪽 눈썹을 올리곤 나를 본다. 이렇게 이상한 아이가 또 있을까, 하듯이.

"······아무것도 아냐."

도대체 언니는 어떻게 감히 지금 집에 들어올까? 어떻게 감히 어깨를 으쓱하고 알게 뭐냐는 듯 이 단지들을 볼까? 나는 이토록 마음을 쏟는데, 어떻게 감히 이토록 마음 쓰지 않을까?

이건 내가 계획한 행동이 아니다. 앞뒤를 생각한 것도 아니다. 그러나.

나는 초록색 유리 단지를 집어 던지고, 벽에 부딪힌 그 병은 폭발한다.

언니가 비명을 지른다.

"뭐 하는 거야?"

그런데 말이다, 깨뜨리는 기분이 나쁘지 않다.

그냥, 도저히 다 견딜 수가 없다. 그 모든 희망과 두려움과 강인함과 힘. 그 모든 이야기와 대가와 불확실함. 내 안에 넣고 꽉 닫아 두기에는 너무 많다.

이번에는 길고 가느다란 단지를 집어 들어 벽에다 던진다. 그것이 깨어지는 걸 후련한 기분으로 바라본다.

"그만해. 그만하라고!"

언니가 소리를 지른다.

"할머니 도우려고 했단 말이야!"

너무나 커다랗게 외치는 소리가 나서 누군가 했더니 바로 나다. 하지만 내 목소리 같지가 않다.

마치 내가 귀신이 들리기라도 한 것 같다. 아니면 저주에 걸

렸건. 아니면 다른 무엇이건.

나는 천둥이고 번개다. 통제가 되지 않는다.

남은 것은 작고 파란 단지뿐이다. 마지막 것. 아직 마지막 이야기로 채워져 있는 단지.

이것은 나의 마지막 기회다. 할머니의 마지막 기회다.

너무 늦기 전에 이것을 그 호랑이에게 가져가야 한다. 다만 혹시…… 만약…… 이미 다 늦어 버렸다면?

애초에 이 모든 게 의미 있었던 적 없다면? 말하는 호랑이와 별 숨기기와 할머니 구하기 같은 일어날 수 없는 일들이…… 정말로 일어날 수 없다면?

어쩌면 그 모든 게 정말 내가 쑥을 먹고 꾼 꿈이거나 스트레스 반응이었는지도 모른다. 유리 단지는 그저 유리 단지인지도 모른다. 다 괜찮아지기를 너무 간절히 원한 나머지 내가 다 만들어 내었는지도 모른다.

나는 마지막 별 단지를 던진다.

그것이 산산이 깨어진다.

283

37

초등학교 5학년 천문학 시간에 우리는 별과 은하계와 블랙홀 따위를 배웠다. 하지만 내가 가장 좋아했던 건 초신성이었다. 우리가 상상할 수 있는 것보다 더 큰, 폭발하는 별. 한없이 거대한 힘. 마치 스스로를 통째로 집어삼키는 태양 같은.

지금 여기서, 내가 그것을 직접 만든다. 벽에 부딪혀 깨어지며 그 파란 유리 단지가 초신성이 된다. 나를 내 안에 억눌러 둘 수가 없다. 그 모든 두려움, 분노, 잃어버린 희망……

누군가 내 한쪽 팔을 잡기에 돌아보니 엄마다. 겁먹은 눈빛을 하고도 엄마는 나를 감싸 안는다. 내가 조각조각 부서지지 않게 품에 꼭 붙든다.

언니는 창백해진 얼굴로 벽에 몸을 붙이고 나를 본다. 언니 눈에 보이는 나는 누구일까? '조용한 아시아 여자애'는 이제 아닐 텐데, 그렇다면 누구? 아마도 제멋대로인 여자애. 절반은 호랑이.

이제 천둥과 번개는 사라졌고 비만 남았다. 나는 숨을 급히 들이마시고 말한다.

"돕고 싶었어. 믿고 싶었어."

나를 꽉 끌어안는 엄마를 나는 밀어내 본다. 그러자 엄마는 더 세게 끌어안고, 나는 더 세게 밀어내다가…… 그만둔다. 엄마가 나를 안게 내버려 둔다.

엄마가 말한다.

"괜찮아."

쿵쿵 계단을 올라오는 발소리가 들리더니 할머니가 문 앞에 나타난다. 창백하고 말린 쑥처럼 여윈 할머니가 불안정하게 선 채 몸을 떤다. 숨결처럼 말을 내뱉는다.

"얘들아."

그리고 할머니가 쓰러진다.

38

"샘, 전화기!"

엄마가 소리친다.

주머니를 더듬어 찾은 전화기를 언니는 떨리는 손으로 엄마에게 건넨다. 그러고는 할머니 옆에 무릎을 꿇는다.

나는 쓰러진 할머니를 보면서, 할머니 맥박을 확인하는 언니를 보면서 서 있다.

숨을 쉬기가 어렵다. 이제 알겠다, 정말로 모든 게 무너져 내리는 때는 커다란 폭발이 일어날 때가 아니라 폭발이 끝난 직후의 고요함 속이라는 것을. 그리고 산산이 깨어지는 것 같지 않다. 좀 다르다.

그보다는 허물어지는 것 같다. 나는 아직 내 심장을 온전히 지키려고 붙잡고 있는데, 세게 잡으면 잡을수록 더 빠르게 허물어지는 것이다.

허물어지고 또 허물어져서 내가 도저히 다시 이어 붙일 수 없는 감정의 작은 조각들만이, 파편들만이 남는 것이다.

나는 두 팔로 내 몸을 감싸고 엄마는 911에 긴급 출동 요청을 한다. 엄마가 이 집 주소를 말하고는 숨가쁜 목소리로 "네, 네, 네, 네, 부탁드립니다."라고 말한다. 끊자마자 전화기를 던져 두고 휙 바닥에 앉은 엄마는 할머니를 안고 나에겐 들리지 않는 말을 중얼거린다.

나는 엄마의 말을 알아듣고 싶어 조금씩 다가간다. 그러나 너무 가까워질까 봐 두렵다. 언니가 고개를 들어 나를 보고, 엄마의 말은 한 덩이로 섞인다.

"내가 미안해내가 미안해내가미안해."

내 잘못이다. 할머니에게 스트레스를 준 내 잘못이다. 할머니는 약해지고 포기하고 싶을 수 있어도 나는 강해야 했다.

도착하여 할머니를 서둘러 들것에 실은 긴급 의료원들은 다락방에서, 그리고 우리 집에서 할머니를 데리고 나가 끝없는 계단을 내려간다. 언니와 나는 따라 나가지만 거실에서 우릴 막아선 엄마가 언니에게 말한다.

"집에서 기다려. 동생 챙기고 있어."

엄마는 할머니를 쫓아 달려 나가고, 깜박이는 불빛과 사이렌 소리가 모두를 싣고 멀어진다.

언니와 나는 고요 속에 남는다.

우리는 각자 팔로 몸을 감싼 채 창문 너머 텅 빈 거리를 내다본다.

"우리 가족 망가졌네."

언니가 말한다.

내가 망가뜨렸어, 하고 말하는 대신 나는 이렇게 묻는다.

"할머니 괜찮으실까?"

비가 창문을 때린다.

마침내 입을 여는 언니 눈가에 눈물이 보인다. 별처럼 빛난다.

"나 때문이면 어떡하지?"

"무슨 소리야?"

그 단지들을 깬 건 언니가 아닌데.

"내가 할머니 어서 돌아가셨으면 좋겠다고 말했잖아. 그러고 나서 나무 안 두드렸잖아."

언니의 가슴이 떨린다.

"그래도 진심으로 한 말은 아니었어. 돌이키려고도 노력해 봤어. 밤에 쌀 뿌리고 다녔어. 그러면 안전할 거라는 할머니 말 듣고. 그런데 소용없었네."

심장이 조인다. 쌀, 그게 왜 언니 배낭 속에 있고 바닥에 흘러 있었는지 이제 다 설명이 된다. 언니가 밤에 나간 건 그래서였 다. 언니는 아직 믿었던 것이다, 믿지 않으려 하면서도.

언니도 희망하고 있다는 걸 나는 여태 몰랐다.

"언니 때문 아니야."

나는 속삭인다. 언니는 두 손으로 얼굴을 문지르고 말한다.

"우리도 뒤따라 병원 가야겠지?"

하지만 병원에 간다는 것은 마치 이것이 끝이라는 걸 받아들 이는 것 같다.

"엄마가 우린 여기 있으랬잖아."

언니는 내 말을 무시하고 말한다.

"젠슨한테 전화해서 물어봐야겠다. 차로 데려다줄 거야."

"젠슨?"

나는 완전히 어리둥절해서 묻는다. 아무리 젠슨이 친절해도 우리와는 인사만 나눈 사이인 데다 지금은 한밤중이다.

언니는 음성 메시지로 넘어간 전화를 끊는다.

"아직 운전 중인가 보네. 운전할 땐 전화 안 받거든."

"젠슨이 운전 중이라니? 집에서 자고 있겠지."

"나 쌀 뿌리는 거 젠슨이 도와줬어. 요즘 계속 도와줬어."

"아……."

나는 하나도 몰랐다.

언니가 창문 밖을, 비를 쳐다본다.

"릴리, 우리 아무래도 내가 운전해서 가야겠지?"

"언니가 무서우면 안 해도 되는데, 마음의 준비가 돼 있다면…… 응, 우리도 할머니한테 가는 게 좋겠어."

언니도 나만큼이나 두려울 것이다. 그래도 나의 언니니까 용기를 낼 것이다.

마른침을 꿀꺽 삼킨 언니가 묻는다.

"준비됐어?"

나는 고개를 끄덕인다. 언니는 부엌 조리대 위에 있던 엄마 차 열쇠를 쥔다. 내가 현관문을 활짝 열자 폭풍우가 울부짖는 소리로 우리를 반긴다.

그리고 우리는 계단을 뛰어 내려간다. 아래로 아래로, 함께.

39

비가 무자비하게 내린다. 길이 겨우 보일 정도로.

몸을 앞으로 숙이고 운전대를 꽉 움켜쥔 언니는 길을 노려보며 천천히 차를 몬다.

조금씩 조금씩 우린 길을 나아가지만 언니가 떨기 시작한다. 그리고 길가에 차를 댄다.

그다지 멀리 오지 못했다. 이제 겨우 집 앞 진입로를 벗어나 도서관 앞에 왔을 뿐이다.

"왜 그래?"

내가 묻자 언니가 계속 떨면서 대답한다.

"엄마는 내가 운전 안 한다고 화내는데, 나는 차에 타기만 하면 아빠 생각이 나."

우리는 빨리 병원으로 가야 한다. 하지만 언니는 운전을 멈추었고 나는 언니에게 강요하지 않을 것이다.

겨우 들리는 작은 소리로, 언니가 말한다.

"이걸 또 겪어야 하는 게 너무 싫어. 떠난 사람은 기억 속에 산다고 하는데, 전부 기억할 순 없고, 기억을 지키지 못하면 그걸로 영영 끝인 거야. 사랑했던 사람이 없어지는 거야."

누군가에 대한 기억이 희미해지면 무엇이 남을까? 그래도 할머니가, 아빠가 우리 마음속에 살까? 우리가 그들의 이야기들을 잊은 후에도? 그리고, 원래 알지 못했어도?

"난 아빠 기억 안 나."

"그건 네 잘못 아니잖아. 실패한 건 나야, 아빠 기억할 수 있는 나이였으니까."

언니가 떨리는 숨을 들이쉰다.

"아빠 돌아가셨을 때 나 목록 만들어서 매일 밤 읊었어. 아빠 소소한 특징들을 적은 목록. 계속 손가락 마디 뚝뚝 소리 나게 꺾었던 거. 김치 먹을 때마다 매워서 눈물 핑 돈 거랑 그러면서도 계속 먹겠다고 고집한 거. 매일 자기 전에 본인이 좋아하는 그림책들 우리한테 읽어 준 거. 아빤 내가 그런 책 볼 나이 지났을 때까지도 그랬어."

나는 가만히 언니를 본다. 언니가 이런 이야기를 하는 것이 처음이다. 그리고 한순간 가슴속에서 어떤 익숙함이 호랑이가 고개를 들듯 깨어난다. 나도 아빠가 우리에게 책을 읽어 준 것이 기억난다. 『생쥐에게 쿠키를 준다면』, 『괴물들이 사는 나라』, 『잘 자요, 달님』……

아빠 목소리의 울림과 그 책들의 글귀가 내 머릿속에 숨어 있는 게 느껴진다. 아빠가 그 안에 있다, 거의.

"그중에 뭐 하나라도 잊어버릴까 봐 너무 겁났어."

언니 목소리가 갈라진다.

"그래도 당연히 난 잊어버렸지. 내가 알아, 잊어버렸다는 걸."

"나한테 말하지 그랬어. 나한테도 그 목록 보여 주지."

그랬다면 나는 언니를 통해서 아빠를 알게 될 수도 있었다. 언니가 아빠를 기억하는 걸 도울 수도 있었다.

그때 언니가, 나의 두려움 없는 언니가, 날카로운 이빨을 드러내며 더 날카로운 말을 하는 언니가 울기 시작한다. 처음에는 마치 부슬비처럼 잔잔하다가 이내 폭풍우가 된다.

"말하기 싫었어. 아빠 이야기들을 너한테 해 버리면 사라지니까. 그때부턴 내 게 아니니까."

"이야기는 누구 한 사람 게 아냐. 이야기되려고 있는 거지."

이야기와 그 속의 진실을 꺼내 놓는다는 건 무서운 일인지도 모른다. 하지만 나는 달아나지 않고 마주할 것이다.

나는 숨을 크게 들이쉰다. 이제 내 차례다. 내가 말하기 무서운 걸 말할 차례.

"나 어떤 호랑이를 봤는데, 그 호랑이가 나한테 말을 했어. 자기가 할머니를 낫게 해 줄 수 있다고 했어. 그 마법 같은 일을 나는 실제라고 믿었는데, 아무래도 실제가 아니었던 것 같아. 어쩌면 실제이길 바라는 마음이 너무 컸는지도 모르고, 언니 말처럼 다 스트레스 반응일 수도 있어. 난 내가 영웅이 될 수 있고 더는 '조아여'가 아닐 수 있는 줄 알았어."

이제 언니는 얼굴에서 검은 눈물 얼룩을 닦아 내며 말한다.

"그 '조아여' 말이야…… 내가 한심한 소리 한 거야. 너한테 그런 고정관념을 씌워선 안 됐어. 그 호랑이가 실제가 아니란 말도. 어쩌면 내가 틀렸을지도 몰라. 어쩌면, 어떻게 된 일이든……
네가 본 게 진짜일지도 몰라. 그렇게 믿고 싶어. 믿어야 하는지
도 몰라."

눈물에 언니 눈이 반짝인다.

"네가 늘 대단해 보였던 점이 그거야. 마법을 포기 안 하는
거. 포기하라고 한 내가 잘못한 거야."

나는 자동차 앞창 너머를 내다본다. 끝에 다다른 지금, 희망한
다는 것은 무슨 의미일까? 언닌 빗길 운전을 할 수 없고 우린 오
도 가도 못 하는, 할머니가 위독해도 할머니에게 갈 수 없는 지금.

"릴리, 호랑이 이야기 가지고 나한테 질문한 거 기억나? 도
망갈 건지 어쩔 건지 물어본 거."

나는 눈을 감고, 고개를 끄덕인다.

"네가 알았음 하는데, 언제건 우리가 도망갈 데가 없을 땐,
네가 제자리에서 상황에 맞설 수밖에 없을 땐…… 내가 있어. 내
가 너랑 같이 서 있을 거야."

또 그 가득 차오르는 기분이 든다. 우리는 용감해질 준비가
된 해님과 달님이다. 그리고 때로는 믿는 것이 가장 용감하다.

다만 지금은 그런 게 하나도 소용이 없다. 언니는 빗길 운전
을 할 수 없고 우린 오도 가도 못 한다. 위독한 할머니에게 가지
못한다.

그래, 우리는 갇혔다. 하지만 내게 어떤 기억이 떠오른다.

내게 생각이 하나 있다.

40

리키는 호랑이들이 좋아할 만한 곳으로 직접 가라고 했다. 할머니는 호랑이들의 이야기 저장소로 갔다고 했다.

그리고 진흙 푸딩을 만들다 만났을 때, 호랑이는 자기가 도서관을 참 좋아한다고 했다.

도서관, 이야기들의 집.

"여기서 잠시만 기다려."

나는 차에서 날듯이 내려 도서관으로 뛴다.

문은 잠겨 있다. 한밤중이니까 당연하다. 하지만 나는 포기할 마음이 없다. 지금은 그럴 수 없다.

창문 하나를 밀어 보지만 열리지 않는다. 그런데 틀렸구나, 싶은 순간 떠오르는 엄마. 할머니 집 바깥에서 본 엄마.

그저 따라 해 보는 것이지만, 나는 창 옆을 두드리고 두 손으로 창틀을 쓸어 본 다음 유리 바로 밑을 주먹으로 친다.

숨을 죽이고 속으로 '제발'을 외친다. 그리고 밀어 본다.

기적처럼 열린다.

내 이름을 외치는 언니 목소리에 돌아서자 언니가 내 뒤에 서 있다.

"차에서 기다리라고 했잖아."

언니가 튀어나올 것 같은 눈으로 반발한다.

"너 장난쳐? 네가 도서관에 무단 침입하는데 나는 차에서 기다리라고?"

"그렇게 해 줘. 그냥…… 나 혼자 해야 하는 일이야. 오래 안 걸려."

언니가 천천히 고개를 젓는다.

"몰래 건물 침입하는 동생을 앉아서 보고만 있으란 건 날더러 몹쓸 언니 되라는……."

내가 몸을 기울여 꽉 끌어안자 언니는 너무 놀라서 말을 멈춘다.

"언니는 너무 좋은 언니야. 그런데 내 말 듣고 차에서 갈 준비 하고 있어 줘. 날 좀 믿어 줘."

언니가 한 손으로 자기 머리를 쓸어 넘긴다.

"와아, 진짜. 알았다, 알았어. 너 나오면 데리고 도망치는 운전사 해 줄게. 내가 빗길 운전 못 하는 건 너도 알겠지만."

"고마워."

나는 이제 창틀을 짚고 올라가 창문을 넘어간다.

안에 들어와 혼잣말로 속삭인다.

"제발 여기 있어 줘."

어둡다. 하지만 나는 '해님 달님'의 동생이다. 나는 태양이고

295

더는 어둠에 겁먹지 않는다.

나는 책장 사이를 이리저리 나아간다.

"여기 있어?"

호랑이가 여기 있을 거라 생각했기 때문에, 정말 확신했기 때문에 가슴이 조인다. 하지만 도서관은 고요하기만 하다.

"너 여기 있어?"

고요함이 너무 요란해 견딜 수가 없다. 나는 가장 가까운 책장에서 책을 쓸어 바닥으로 와르르 떨어뜨린다.

"제발 좀 나와! 네 도움이 필요하다고!"

"거참. 알겠어."

호랑이 목소리다. 뒤로 돌아서자 도서관 한쪽 구석에서 두 앞발에 머리를 얹은 채 엎드린 호랑이가 보인다.

"여기 있었구나."

우습게도 울음이 나올 것 같다. 무서운 야수인데, 만나서 너무나 반갑다. 아직 희망이 있다.

"너 나한테 사과부터 해야 하는데. 나는 괴물 아냐. 악몽 쫓듯이 날 쫓으면 안 되지."

"미안해. 근데 난 네가 착한지 악한지 모르겠어. 내가 하려는 일이 맞는지도 모르겠고."

이제 나는 내 직감을 확인해 보기로 한다. 반짝하고 갓 떠오른 생각, 희망이지만 용기 내어 보기로 한다.

"마트에 다녀오다가 너를 본 날 이상한 게 있었어. 여태까지는 별로 생각해 본 적이 없는데…… 네 주위에만 비가 안 내렸던 것 같아. 그리고…… 그때는 네가 할머니를 해치러 왔다고 생각했는데…… 우리를 집까지 이끌어 주려고 왔던 것 같아."

호랑이는 대답이 없고, 나는 마른침을 세게 삼키고 덧붙인다.

"정말 이 짐작이 맞았으면 좋겠어. 그런 마법이 너한테 있었
으면 좋겠어. 네 도움이 필요하거든."

호랑이가 천천히 일어선다. 호랑이의 뼈에서 삐걱거리는 소
리가 나는 것도 같은데, 어쩌면 바깥의 폭풍우 속에서 세게 흔들
리는 나뭇가지 소리일 수도 있다.

"따라와."

호랑이는 책장 사이를 지나 도서관 밖으로 나를 이끌고 나간다.

***

달려가 다시 차에 탄 나는 문을 쾅 닫고 안전벨트를 채운다.

"우리더러 따라오라는 것 같아."

나는 말한다. 호랑이가 우리 차 앞에 선 다음 천천히 우리를
등진다. 꼬리가 낮게 흔들려 거의 길바닥에 입을 맞춘다.

호랑이가 나아간다. 마치 세상의 시간이 다 자기 것인 듯 한
발톱, 한 발, 한 다리씩 천천히. 걸어가는 호랑이 뒤로 비가 줄어
든다. 완전히 안 내리는 것은 아니지만 그저 부슬비 정도가 된다.

호랑이가 만드는 길을 제외하고는 사방에서 여전히 세찬 비
가 내린다.

나는 날씨의 규칙을 잘 모른다. 어쩌면 이 현상은 구름, 바람
뭐 그런 것으로 설명될 수 있는지도 모른다. 하지만 다른 것 같
다. 마법인 것 같다.

"누가 따라오라고 하는데? 무슨 일이야?"

언니가 눈을 커다랗게 뜨고 묻는다. 호랑이가 보이진 않는 모양이지만 우리 앞만 비가 잦아든 것을 보고는 묻는다.

"호랑이가 저렇게 하는 거야?"

망설이다가, 나는 고개를 끄덕인다.

"나는 호랑이 안 보여."

언니는 속삭인다. 그 목소리엔 경이로움과 두려움도 있지만, 그 아래에 원하는 마음도 있는 것 같다. 흰 머리 다발을 당겨 귀 뒤로 넘기며 언니는 묻는다.

"나한테는 왜 안 보일까?"

전에는 언니가 왜 그토록 할머니의 전통을 못마땅해하는지, 마법에 화를 내는지 이해하지 못했다. 하지만 이제 나는 언니 자신도 그 일부이기를 너무나 원했기 때문이라고 생각한다. 언니는 어쩌면 그럴 수 없을까 봐 두려웠는지도, 그래서 아예 다 힘껏 밀어냈는지도 모른다.

나는 내 목걸이를 풀고는 몸을 숙여 언니 목에 건다. 또 한 겹의 보호, 또 한 겹의 사랑이다. 만약을 위한.

나는 말한다.

"우리, 괜찮을 거야. 때론 믿는 게 가장 용감한 일이야. 자, 이제 운전해."

41

나의 호랑이가 우리를 병원으로 이끌고 왔다.

언니는 주차를 하면서 "아, 진짜…… 너 정말……." 하다가 끝내는 고개만 젓는다. 시간이 없다.

차에서 내린 우린 호랑이를 지나쳐 병원 미닫이 출입문으로 달리고, 호랑이는 그 문 가까이에 앉아 우리를 쳐다본다.

병원이란 차갑고 밝다. 소독용 알코올 냄새가 마치 내 콧속까지 살균할 듯 코를 찌른다. 이 안에서는 모든 게 깨끗하고 통제되어 있다. 바깥에서는 비와 바람과 호랑이가 제멋대로지만, 이 안에서는 자연이 우릴 건드릴 수 없다.

언니가 응급실 안내 데스크에서 이야기를 하자 한 간호사가 우리를 이끌고 병원의 하얀 복도를 이리저리 나아간다.

우리는 할머니 병실 앞에 도착한다.

엄마가 할머니에게 붙어서 침대에 함께 누워 있다. 엄마에게 가려져 할머니는 보이지 않지만, 속삭이는 엄마 목소리는 들린다.

"원하는 거 다 바칠 수 있으니까 엄마만 데리고 가지 마세요. 아직은 안 돼요."

엄마가 기도하는 대상이 신인지 호랑이인지, 아니면 그 사이 쯤의 무엇인지 모르겠다.

언니가 열린 문을 노크하자 나는 엄마가 우리를 돌아보고 화를 내리라 짐작한다. 분명 집에 있으라는 엄마 말을 듣고도 우리는 도로 연수 허가증만 가진 언니가 모는 차를 타고 여기에 왔으니까. 우리는 법을 어겼고, 더욱이 엄마의 규칙을 어겼으니까.

하지만 엄마는 너무 피곤해 우릴 야단칠 힘이 없다.

"곧 너희한테 전화하려던 참이었어. 상황이 좋지 않아."

나는 그게 무슨 뜻이냐고 묻고 싶으면서도 한편으로는 알고 싶지 않다. 또한, 이미 아는 것 같다.

엄마는 병실 안으로 들어오라고 손짓하지만 나는 입구에서 멈추어 선다.

병상 위의 할머니가 작아 보인다. 하늘색 담요 아래 창백하다. 가느다란 산소관을 끼고 있지만 스팽글이 달린 스카프를 머리에 두른 할머니는 지금도, 아파 보이는 이 순간에도 멋스럽다.

아니다.

'아프다'는 말은 맞지 않다.

아프다는 말은 할머니가 화장실에서 토할 때, 언니가 독감에 걸려 코가 빨개질 때, 내가 패혈성 인후염에 걸려 목이 붓고 따가울 때나 쓰는 말이다.

할머니는 지금 아픈 게 아니다. 결국 '낫는' 게 아니다.

할머니는 죽어 가는 것 같다.

그리고 난 준비가 되지 않았다.

한 걸음 뒤로 물러나는데, 할머니가 눈을 뜨더니 우리를 쳐다본다. 그러고는 작은 소리로 말한다.

"샘. 나 샘하고 먼저 이야기할게."

언니가 높고 가느다란 소리로 묻는다.

"저요? 정말요?"

할머니가 고개를 약하게 끄덕이고, 언니는 얼른 할머니 곁으로 다가간다.

엄마가 내게 다가와 말한다.

"가자. 자판기에서 간식이라도 좀 사 먹자."

나는 엄마를 뒤따르지만 병원의 밝은 빛과 냄새 때문에 어지럽다. 할머니가 죽어 갈 공간에 있고 싶지가 않다.

엄마는 내가 따라올 줄 알고 앞서 걷지만 투명 인간으로 변한 나는 반대쪽으로 걷고 걸어 엄마와 할머니에게서 점점 멀어진다. 끝내 그 자동 미닫이문을 지나 바깥으로 나오고서야 다시 숨이 쉬어진다.

나는 병원 입구 지붕 아래에 선다. 그리고 내 앞에서 호랑이가 비를 맞으며 앉아 있다. 그럴 줄 알았다.

남들 눈에 안 보이는 여자아이와 남들 눈에 안 보이는 호랑이. 우린 닮았다.

"그 이야기들 때문에 내가 어떻게 변했는지 알 것 같아."

호랑이의 귀가 움찔한다.

"어떻게 변했는데?"

나는 큰 숨을 들이쉬곤 말한다.

301

"정반대인 것들을 동시에 원하고 느끼게 됐어. 어떻게 이렇게 한꺼번에 여러 가지를 느낄 수 있지? 그리고 뭘 느껴야 옳은지, 뭘 원해야 옳은지를 모르겠어."

"넌 뭘 원하는데, 릴리?"

내 심장이 뛴다. 가슴이 가득 차오르는, 터질 것 같은 그 기분이 다시 든다.

"할머니가 더 오래 사시길 원해. 그러면서도 할머니가 더는 아프고 힘드시지 않길 원해. 그리고……"

목소리가 갈라지고 더는 말을 못 할 것 같지만, 그냥 말한다.

"……병실로 돌아가서 할머니랑, 가족이랑 같이 있고 싶은데, 또 아주 멀리 달아나고 싶어."

나는 큰 숨을 들이쉰다. 비가 내린다.

"이렇게 여러 가지를 원하는 거 너무 싫어. 그 호랑이 여인이 제발 고쳐 달라고 빌었던 게 이해가 돼. 이렇게 많은 걸 느끼는 거, 정말 끔찍해."

호랑이가 무게 중심을 옮기고, 줄무늬가 은은히 빛난다.

"그건 그때 호랑이 여인이 틀렸던 거야. 살다 보니 자기가 호랑이 쪽 자신도 꽤 좋아한다는 걸 알게 됐거든. 그래서 이젠 호랑이 여인도 알아, 우리가 다들 하나 이상의 존재일 수 있다는 걸. 강하기만 하다면 우린 가슴에 하나보다 더 많은 진실을 품을 수 있어."

나는 고개를 젓고 말한다.

"아니, 난 강하지 않아. 할머니 이야기가 끝나는 걸 마주할 준비가 안 됐어. 받아들일 수가 없어."

"내가 우리 애자를 치유해 줄 거라고 약속했지만, 치유라는 게 꼭 질병이 치료된다는 뜻은 아니야. 이해하게 된다는 뜻일 때가 많지. 자기 이야기 전체를 받아들이면, 자기 심장 전체를 이해할 수 있어."

내 심장 전체가 아프다.

"내가 다 망쳤어. 이게 다 진짜인지 아닌지 모르겠고 화가 나서 그 이야기 단지를 깨 버렸어. 마지막 이야기가 그렇게 사라져 버려서, 할머니한텐 이제 그 이야기마저 없어."

"그 이야기 안 사라졌어. 넌 그 이야길 놓아준 것뿐이야. 내가 너한테 들려줄 수는 없게 되긴 했지만, 너는 이미 네 생각보다 더 많이 알고 있어. 결국 다 우리 가족 이야기들인걸, 뭐."

나는 멈칫하여 호랑이의 말들을 빠르게 되새겨 본다. "나의 애자"라고 했다. 그리고 "우리" 가족이라고 했다. 나의 가족이자 호랑이의 가족.

"당신…… 우리 할머니의 엄마예요? 그리고 나……."

'나도 호랑이 소녀예요?'라는 질문을 삼킨다. 물을 필요가 없기 때문이다. 내가 이미 알기 때문이다.

호랑이는 내 질문에 답하지 않는다.

"네 역사를 통해서 네가 어디서 왔고 누구인지 이해한 다음에, 너 스스로의 이야기를 찾아봐. 네가 어떻게 될 것인지 직접 지어 봐."

내가 대답을 하기 전에 병원 미닫이 출입문이 열린다. 돌아보니 분홍색 수술복을 입고 주황색 립스틱을 바른 동양인 간호사가 보인다.

"여기 있었구나! 어머니가 너 없어져서 굉장히 걱정하셔. 어서 가자."

나는 뒤돌아보지만, 나의 호랑이는 이미 사라지고 없다. 그럴 줄 알았다.

42

간호사가 나를 이끌고 하얀 복도를 나아가고, 나는 간호사와 발을 맞추느라 종종걸음을 걷는다. 병실 문 앞에 도착하자, 간호사가 말한다.

"나도 우리 할머니께 작별 인사 하던 때가 아직 기억나. 정말 힘든 일이지만 내가 널 위해 기도할게."

우릴 본 엄마가 달려온다.

"릴리, 너 땜에 가슴이 철렁해서 진짜! 사라져 버리고 그러지 마! 특히 지금은."

엄마가 내 머리를 품으로 끌어당기고는 나를 들이쉰다.

"할머니가 이제 너랑 이야기하고 싶으시대."

호랑이가 한 말들로 내 마음이 휘돈다.

나는 숨을 가다듬고 병실 안으로, 할머니에게로 발을 디딘다.

언니가 일어선다. 얼굴에 흐른 눈물을 닦으려 하지도 않지만, 나를 지나쳐 병실을 나가며 내 팔을 문질러 준다. 이제 이곳에 남은 것은 나와 할머니, 그리고 우리 옆에서 삑삑거리는 병원 기계들뿐이다.

나는 손톱이 손바닥에 반달을 그리도록 주먹을 꽉 쥐고 침대 옆 회색 병원 의자에 앉는다. 거친 의자 천이 내 허벅지를 쓰르륵 쓰르륵 긁는다.

"릴리."

할머니 손이 거의 사람의 움직임 같지 않게 움찔한다. 그러면 안 되는 것 같다. 나는 두렵고 슬프고, 마음 한구석에선 고개를 돌려 버리고 싶다. 그래도 나는 할머니 손을 잡고, 나의 그 감정들은 사라지지 않고, 나는 거기에 사랑도 있다는 것을, 사랑이 그 무엇보다 세다는 것을 깨닫는다.

할머니가 말한다.

"나 진실 보여. 엄마가 보여. 우리 '엄마'(umma) 드디어 날 찾아왔어."

나는 속삭여 말한다.

"할머니, 저도 할머니 엄마 본 것 같아요."

할머니가 빙그레 웃는다.

"너는 항상 봐, 애기야. 그거 네 능력이야."

가슴이 아리지만 나는 할머니 손을 꼭 잡고 엄지손가락으로 할머니의 생명선을 어루만진다.

"나, 평생 내 심장 숨기려고 너무 많이 시간 쓰고 힘 썼어. 나 호랑이도 무서웠는데 내 속에 있는 호랑이 더 무서웠어. 내 말 숨겨야지 생각했어, 영어 잘 못하니까. 그리고 내 마음도 숨겨야지 생각했어, 너무 많은 거 느끼니까. 그리고 내 이야기도 숨겨야지 생각했어, 말하면 나 영원히 그 이야기 같을까 봐."

할머니가 얇은 숨을 쉰다.

"그런데 내 이야기 꼭꼭 숨기니까 그 이야기가 날 잡아먹었어. 그래서 사랑 안 보였어. 내 주위에 사랑이 가득한데."

희망이 내 안에서 용솟음친다. 눌러 보는데도 소용없다. 희망이 얼마나 위험한지 아는데도 소용없다.

"이제 그걸 아시니까 다 괜찮아질지도 몰라요. 이제 나을 수 있을지도 몰라요."

"나 이제 준비됐어."

내 목이 부풀어 꽉 막힌다.

"전 준비 안 됐어요."

할머니는 눈을 뜨지도 않고 말한다.

"때로 가장 강한 일은 도망을 그만 가는 거야. 나는 호랑이 안 무섭다, 나는 죽는 거 안 무섭다, 말하는 거야."

하지만 나는 너무 무섭다.

찰나의 순간, 할머니의 표정 아래로 호랑이의 얼굴이 스친다.

보자마자 사라지긴 했지만, 난 분명히 보았다. 그건 할머니 안의 맹렬함이다. 할머니가 이야기의 다음 장에서 품고 갈 용감함이다.

할머니는 용감할 것이다.

언니와 엄마가 돌아오고, 언니는 내 맞은편에 앉아 할머니의 다른 쪽 손을 잡는다. 엄마는 다가와 내 등을 문지른다.

눈은 여전히 감고 입술은 아주 작은 웃음을 지은 채, 할머니가 말한다. 맹렬한 속삭임으로.

"이야기 하나 해 줘."

언니가 나를 보며 한 손을 뻗어 올린다. 마치 하늘에서 별을 따듯 허공에서 움켜쥐는 시늉을 하더니 그 손을 내게 내민다.

내 마음 가장자리에서부터 어떤 이야기가 생겨나기 시작한다. 안개와 그늘 속에서 나타나 점점 뚜렷한 모양을 이룬다.

나는 할머니에게로 조금 더 가까이 다가가 앉는다.

　　　　더 가까이

　　　　　　더 가까이

　　　　　　　그리고 시작한다.

43

옛날 옛날 호랑이 별 마시던 시절에, 어느 소녀가 호랑이들의 이야기를 훔친 뒤 해와 달이 천 번 뜨고 진 다음에, 언덕 위의 집에서 두 소녀가 할머니와 함께 살았어요. 자매였던 두 아이 중 한 명은 검은 머리카락을 길게 땋았고, 한 명은 눈에 어두운 색 화장을 했어요. 한때 둘은 서로에게 모든 것을 이야기했지만 자라면서 점점 멀어졌어요. 그래서 각기 혼자가 되었어요.

어느 날, 할머니가 손녀들을 위해 쌀과 해피 넛 크래커를 사러 마을에 나갔는데, 차가 꽉 막혔어요. 그래서 할머니는 평소보다 훨씬 늦게 집에 왔어요.

그날 밤, 하늘은 어두웠어요. 비구름에 별들이 가려졌어요. 할머니가 집 앞에 왔을 때 창에 비친 할머니 그림자가 호랑이 모양으로 변했어요.

어둠의 장난일 뿐일 수도 있지만, 자매가 알 수는 없었어요.

"얘들아, 문 열어 다오."

할머니는 말했어요. 자매는 창문으로 몰래 내다보았지만 어둠 속에서 할머니가 다르게 보였어요. 할머니가 다른 모습이 되어 있었어요.

자매는 두렵고, 어찌해야 할지 몰랐어요. 그래서 할머니를 원래대로 되돌리려 해 보았어요. 언니야는 쌀을 뿌리고 애기는 별을 쏟았어요. 모든 것을 해 보았지만 아무 소용이 없었어요.

결국 이야기가 끝나는 수밖에 없었지요. 하지만 하늘 신이 그들을 보고 불쌍히 여겼답니다.

사실 그로부터 수백 년 전, 지금과 다른 하늘 신이 두 세계를 모두 사는 호랑이 소녀를 만들었어요.

신도 실수를 하기 마련이지만 사실 이때 신이 한 실수는 호랑이 소녀를 만든 것이 아니었답니다.

신의 실수는 바로 호랑이 소녀에게 하나만 선택하게 한 것이었지요. 호랑이 소녀가 자기 모습을 숨겨야 하는 세상을 만든 것이었지요. 그런 세상이니, 호랑이 소녀는 자기가 동시에 여러 존재라는 것을 두려워했어요. 자기가 맹렬한 동시에 친절하다는 것을, 부드러운 동시에 강하다는 것을 두려워했어요.

하지만 그 일은 옛날 신이 옛날 방식으로 한 일이었지요. 새로운 하늘 신은 그 자매가 자신의 가족임을 알아보았어요. 그 애들이 바로 그녀 자신의 증손녀들이라는 것을.

그래서 하늘 신은 두 자매 중 애기에게는 계단을 내려 주고 언니야에게는 동아줄을 내려 주었어요.

"올라오렴." 하고 새로운 하늘 신은 말했어요. "너희한테 보여 주고 싶은 게 있단다."

***

병실에서, 짠맛을 느낀 나는 내가 울고 있다는 것을 깨닫는다. 고개를 드니 언니가 보인다. 내 등에는 엄마 손길이 닿는다.

나의 손끝에서 할머니의 맥박이 약해진다, 희미해진다.

"계속해."

언니가 속삭인다.

순간이 부푼다. 나는 심호흡을 한다. 선택할 수 있는 결말의 종류가 아주 많다. 그리고 나는 나의 결말을 찾는다.

***

두 자매가 함께 올라가고 또 올라가 도착하니 하늘 신, 그러니까 하늘 호랑이는 유리 단지로 가득한 은하를 보여 주었어요. 세상 저 편에서 와서는 오랫동안 숨겨져만 있었던 단지도 있었고, 가족을 찾겠다는 희망으로 바다를 건너와 어느 바닷가 벼룩시장에 도착한 단지도 있었어요. 그리고 그 모두가 진실과 갈망과 사랑을 풀어 놓았어요.

"열어 보렴." 하고 호랑이는 말했어요.

자매는 두려웠지만 동시에 용감하기도 했어요. 희망을 믿었어요. 그래서 그 단지들과 이야기들을 열었어요. 어떤 이야기들은 무서웠고, 어떤 이야기들은 슬펐지만 두 여자아이는 자랑스럽다고 느꼈어요. 제 가족의 이야기였으니까요. 자기 심장을 지키려 싸운 수많은 세대, 수많은 여자들의 이야기였으니까요. 무엇이든 될 수 있고 모든 것이 될 수 있는 여자들의 이야기였으니까요.

그러고는 마치 거친 실로 짠 천처럼 귓속을 긁는 목소리로 하늘 호랑이가 말했어요.

"이제 너희들 이야기를 해 봐. 빛은 무한해."

그래서 자매는 이야기하기 시작했어요. 제 할머니의 이야기를 했어요. 항상 반짝이는 스팽글이 달린 옷차림을 하고 늘 손녀들을 '볼' 수 있던, 행복을 위해 모든 걸 걸고 가족을 지키려고 무엇이건 했던, 영혼, 마법, 사랑같이 눈에 안 보이는 것을 믿었던 할머니 이야기를 했어요.

세상을 보는 법도, 자기 스스로를 보는 법도 가르쳐 준 할머니의 이야기를요.

그렇게 하늘을 이야기 별로 채웠어요. 두 자매 덕분에 세상이 밝아졌어요.

그리고 그 빛 속에서 둘은 집을 찾아갈 수 있었어요.

그 빛 속에서 혼자가 아니라는 것을 볼 수 있었어요.

44

이야기를 마치고 보니 할머니가 미소를 띠고 있다. 할머니의 눈은 감겨 있고, 맥박은 있는 듯 없는 듯 희미하다.

"사랑해요."

내가 할머니에게 말한다. 그리고 할머니의 한 손을 꼭 잡는다. 언니가 할머니의 다른 손을 꼭 잡는다. 엄마는 할머니의 머리카락을 쓰다듬는다.

이것이 끝이다. 하지만 이 끝은 영화에서처럼 단번에 일어나지 않는다.

그때부터 몇 시간 동안 할머니의 숨이 조금씩 조금씩 더 옅어진다. 할머니가 희미해져 가는 것을 우리는 지켜본다.

"이야기가 할머니를 구했어야 하는데."

내가 작은 목소리로 말한다. 엄마에게서 무슨 소리가 나 쳐다보니 두 눈에 눈물이 맺힌 엄마가 말한다.

"이야기가 할머니를 구한 거 맞아, 릴리. 이야기 덕분에 할머니는 이 세상이 아주 크다는 걸 기억하실 수 있었어. 자신이 무엇이든 될 수 있다는 것도, 우리한테 모든 것이었다는 사실도."

침대에 누운 할머니가 참으로 창백해 보인다. 참으로 연약해 보인다.

"무서워."

나의 말에 엄마는 대답한다.

"알아. 그래도 너 혼자가 아니야."

언니가 자기 목에서 목걸이를 푼다. 자기 손바닥 위의 그 목걸이를 내 손바닥에 눌러 얹고, 우리의 손가락을 서로 얽는다.

우리는 우리의 작은 마법 조각을, 우리에게 주어진 할머니의 한 조각을 함께 쥔다.

"괜찮아요."

내가 몸을 숙여, 할머니 귓가에 스칠 듯 가까이 입술을 대고 속삭인다. 그리고 눈을 감고 숨을 쉰다. 때로 가장 용감한 일은 도망가기를 멈추는 것이다.

"떠나셔도 괜찮아요. 우리 괜찮을 거예요."

할머니에게 내 말이 들렸는지 확실히 알 순 없다. 하지만 나는 그랬다고 믿는다. 병실 전체가 안도의 한숨을 내쉬는 것처럼 느껴진다.

고개를 들어 보니 바깥은 깜깜하지만 창문 너머로 작은 빛 두 점이 깜빡이며 나를 마주 본다. 뚜렷이 보이진 않는다. 그게 뭔지 확실히 알기는 어렵다. 창문에 비쳐 보이는 병실 안 기계일 수도 있고, 아니면 나를 마주 응시하는 호랑이의 눈일 수도 있다.

심장이 작은 주먹을 쥐듯 조이는 것을 느끼면서 나는 그 빛

들을 바라본다. 그리고 그 깜빡이던 빛이 마치 눈을 감듯 사라진
다. 내 안에서 무언가가 열린다. 전에 없었던 어떤 구멍이다. 그
건 텅 빔과 상실이기도 하지만 또한…… 공간이기도 하다. 뚜껑
이 열린 유리 단지, 해방이기도 하다.

　나는 할머니 심장에 내 머리를 기대고, 그 작은 병실에 나의
가족과 함께 앉아 있는다.

　마침내 할머니가 떠난 순간, 나는 안다, 할머니가 준비되어
있음을. 할머니는 언제나 용감했다.

45

지하실에 물난리가 났다.

우리가 할머니 집으로 돌아온 첫째 날 밤, 엄마는 지하실 문을 활짝 열어 보고는 고개를 젓는다. 물이 계단에서 찰랑거리고, 리키와 내가 열심히 쌓았던 상자들은 천천히 곤죽으로 분해되고 있다. 엄마는 그 물을 아주 오래 바라보다가는 마침내 해결해 줄 기술자를 부른다.

돌아온 둘째 날 밤, 엄마는 할머니의 방에서 자기로 한다. 언니는 침대에 누워서도 손톱을 물어뜯고 잠들지 않는다. 그리고 집의 나머지는 조용하다. 마룻바닥은 내 발밑에서 끼끽거리지 않는다. 문은 노래하지 않는다. 할머니가 없으니 집은 단지 집일 뿐이다. 너무 조용하고 너무 텅 비어서, 그 안에서 살아가는 방법을 우리 중 아무도 모른다.

나날들이 조용히 지나간다. 시간의 경계가 흐릿해진다.

리키는 나를 기운 나게 하려고 자신이 좋아하는 음식들을 끊

임없이 문자로 보낸다. 그리고 일곱째 날, 그러니까 딱 일주일째 되는 날 밤, 리키는 이렇게 문자를 보낸다.

"떡."

그 단어에 눈물이 날 것 같아 나는 눈이 뜨겁다. 나는 전화기를 끄고 이불 밑에 숨어 버릴까도 생각한다.

하지만 그 문자로 인해 무언가가 기억나려 한다. 어떤 중요한 날짜가 다가오는 것 같다. 전화기로 달력을 확인하니 내일이 바로 빵 바자가 열리는 날이다.

내게 좋은 아이디어가 하나 떠오른다. 그리고 일주일 만에 처음으로 내 가슴속 무거움이 조금은 가벼워진다. 나는 리키에게 그 아이디어를 알리고 젠슨에게 문자를 보낸 다음 이불을 걷어 젖힌다.

나는 다락방 계단을 투명 인간이 되려 애쓰지 않고 쿵쿵 소리 내며 뛰어 내려간다. 요란하게 부엌을 돌아다니며 냄비며 프라이팬이며 꺼내 놓으니, 우리의 집이 시끄러운 소리로 채워진다. 집이 깨어나기 시작한다.

엄마가 부엌으로 들어오고, 언니가 뒤따라 들어온다.

"너 뭐 해?"

언니가 눈을 끔벅거리며 묻는다.

"떡. 빵 바자 때문에."

언니는 어리둥절하지만 엄마는 딱히 캐묻지 않고 다가와 선반에서 재료를 꺼내 준다. 찹쌀가루, 설탕, 팥소…….

언니가 말한다.

"우린 빵 바자 참가 안 해도 돼."

나는 언니와 엄마 사이를 쳐다보며 말한다.

"안 해도 되지. 그런데…… 하는 게 좋겠어. 먹을 거 많이 차리고 사람들 많이 모이고 그러는 게 꼭……."

이제 알아챈 듯한 언니가 아픈 눈빛으로 말한다.

"고사 같겠네."

그리고 엄마가 말한다.

"도서관에서 하는 고사."

엄마는 잠시 마음이 아파 더는 말을 못 하는 것 같지만, 결국 말한다.

"그 도서관, 할머니가 공들이시던 곳이야, 아주 오래전에. 밝은 색 페인트도 칠하시고 뻔한 포스터도 붙이시고 그랬어. 특별한 장소이길 늘 바라셨어."

나는 엄마를 빤히 본다. 어떻게 난 지금까지 그걸 전혀 몰랐을까?

하지만 그 생각을 더 할 틈 없이 언니가 묻는다.

"떡 어떻게 만드는지 알아?"

엄마는 고개를 끄덕이지만 목소리엔 두려움과 당황스러움이 있다.

"음, 그럴걸. 아마. 대충은."

그리고 작아진 목소리로 덧붙인다.

"한 번도 여쭤볼 생각을 안 했네."

내가 할머니에게 레시피를 부탁한 것이 떠오른다. 할머니는 "나중에."라고 했다. 이제는 너무 늦었다.

하지만 엄마의 얼굴에 희망이 떠올라 있다. 나는 큰 숨을 한 번 쉬고는 말한다.

"괜찮아. 완벽하지 않아도 맛있을 수 있어."

엄마가 내 어깨를 살며시 쥐고, 우리는 시작해 본다. 밀가루와 코코넛밀크를 계량한다, 맞게 느껴지는 대로. 그리고 함께 손을 집어넣어 찹쌀가루를 반죽한다. 그 반죽이 맞게 느껴진다.

46

리키와 젠슨이 소문을 내 주었다. 할머니의 고사를 위해 거의 온 마을 사람들이 도서관으로 온다. 할머니의 친구들이 음식과 이야기로 이 공간을 채운다. 우리와는 알지도 못하지만 할머니가 돕거나 치유해 준 사람들이 우리에게 다가와 조의를 표하고, 할머니를 얼마나 사랑했는지를 전한다.

조를 보자마자 나는 사과부터 한다. 빵 바자가 고사로 변해 버렸으니 모금은 불가능하게 되었다. 이 도서관을 살리려던 계획은 망해 버린 것이다.

"원래는 모금 행사였던 것 알아요."

내 말에 조는 고개를 젓는다.

"돈 때문에 하는 거 아니야. 지역 공동체 위해서 하는 거지. 다만 '무단 침입' 건은 우리 나중에 따로 이야기를 좀 하자."

내 뺨이 뜨거워진다.

"어떻게 아셨어요?"

"직감. 그리고 어린애 발 크기의 진흙 발자국이 사방에 찍혀 있었던 거."

"아, 네……."

그 부분은 내가 잊었다.

하지만 콧수염을 움찔거리더니, 조는 부드럽게 미소를 짓는다.

"마음이 너무 아플 땐 어지러운 일을 일으키기도 하지."

조가 내게 쿠키를 내밀고, 나는 고맙다고 한다.

도서관 저편에서 엄마는 내가 모르는 어른들과 이야기를 나누고, 언니는 젠슨에게 다가간다. 젠슨이 두 팔로 언니를 안더니 정수리에 입을 맞추고, 언니는 젠슨의 목에 머리를 기댄다. 둘 사이에 흐르는 어떤 사랑에 나는 잠시 어리둥절하다.

그리고 갑자기 모든 게 이해된다. 언니가 젠슨을 처음 만났을 때 이상했던 것. 그러고는 내게 젠슨에 관해 물으며 초조해 보였던 것. 쌀을 뿌리고 다니는 언니를 젠슨이 도와준 것이나 언니가 도움이 필요할 때 젠슨에게 전화를 걸었던 것.

둘은 커플인 것이다.

난 놀라서 어리벙벙하다. 지금 보니 이렇게 잘 보이는데 말이다. 둘은 잘 맞는다. 젠슨은 다정하고 언니는 젠슨 앞에선 부드러워지고, 둘은 잘 어울린다.

도서관 다른 쪽에는 리키와 그 친구들이 있다. 그 애들이 한꺼번에 내게 손을 흔들고, 리키는 잔가지로 만든 바구니를 안고는 잠시 친구들을 두고 내게 온다. 오늘 리키가 쓴 까만 중산모자는 할머니가 아주 좋아했을 법하게 멋스럽다.

리키가 말한다.

"초콜릿 머핀이야. 조가 레시피를 알려 주셨어."

장난스럽게 씨익 웃으며 리키가 덧붙인다.

"진흙은 안 넣었어. 진짜야."

리키가 바구니를 내민다. 호랑이 사냥꾼의 증손자가 호랑이 신의 증손녀에게 빵을 건네는 것이다.

바구니를 받아 드니 온기가 내 손끝으로, 그러고는 온몸으로 퍼진다. 내 안의 작은 부분이 생기를 띠며 조금 웃는다. 그 웃음이 내 얼굴에까지 닿았는지는 잘 모르겠지만, 아마 이것이 치유가 시작되는 방식인 것 같다. 작은 행복 조각들이 속에서 깨어나다가 언젠가는 그 사람 전체에 퍼지는 것이다.

"나 국어 시험 통과했어. 그러니까 가을에 우리 같은 학년 돼."

나는 웃음을 짓는다. 이번엔 진짜 웃음을.

"정말 잘됐다, 리키."

리키가 빙그레 웃는다. 그리고 내가 이만 가 보겠다고 하자 리키는 이해한다. 내가 아직 긴 대화를 나눌 준비는 되지 않았다는 것을 리키는 안다.

나는 무거운 문을 열고 밖으로 나와, 머핀을 안고 도서관 앞 계단에 앉는다.

전에 리키와 나누었던 대화가 생각난다. 나 같지 않은 상황에서 내가 누구인지를 배우게 된다는 이야기. 내가 해 온 일이 바로 그것이다. 내 테두리를 밖으로 밀어내 내 한계선이 어디까지인지 알아내는 일. 그리고 나는 내가 생각했던 것보다 훨씬 크다는 것을 깨닫고 있다. 바로 지금, 나는 나에게 한계가 없다고 느낀다.

머핀 하나를 집어 베어 문다. 그러다 기침을 하며 손바닥에 뱉는다. 소금. 리키는 소금을 설탕으로 착각한 게 분명하다.

기대하지 못했던 맛이 준 충격에 웃음이 튀어나온다.

"나 앉아도 돼?"

누군가 묻는다. 처음에 난 그 호랑이의 목소리라고 생각한다. 아직도 나는 호랑이 목소리가 들리길, 시야 가장자리로 호랑이가 보이길 기대한다. 하지만 마음 깊숙한 데선 알고 있다, 호랑이가 떠났다는 것을.

고개를 돌리니 언니가 내 대답을 기다리지도 않고 곁에 앉는다. 그리고 묻지도 않고 바구니 속 머핀을 집는다.

"언니 그거……."

이미 늦었다. 언니는 캑캑거리며 손바닥에 머핀을 뱉어 낸다. 언니가 나를 쳐다보고, 나는 웃고, 언니도 웃고…….

우린 갑자기 웃음을 멈추고, 한 입씩 베어 문 머핀을 바구니에 다시 집어넣는다.

행복을 느끼는 것이 잘못된 일 같다, 지금은.

"시간이 지나면 나아져? 슬픔이 가셔?"

내가 묻자 언니는 앞을 빤히 보며 대답한다.

"슬픔은 희미해져. 응, 결국에는. 그런데 그리움은…… 시간이 지난다고 없어질 수 있는 건지 모르겠어."

엄지손가락을 손바닥에 누르고 눈을 감으니 그 손끝이 할머니 것이라고 상상이 되는 것 같다. 할머니가 내 생명선을 훑으며 모든 게 괜찮을 거라 말해 주고 있다고 말이다. 저녁 공기가 내 피부를 데운다. 마침내 날씨가 8월답고, 나는 허파를 그 열로 채운다.

언니가 내게 조금 더 가까이 앉아 우리의 팔이 서로 닿는다. 하늘에서는 해가 지고 나무 위로 달이 조금씩 고개를 내민다.

"이야기 또 하나 해 줄래?"

언니가 묻는다.

나는 숨을 들이쉰다. 이 순간이 부푼다. 나는 나의 목소리를 찾는다.

"옛날 옛날에⋯⋯."

나는 이야기를 시작한다. 끝은 아직 모르지만 나는 나의 이야기가 바뀌어 가고 자라나는 걸 마주할 것이다. 할머니 덕분에 나는 용감할 수 있다. 무엇이건 될 수가 있다.

나는 눈에 안 보이는 것을 보는 아이다, 투명 인간이 아니라.

저자의 말

내가 어릴 때 할머니(halmoni)께서 이야기를 들려주시곤 했다.

여동생과 나는 할머니와 함께 침대에 누워 귀신과 호랑이가 나오는 할머니 이야기를 듣곤 했다. 그럴 때면 우리의 세상은 마법으로 가득 찼다. 정말이지 우리 방 바깥에서 호랑이 소리가 나고, 날카로운 호랑이 발톱이 나무 바닥을 쓰르륵 쓰르륵 긁었다. 문 밑으로 호랑이 그림자가 스몄다.

그런 밤들에 나는 내가 알지도 못하는 앞 세대의 한국 여자들과 연결된 기분을 느꼈다. 그들의 이야기가 여전히 내 핏속에 살고 있다는 기분을 말이다. 할머니의 이야기를 들을 때만큼은 나는 부분적인 백인도, 부분적인 아시아인도, 4분의 1 한국인도, 혼혈도 아니었다. 그저 완전한 나였다. 뼛속에서부터 그것을 느꼈다.

수년이 흘러 대학을 가기 위해 하와이를 떠나게 되었을 때, 나는 그 이야기들을 버렸다. 일부러 그런 것은 아니고, 그저 어쩌다 보니, 마치 그 이야기들이 내 침대 밑으로 굴러 들어가 먼지만 쌓이게 되듯 그렇게 되었다. 머지않아 나는 그 이야기들이 내 삶에서 사라졌다는 사실마저 잊었다.

그러다 내게 그 이야기들이 무척이나 필요함을 깨닫게 된 것은 대학 재학 기간 후반, 누군가가 내게 한국인이냐고 물었을 때였다.

"4분의 1만 한국인"이라고 나는 대답했다. 하자마자 잘못된 대답이라 느꼈다. 한국인이냐는 질문에는 언제나, 퍽 단순하게도, 그렇다고 하면 되는 거였다. 하지만 언젠가부터 나는 내 피를 부분 부분으로 나누고 있었던 것이다.

다시 나뉘지 않은 완전한 내가 되고 싶어서, 나는 다시 그 이야기들을 찾았다. 옛날 동화들을 읽고 인터넷 검색을 해 보았다. 하지만 그 이야기들이 달랐다. 할머니가 내게 해 준 이야기들이 아니었다. 어찌 된 일인지 변해 있었다. 어쩌면 그 이야기들이 변했을 수도 있었다. 아니면 내가 제대로 찾지 못했을 수도 있었다. 아니면 할머니가 종종 이야기들을 좀 바꾸거나 완전히 지어낸 이야기를 들려주었던 것일 수도 있었다.

그때 해 주신 이야기들을 다시 떠올려 봐 달라고 부탁드리자, 할머니께선 손을 내저으며 말씀하셨다. "너무 오래전이야. 나 내가 한 말 몰라."

어디에서도 답을 찾을 수 없으니, 나는 직접 이야기를 쓰기로 했다.

우선 가장 좋아하는 이야기에서부터 출발했다. 바로 호랑이에게서 도망친 형제자매가 하늘로 탈출해서 해와 달이 되는 이야기. 여러 버전이 있는 유명한 이야기지만, 나는 늘 그 이야기가 무언가를 감추고 있단 기분이 들었다. 그래서 그 비밀을 알고 싶었다.

그 이야기 속 호랑이는 영리하고 의욕적이다. 아이들의 할머니로 변장을 한다. 아이들의 집까지 찾아간다. 아이들을 속이려고 시도하고, 그에 실패하자 멀리까지 이리저리 아이들을 쫓아간다. 하늘로도 쫓아 올라가려고 시도한다.

그처럼 포기할 줄 모르고 쫓으니 나는 늘 이 호랑이가 원하는 것이 무엇일까 궁금했다. 고기처럼 단순한 것은 아닐 것, 그 이상일 것이라고 느꼈다. 무엇이 그렇게 중요하고 강력하기에 그 호랑이는 세상을 횡단하며 이 아이들을 쫓는 것일까?

그 답을 찾기 위해 여러 버전을 써 보았지만, 쉽게 풀리지 않았다. 마치 내가 믿을 만하단 걸 증명해야 그 이야기가 나에게 비밀을 보여 줄 것 같았다.

그래서 나는 노력했다. 우리 가족의 역사와 한국의 역사를 파고들었다.

나는 식민 지배와 핍박에 관해, 숨겨진 언어와 잊힌 이야기들에 관해, 일본군 '위안부'와 강요된 침묵에 관하여 읽었다. 하지만 그 어두운 역사 속에서 나는 강인함을 발견했다. 한국인은, 특히 한국 여성은 맹렬하고 쉬이 스러지지 않는 사람들이었으며, 그 역사를 배워 가면서 나는 할머니와 나 자신을 좀 더 잘 이해하게 되었다.

이 조사를 하며 신기한 우연들을 만났다. 이 소설의 초기 버전에 나는 마법이 든 별 단지를 써 넣었는데, 쓰면서도 이유는 몰랐다. 그저 불쑥 나타난 아이디어처럼 느껴졌다.

그런데 한국의 역사를 공부하다 나는 아이들을 보살피는 신, 칠성(Chilseong, 일곱 개의 별)의 존재를 알게 되었고, 사람들이 그 신에게 공경을 표하는 의미로 사발과 단지를 늘어놓기도 한다는 것을 알게 되었다.

또 비슷한 예로, 나는 이 소설에서 1년에 한 번 바다가 갈라지는 한국의 작은 마을을 상상으로 만들어 냈다. 그런 다음에 이 가상의 마을의 위치를 정하려고 한국 지리를 공부하다가, 그런 곳이 이미 실제로 존재한다는 걸 알게 됐다. 바로 '진도'라는 바닷가 섬. 이곳에서는 조수간만의 차로 인해, 그리고 어쩌면 약간의 마법으로 인해, 1년에 한 번 정말로 바다가 갈라진다.

나는 이런 식으로 창작과 조사를 왔다 갔다 하면서, 만나는 우연들을 실마리로 여기면서 이 소설을 썼다. 마치 조각 맞추기를 하는 것처럼. 마치 이미 옛날 옛날에 태어난 이야기라서 나는 그저 빈칸들을 채우기만 하면 되는 것처럼.

한국의 역사를 조사하며 나는 건국 신화로까지 거슬러 올라갔다. 그리고 가장 큰 우연의 일치를 발견했다.

그 전에도 한국의 건국 신화를 어렴풋하게 알고는 있었지만, 어떤 이유에서인지 할머니께서 우리에게 들려주신 적은 없었다. 그 신화의 내용은 이렇다.

옛날 옛날, 하늘 신의 아들이 인간 세상을 다스렸다. 수월하게 인간 세상을 통치하던 그에게 어느 날, 야생 동물로서의 삶에 지친 곰 한 마리와 호랑이 한 마리가 찾아와 사람으로 변하게 해 달라고 부탁했다.

하늘 왕자는 곰과 호랑이에게 말했다. 100일간 쑥과 마늘만 먹으면서 동굴에서 살면 인간 여자가 되게 해 주겠다고 말이다.

곰은 성공해 신에게서 인간의 몸을 받았다. 곰 여인과 하늘 왕자는 함께 한민족을 창조했다.

하지만 호랑이는 인내하지 못했다. 호랑이는 동굴에서 달아났고, 그래서 들짐승으로 숲속을 혼자 돌아다니며 사는 처지가 되었다.

이 곰 여인에 관해서는 전부터 알고 있었지만, 그 호랑이 부분은 이 조사를 하기 전까지는 들은 적이 없었다. 그런데도 나는 이 소설의 초기 원고에 자신을 사람으로 바꾸어 달라고 하늘 신에게 간청하는 호랑이 소녀의 이야기를 썼다. 스스로도 뚜렷하게 이유를 알 수 없었지만 그저 맞게 느껴져 그렇게 썼던 것이다.

이것은 우연 이상의 무엇이 아닌가, 하고 느꼈다.

물론 이 이야기가 언젠가 나의 귀에 들어와서 내 잠재의식 속에서 오랫동안 잊힌 채 숨어 있었는지도 모른다. 하지만 그렇다 해도 마찬가지다. 나는 더 큰 무언가와 이어져 있는 느낌을 받았다. 오래전 그랬듯 내 피 안에 이 이야기들이, 내가 들은 적 없는 이야기들까지도 살아 있다고 느꼈다.

나는 그 한국의 건국 신화를 좀 더 파고들다가 문승숙이라는 저자가 쓴 「민족 공동체 만들기」라는 논문을 만났다. 저자에 따르면 "곰이 인간 여자로 변하는 내용에는 깊은 사회적 의미가 깔려 있는데, 그것은 바로 '고난과 시련을 인내함'으로 요약되는 여성다움이다."[*]

* 『위험한 여성: 젠더와 한국의 민족주의』(Dangerous Women: Gender & Korean Nationalism)(일레인 H. 김, 최정무 엮음, 뉴욕 러틀리지 출판사, 1998년)

이 논문을 만나며 나의 이야기는 마침내 온전한 모습을 찾았다.

자, 여기 비밀스러운 역사가 있었다. 곰이 한국 여성, 또는 고생과 말없는 인내가 핵심인 어떤 여성다움을 상징한다면 호랑이는?

고생을 거부한 대가로 추방을 당한 여자는?

그리고 그 여자가 다시 돌아온다면, 무슨 일이 일어날까?

그 여자는 무엇을 원할까? 그리고, 무슨 이야기를 들려줄까?

에 실린 문승숙의 논문 「민족 공동체 만들기」(Begetting the Nation) 41쪽.

감사의 말

내가 써야만 하는 책이라는 것은 알면서도 이 책을 어떻게 쓸지는 알 수 없었습니다. 이 책은 수많은 실패한 시도들, 틀린 시작들(과 결말들, 중간 부분들), 그리고 땀과 눈물과 호랑이 피의 산물입니다. 하지만 이 책은 마침내 이렇게 여기에 있습니다. 나는 이 책을 써냈습니다. 그 과정에서 도와준 모든 이들께 깊은 감사를 드립니다.

엄마—'호랑이 담배 피우던 시절'에 제 머릿속에 씨앗을 심어 주셔서 고마워요. 그리고 초고부터 그 이후의 모든 버전들을 읽어 주고, 모든 단계에서 깊이 생각해 주고, 그만두려는 저를 (적어도 다섯 번은) 말려 주셔서요. 엄마가 아니었다면 이 책은 존재할 수 없었을 거예요. 당신은 가장 훌륭한 편집자이고 작가이며, 최고 중에 최고 엄마입니다.

아빠—열심히 노력하는 법과 스스로를 존중하는 법을 가르쳐 주신 것에 감사해요. 또한 세금과 데일 카네기의 이론을 하나

하나 가르쳐 주며 내가 예술가일 뿐 아니라 직업인이라는 것을 알려 주신 것도요. 아빠의 격려가 저에게 얼마나 큰 의미인지 모릅니다.

선희, 아주 커다란 심장을 가진 나의 맹렬한 여동생―이 이야기의 많은 부분은 우리 가족의 이야기야. 이 책을 쓰는 과정의 아주 많은 부분이 우리가 누구이고 우리가 어디에서 왔는지를 배우는 과정이었어. 네가 우리의 역사와 너의 정체성을 통과하는 너만의 여정을 마칠 때, 그 모든 사랑을 춤의 마법으로 바꾸어 놓을 때, 내가 거기에서 너를 응원하면서, 감탄의 눈으로 바라보고 있을게.

할머니―할머니의 모든 이야기들에 감사드려요. 그 이야기들로 셀 수 없이 많은 소설을 채울 수도 있어요.

나의 커다랗고 사랑 많고 멋진 대가족―모두의 지지에 감사합니다. 저는 참 행운아예요.

페일리와 네이델 가족―여러분 가족의 일부가 될 수 있어서 저는 참 행복합니다.

그리고 언제나 그렇듯 조시―모든 장애물 앞에서 내 눈물을 닦아 주고 나를 다시 웃게 해 주어서 고마워. 나 자신도 나를 믿을 수 없을 때 나를 믿어 주어서, 내가 특별할 수 있다고 믿도록 도와주어서 고마워.

세라 데이비스―이 여정 내내 지원해 주어서 감사하고 아이디어의 핵심만으로도 그 안에 숨은 가능성을 발견해 주어서 정말 고맙습니다.

또한 그린하우스 팀과 라이츠 피플에 속한 모든 여러분들의 노고에 감사를 표합니다.

첼시 에벌리—요약하면 "으아! 좀 도와주세요!"인 저의 긴 메일들을 참아 주고, 이 책이 '망가지지' 않았다고 고집스럽게 말해 주어서 고맙습니다. 제가 저의 최선을 다할 수 있도록 자극해 주고, 내 심장의 이야기를 풀어놓을 수 있도록 도와주어서 고맙습니다.

랜덤하우스 어린이청소년책 부서에서 따뜻하고도 열정적인 마음으로 열심히 노력하는 미셸 내글러, 바바라 바코스키, 카트리나 댐콜러, 켄 크로슬런드, 트레이시 헤이드웨일러, 제나 레터스, 켈리 맥골리, 에이드리언 와인트라브, 리사 네이덜, 크리스틴 슐츠, 질리언 밴덜, 에밀리 뱀퍼드, 줄리 컨런, 시드니 틸먼, 스티비 듀로셔, 에밀리 페트릭, 쇼너시 밀러, 앤드리아 카머포드, 에밀리 브루스, 신시아 맵, 그 외 많은 분들께 감사합니다.

멋진 표지 그림을 그려 준 제딧에게 감사합니다.

제목 선택을 도와준 오션사이드 중학교, 푸나후 중학교, 카이무키 중학교에 감사합니다.

이 책을 읽어 주고 가장 필요한 때 격려를 보내 준 로멀리 버나드에게 고맙습니다.

커다란 열정을 보여 준 샘 모건에게 고맙습니다. 당신이 제안한 제목들을 쓰지 않은 유일한 이유는 '지나치게' 좋기 때문이었습니다.

내가 이 책 이야기를 하고 또 해도 (끝없이) 받아 준, 또한 격려의 말과 조언과 지지와 머리 식히기와 휴지와 차를 제공해 준 친구들에게 이루 말할 수 없이 고맙습니다.

마지막으로 독자들에게—먼 길을 걸어온 이 책이 마침내 당신에게 이르렀습니다. 이 책에게 집을 선사해 주어서 고맙습니다. 이제 이 이야기는 당신의 것입니다.